至味西关

黄爱东西 著

陈海平 等图

广州新华出版发行集团

广州出版社

图书在版编目（CIP）数据

至味西关 / 黄爱东西著 . —广州：广州出版社，2019.3
ISBN 978-7-5462-2829-7

Ⅰ . ①至… Ⅱ . ①黄… Ⅲ . ①散文集—中国—当代
Ⅳ . ① I267

中国版本图书馆CIP数据核字（2018）第218884号

至味西关

Zhiwei Xiguan

出版发行　广州出版社
（地址：广州市天河区天润路87号9、10楼
邮政编码：510635
网址：www.gzcbs.com.cn）
著　　者　黄爱东西
摄　　影　陈海平
摄影助理　郭飞华
责任编辑　李素娟
文字编辑　衣　然
责任校对　王　乐
排版设计　广州大叶榕文化传播有限公司
印　　刷　广东信源彩色印务有限公司
（地址：广州市番禺区南村镇南村东兴工业园
邮政编码：511442）
规　　格　787毫米 × 1092毫米　1/16
印　　张　16.5
字　　数　247千
版　　次　2019年3月第1版
印　　次　2019年3月第1次
书　　号　ISBN 978-7-5462-2829-7
定　　价　88.00元

编委会

序

西关的味道

老西关人吃饭，夸菜好，说好有菜味，夸米好饭煮得好，说好有饭味。

粤语有句老话，饭有饭味，菜有菜味是至味。

至味，也指每种食物最原始本真的味道，是到了极致的味道。有大道至简的意味。要六味和合圆融，如果某种味道太突出，叫作太抢。还讲究“滋由淡定”：“淡淡定，有钱剩。”

幼时住西关，前后大概住了二十年。

在我的记忆拼图里，此地有南粤荒诞另类的神怪传说，劳作人们铜塑般的模糊群像，路边削马蹄的黑衣妇人和她们黑衣上汗干的浅色盐渍。无边无际的水乡美景，炎热蝉鸣的西关大屋和街巷，半通不通翻完的《三家巷》，心无旁骛翻阅和描摹过的连环画。

这里的家家户户都在专注和忙碌于过好自己的日子，偶尔才抬头眈天望地透口气。

成年后，在送给朋友的新书上，喜欢写上“俗世温暖，花好月圆”。

这里的人不怎么谈一些形而上的东西。相声听粤语的，足球听粤语讲波，他们早在《大话西游》之前很久，就认定看喜剧就要看周星驰。粤语人群对此总是很容易达成共识和默契。

粤语里另有一种奇特的、活泼狡黠的迂回表述方式，既冷又浑不吝，既无厘头又有道理，猛踩油门和急刹车兼备，介乎无情和有情之间。像谁好端端地忽然做了个鬼脸，众人其实很想打他，却忍不住失笑。

于我而言，这是亲切熟悉的草根市民文化，日常生活里惯常的表达交流方式。里面有能量流动在，还时不时就更新了。

如果想到某个城市寻找集体温暖，或许首选不应该是广州。

这里的人不爱管闲事，所以显得冷。这种冷的逻辑基于“这是你自己的事情”，从另一角度看，也算是“十分冷淡存知己”。

非要究其原由，也许和广州一直是商埠城市有关。商埠港口城市人来人往，龙蛇混杂各有路数，先顾好自己再说其他。既然有选择、有退路，自然也就不会逢人就拍肩膀拜把子，上来就掏心窝子，孤注一掷地要同富贵共患难。

他们通常不愿太深程度地介入别家的日子，你家关起门来的事情也未必就乐意别人指点。当然如果你遇到麻烦了，街坊们看不过眼会帮你搭把手，但也不会大包大揽。

“禾秆冚珍珠，有钱无人知”，是粤式的低调，旨在回避观众和掌声，像捉迷藏游戏里念念有词的那句“你看不见我”。这也是从前老辈人的生存智慧，鲜衣怒马意气风发未尝不好，但也容易招惹来其他莫测复杂的眼光。

此地有很多偏安一隅的保守商人，持平民态度，勤恳营役，之后小富即安，与世无争。现在看来这也是很好玩的一种态度，和金戈铁马、快意恩仇的痛快做派比起来，是另一种生下来就已经老去了的人生，也很实用，但要不要这样，仍然可以选择。

连音乐都是各家各户吃饱穿暖的小欢欣，细细碎碎的，节庆时候特别适合听一阵，也只合适这时候听。

说到宏大的理想，孙中山康有为梁启超，孙逸仙医院，万木草堂，广州农民运动讲习所，黄埔军校，黄花岗七十二烈士墓……要历数这些，108 猛人随时有。谁说这里没有理想主义，从壮怀激越到清粥小菜的各款理想都具体齐备。

这里的人们都有理想，就是好些理想都特别实在，闹得你以为那不是理想。

居民街坊们的理想，具体都体现在春节拜年贺词里：阖家安康身壮力健，家肥屋润发财就手，快高长大学业进步，财帛满屋富贵昭远，万事胜意顺顺利利。

我觉得这些贺词得算是理想，关于幸福最具体落实的追求和想象。

在我同时进行的“都市与生活方式：广式幸福体系模式”专题观察里，我觉得，一个地方的衣食住行，是此地特有的生活方式，这个区域的文化基因库由无数的细节、习俗和仪式组成。

西关曾是老广州的繁华地，虽则随着时代岁月一起或缓或急地向前流淌，这里的居民们却有意无意地固守和传承着有自己节奏的生活方式，或者说仪式。

此地居民埋头过日子之心无旁骛，甚至让你恍惚觉得所有的文化，都是为了让如此密不透风、太过实在的凡俗生活更加滋润，才衍生出来的锦上添花和褒奖。

在这个历史悠久、城间烟火气息浓郁的城市繁华地，某种对人生和生活的选择，以及具体实施的所有日常细节、态度和传承，就是文化。

乍看是水银泻地不知如何提纲挈领，实际上一直有脚踏实地的平静和安然专注的生活态度，根深蒂固地贯穿其中囊括所有。

这是种铁了心拿定主意，要全盘仔细过好每餐每天每月每年的态度和文化。

和张欣老师聊起过，幸福是否有可以通过努力而达成的模式。我说，如果按照“广式幸福体系模式”，那就是有。由于历史渊源和所处经纬度，此地相当多的居民，过成了资深小康生活科代表。

那是一整套的价值观和具体到每个操作细节的生活仪式，照着做的话，估计能有超过六成的机会过得还算幸福。

这种细节甚至涵括累积了此地居民们对一蔬一饭滋味达成的共识和标准，在看似平常的每个时刻，人们都有机会领略感觉到，似乎有小型的幸福刚刚从自己身边路过。

或许抵达幸福的路径，并不仅只是必须登顶才降临的巨大褒奖，或者还有另一种，是一路走去，和风细细，随时随地。如果幸福的感觉也可以积分达成，那么累积的过程，也是一种抵达。

这是我所理解和体会的西关味道。

目　录

羊城鲜虾饺。（供图 / 白天鹅宾馆）

第一章

得闲饮茶，不舍昼夜

得闲饮茶，可以是一种状态，得空就孵在茶楼里过日辰；更多的时候是句告别语的前奏铺垫，直白翻译是改天喝茶，紧接着的下一句是，“再见”。

每个城市里都有老城区。

时日如水无声流走，有人入住有人搬走，就此四散。熙攘间，有些唇齿间的寒暄话，能让人辨出往昔。

比如在街上邂逅又告别时，会说“得闲饮茶”的，笑口吟吟，他们大都有相同的来处。

特别有诚意的，是现场就拉你去，有源远流长的这一句：“相请不如偶遇，择日不如撞日。”

你可以说“好”，就此被拉上茶楼去，开位叫茶吃点心，有一句没一句漫无目的开聊，前提是你万分确定对方真的不是纯粹和你说客气话。也可以继续婉拒：“改天吧，下次我来请。”

除非你和对方的交情，是一见面就互拍肩膀相对笑骂，否则最保险的应对选择是后者，因为“得闲饮茶”这句一出，就意味着对方准备和你说再见。

你基本上可以认定他们是粤地土著，或者已经被同化成土著。

不知这里的人们要饮过多少次茶，才会用这事来说再见。

顶着一撮蟹子的干蒸烧麦。（摄影 / 陈海平）

㈠ 别人眼里的早茶

从前，头回来广州的人，通常会被殷切邀约：“明天请你喝早茶。”

起个大早，要请早茶的土著朋友兢兢业业地等在了那里，将你带往茶楼，一踏进去，人声鼎沸。

一笼笼、一碟碟的吃食点心迅速摆满餐桌，琳琅满目得让你很有理由认为饮茶是个借口，实则一大早就开始了宴请，荤的、素的、咸的、甜的样样齐备，并且因为是早上，这些吃食被打扮得轻巧精致，区别于晚宴大菜。

这么认为，好像也没错。以前有来此地出差的朋友吃完，茫然苦恼地说，吃得太撑，中午还约了人吃饭，怎么办?

是啊，一桌十几二十碟，这个你一定要试试，那个也是不错的，请你喝早茶的人，绝大部分都没考虑你是否还有余地去别处再吃个午饭。

如果客人战斗力很强，那此地还有一种吃法，叫作茶市午饭直落。还可以换花样，晚饭宵夜直落。

直落，颇有一竿子到底的意思，像是场口腹之欲的小型马拉松和须尽欢。

正儿八经的早茶，早上六点半就能开喝，通常是老人家为多，间或也有精力过人熬了个通宵的小辈们。

上午九十点喝的，粤语玩笑里叫作“太子茶”，大概意思是太子可以起晚些，不必那么早。以前有餐厅中午饭市后接着开下午茶，此下午茶不同彼下午茶，中式的。

到了晚上九点，可以喝夜茶。

①正儿八经的早茶，早上六点半就能开喝，通常是老人家为多。
②“一盅两件”成为广州人饮茶的代名词。（①②摄影 / 陈海平）

茶都是那些茶，点心都是那些点心，只是时间不同。

以前喝夜茶，可以挑一家固定有人唱粤曲的茶楼去。

吃喝扰攘中听几句“将柳荫当作芙蓉帐，明朝驸马看新娘，夜半挑灯有心作窥妆，地老天荒情凤永配痴凰”。

客人未必要听懂，知道的是来了广州，不知道的以为穿越到了明清。

聊几句长平公主，聊几句招子庸，嘈嘈切切中各自走神一阵也可以：“你睇斜阳照住嗰对分飞燕，睇我独倚篷窗我就思悄然。”时间似过去又似没过去。

粤剧有好唱词，比如“落花满天蔽月光”，可街巷少年会改词，唱成“落街无钱买面包”，却从来没什么人去追究，大伙就那么不当回事地过，压根没想起来要敝帚自珍。

高深莫测饮茶起手式

粤语里有“白撞”一词，意思是未经预约，不请自来。

某网友说起曾经兴之所至临时起意独游广州，茶楼里看到每个阿伯都像黄飞鸿或者叶问，表情淡定地在桌上进行着一套古怪的仪式。

纳闷半晌，才反应过来说的是本地人饮茶前的洗杯涮筷子。潮汕人喝工夫茶之前洗杯烫杯是个必须程序，而饮广州茶，虽说冲茶手法粗放，茶汤滋味不算重中之重，但洗杯烫杯倒确然是个老派做法。

追溯起来有据可查的是《食在广州史话》里的描述，说民国初期的茶楼标配："还有'茶洗'一个（状如无脚平底碗）。过去每位客人各用一个茶盅。来客开位，'企堂'必先在茶洗内注入开水，让茶客自己将茶杯消毒。"

按说固执地自行把碗筷杯再用开水涮一遍，是个有点古怪的强迫症兼不信任行为。从何而来成为旧例，非要追究清楚，或许是最初的茶楼是由"茶寮"而至"二厘馆"，而至"茶居"，最后才升级至"茶楼"的缘故。

据载，最早的时候，是路边摊形式的茶寮，茶资一厘，勉强称作"一厘馆"，说是馆都有些抬举了。到了咸丰、同治年间甚至光绪初年，广州有平房作店，设备简陋，供应糕点，茶价二厘，升级到了"二厘馆"，招牌都以某某"茶话"为名，供肩挑负贩者歇脚，也供街井闲人聊天叙话。

"光绪中期，开始出现茶居，茶居有楼而矮小。为表示比'二厘馆'高级、舒适，以招徕有闲阶层，而以'居'为名，意谓可媲美隐者之居。"

再往后，才升级至茶楼：资本充裕，先购置地皮，占地较广，筑而为楼，号为"茶楼"。

"这些新建茶楼，一则经营规模远超'茶居'；二则在当时众人中，'高楼'殊为新鲜，于是广州人又泛称去茶楼品茗曰'上高楼'，家喻户晓。"

当时广州还未开辟马路，多为平房广厦，所以说是高楼，最早的茶楼也就是三层，但已经颇花心思，比如说厨房设在二楼，方便用最短路径把点心热腾腾端上桌。

茶楼地方通爽，座位舒适，以"水滚茶靓"为招徕，点心精致，由此"一盅两件"成为广州人饮茶的代名词。

茶居"升格"为茶楼之前，原来都是供人们工余之暇的消费场所，但自辛亥革命后民国初年，工商各业日趋兴旺，交往频繁，茶楼从单纯的消费场所进而成为各行各业买卖"斟盘"（洽谈）、互通信息的地方。

文史资料里，还给当年富人买妾，到高端茶楼"相睇"（也就是相亲）的情形记了一笔，批判了一通。

如此种种，挑剔些的客人到茶楼坐下，重新要来开水，不放心地把杯碟碗筷自己涮一遍，没准在当时是颇为摆谱的行为。一来二去，顾客至上的茶楼干脆贴心地全面配合，搞成了标准流程，顾客大爷们高兴就好。

又或者，本来就是茶楼为让顾客放心，一开始就特别设置的服务流程，可以由侍应代劳，也可以由客人自己来。

这种洗杯程序后来蔓延到了茶楼食肆的任何一餐都有人进行。直到现在，好些生意不错的大排档和农家乐也专门配备开水茶洗。

倒是省港一家亲的香港不流行这个，港籍同事对此表示过惊诧。有科普文章研究过这套经由茶客自己动手的消毒程式之有效性，结论是除了浪费开水之外没啥大用。

不管有用没用，习惯使然，由此在茶楼桌边甫一坐定即拉开架势，继而在北方来客眼里，成了一套高深莫测的茶楼饮茶起手式。

斟茶手势和致谢暗码

如果和老西关人饮茶，你会发现一桌人此起彼伏轮流地给你斟茶，哪怕茶杯里的茶只抿了一口。

如果杯里实在太满，还会有人和你说，茶冷了给你换杯热的，随即整杯倒掉再重新斟个半满。

这时无须太在意。他们这么干，除了照顾客人，还有个原因是要给自己斟茶。

那是种旧时老派家教，上茶楼饮茶时，不能自顾自只给自己添茶，要沿桌逐个杯子一路斟过去，最后才添自己面前的那一杯。到了现在还有这习惯的，大抵都是从小养成。

雪龙鱼酸菜肠粉。（供图 / 白天鹅宾馆）

通常这么一来茶壶就空了，那么叫侍应加水。

在服务特别好的茶楼，可以不必言声，只需把要加水的茶壶盖揭开斜放，眼观六路的侍应会不断扫描各桌状况，看到即会过来添水。

据说这规矩源自民国时期茶楼，有无赖闲人上茶楼饮茶，把小鸟还是什么宠物藏在空茶壶里，侍应来加水时，一揭壶盖鸟飞走，客人趁机闹将起来，茶楼被狠敲了竹杠。

自此之后慢慢有旧规矩，要添水时须客人自揭壶盖，而把壶盖揭起斜放，当然是客人的省力气做法。

这算是旧话，现在看得懂这套的茶楼侍应，应该都是老牌茶楼特地培训过的。

人手不够的茶楼，茶客要添水时，恐怕需要中气十足地来一嗓子兼使劲挥手，侍应也未必能在乌泱泱人头攒动的大厅中看得见你。想要快的话，客人可以自己服务自己，他们不会介意的。

而被斟茶的人，如果对方比你辈分高，你可得一边致谢一边双手捧杯站起来，再客气懂事些的，甚至顺手接过茶壶给对方斟，再顺便把余下各人茶杯斟完；如果斟茶的是平辈或晚辈，你可以单手弯起食指中指，余指虚握成拳，在杯边、桌上轻叩两下，这是致谢，也是老派喝茶旧例。估摸着我们这一辈再往下，知道的会越来越少。

倒不是为了显摆自己家教，小时候住西关，热心邻居们着实觉得有必要帮我爸妈培训一下一脸懵的娃儿，免得带出去了啥都不懂。

回想起来，那时候的邻居们真是连对别家的小孩都很有耐性和工夫。

培训教育我的邻居说，茶楼饮茶的叩手谢礼有出处。从前皇帝大臣微服出游饮茶，皇帝一高兴顺手给大臣斟茶，大臣惶恐，想跪又怕暴露身份行迹，于是以手叩桌替代行礼。

长大之后发现，出处还真是有鼻子有眼：皇帝是微服南巡的乾隆，具体地点，一是杭州，一是松江，以叩手代替叩首的是当地知府或者太监。具体细节，是被斟了茶的知府或太监，弯起食指、中指和无名指，在桌面上叩九下，权代三跪九叩大礼。

如此，“叩首”为“叩手”所代，三指弯曲即表示“三跪”，连叩九下，表示“九叩首”。至今还有不少地方包括港澳地区的人行此礼，凡被人请糖斟茶甚至斟酒之际，均可以叩手示谢。

早先的叩手礼讲究些，非得屈腕握空拳，以指关节叩。后来慢慢简化，用食指中指或者只用食指，意思一下地在桌面点个三两下。不过单指叩桌似乎有些太随意，也有人说，如果是单身，可以单指叩。

但凡礼节讲究起来，可以延伸出诸多细节，比如说茶桌上晚辈向长辈叩手致谢，是五指并拢成拳，拳心向下，五个手指同时敲击桌面，相当于五体投地跪拜礼；平辈之间，是食指中指并拢，敲击桌面，相当于双手抱拳作揖；长辈向晚辈示意，食指或中指敲击桌面，相当于点下头。

还有个说法，是长辈如果特别欣赏这位晚辈，可以敲三下。啊，斟个茶而已，倒是让人想起故事里的悟空和惠能，被师父敲个三下脑袋或别的什么物事，就知道三更摸去找师父，或听真经或被传衣钵。

去江南玩过很多次，在这传说中叩手礼的源起地区，却不觉得他们餐桌茶桌上有这规矩。反倒是更南面的岭南，多年来茶楼里的老广州街坊们，被斟茶时用叩指致谢用到了如今。手势的意思，由传说里的谢主隆恩，演变成谢谢和不敢当。

斟茶讲辈分。娶媳妇时，新郎接到新娘回家进门的第一件事，就是双双给男方父母斟茶。粤语里寒暄说“几时饮新抱茶”，意思是啥时候娶儿媳妇。“新抱”就是儿媳妇，这是对着男娃家长的特定寒暄话。

总之斟茶这事，可大可小。

倒也不必紧张，因为到了具体操作层面，大伙的态度又随意起来，既可以礼多人不怪，也可以不知者不罪。

只是随着上茶楼的一代又一代茶客的更迭，有些茶桌上的礼节旧俗，从明码慢慢变成暗码，再往后，水印般褪却消失。

凤尾香芋角。（摄影 / 郭飞华）

㈡ 土著眼里的饮茶

一盅两件

想去饮餐茶，说来也容易，只要你有钱有时间。

一句话，有钱有闲。

有钱这事，可以选择的茶楼很多，花费丰俭由人。有闲这事略难，人要闲，心也要闲，否则世上那么多好玩的事情，不一定选择坐下来饮茶。

来广州多年的朋友们好些都对一句粤语印象深刻——叹世界。

“叹”字用在这里是享受的意思，舒服闲散地去饮茶，也叫叹茶；形容别人日子过得着实享受，也可以说“佢真喺好鬼叹”。这种享受程度，大抵是心无旁骛地舒服到由衷叹息的样子。

如果把幸福概念具体细分，统统化为可执行的具体细则，那么在西关，一个幸福家庭的老人家的生活细节里很重要的一项活动，就是饮茶。

家中长辈可以有规律地去茶楼饮茶，大抵背后有许多硬件支撑——

要日子闲适不必忙碌：起码是不必密集地操心操持家中早餐或带娃事务；要身体胃口还不错，生活很规律。广州酒家集团副总经理赵利平先生，在餐饮业工作了 27 年，闲聊时说起，他们的早茶客人里，有一批老人家是每天规律地来，甚至是固定地坐在同一个位置。听起来是细节恒常安稳的晚年。

要柴米无忧：入得茶楼，无论价钱如何相宜，总是比街边吃碗粉面要更花费些。粤谚说，小数怕长计，日积月累是笔固定的花销。茶楼之中日月也长，若要算这笔细账，就不会天天去了。

并且这笔幸福的花费还有一个来源——逢年过节，儿孙辈孝敬给祖辈父辈的红包零花钱，叫作饮茶钱。什么叫作老怀大慰呢，这就是。

不叫吃饭钱也不叫别的钱，只叫作饮茶钱。

特地问过高寿近百的点心泰斗陈勋，大家常说的一盅两件，准确意思是什么？他说，一盅，指的是泡茶的茶盅；两件，是指随意的两笼点心。

也有其他更详细的说法，说“一盅两件”源自最早时候的“二厘馆”，只收茶钱二厘，“一盅”指的是佛山石湾产的大耳粗嘴绿釉鹌鹑壶，配一个瓦茶盅，里面放的是粗茶；“两件”则多是大包、松糕、芽菜粉等价廉的茶点，集中摆在台上无须点叫，由客人自选取食，食毕结账。

到了茶居茶楼时代，一盅两件开始越来越精致讲究。

饮茶这件事，在岭南幸福生活体系里，愈是接近晚年，愈是寓意深长。

世间的路也是既短又长，愈走到后来，在旁人眼里愈像个背影。每日醒来没什么心事地踱去惯熟喧嚣的茶楼，叫上个一盅两件。

一盅两件，其实也可以说，是一个人去饮茶的分量。

从前的怡然晚景之一，是茶楼里的一份报纸和一盅两件，到现在据说已经渐渐换成一盅两件和一部智能手机。

①②③“一盅，指的是泡茶的茶盅；两件，是指随意的两笼点心。”
（摄影 / ①陈海平 ②郭飞华 ③多吱）

阖府饮茶

阖府饮茶。（供图 / 白天鹅宾馆）

老城区里，街坊邻里们凡俗庸常幸福的早上，可以从饮早茶开始。

一家人齐齐整整地去。

这种阵仗，通常是在周末、节假日或者家族的大日子，约齐了聚在一处进行比较正式的早餐。粤地随意的早餐选择很多，粥粉面五花八门，但论仪式感，还真就是饮茶。

此俗粤港一同，印象里有个获奖的香港怀旧广告，画面就是父亲周末带着儿子上茶楼，儿子长大，又带他儿子上茶楼。

至于大规模的家族聚会饮早茶，隆重程度基本仅次于晚宴。比方说，这家儿子若干，那家女儿若干，约定俗成地都会全家出现，缺席的话要特别说明，济济一堂，一大桌乃至好几桌，真实示范三四五代同堂的热闹人生。

这时候要定在哪家茶楼饮茶，地点会随着流年无知无觉地换，有人挑最熟悉的，也有人挑最当时得令的。通常是谁负责埋单谁说了算，如果最大的家长没有特别意见的话。

辈分高的家长们通常有固定相熟的茶楼酒楼。从前一家茶楼可以光顾很多年，茶市未必能赚得多，聚熟客和人气。有些念旧的老人家，到家族设宴摆酒时如果没能帮衬平日惯去的那家店，会觉得抱歉。

大抵是种农耕时代式的长情念旧。

人口流动不那么频密的年代，开店拢客是门日积月累的功课，感情牌可以打三代。

而如果是小辈们打算请全家族或同辈们饮茶，则通常会选最当时得令的去处。

天鹅榴莲酥。（摄影／陈海平）

小姐普洱和先生水仙

粤语里有旧词，比如说，谈生意叫作“斟盘”，斟酌的斟，盘口的盘，有什么谈不拢的条件，不要紧，慢慢斟。

生意盘口有大也有小，小本生意双方谈意向、聊细节这种事，约上茶楼斟一下。边斟茶，边斟盘，生意谈成再去吃大餐。

改革开放初期，全民经商大潮甫起，风口浪尖潮头的南国有句玩笑话形容不靠谱的生意：“飞机倒后镜，火车内胎，原子弹撞针。”这几样物事全是子虚乌有，说得如此煞有介事的具体而荒谬，旨在让人一愣之后失笑，算是粤语里蔫儿坏的吐槽梗。

此地是两千年商埠，无数大大小小的生意经“嗡嗡嗡”不停歇地汇进时光里，似众人杯中茶水冒出的热气。

粤地饮茶，并不专为品茶，重点在吃，可茶也不能太次。

老一辈数说二十世纪三十年代茶楼旧例是：“每当客人上楼入座时，企堂（堂倌）即来招呼。首先以布抹台，并问开什么茶。因为当时茶楼备有龙井、水仙、寿眉、普洱、六安、红茶、菊井、菊寿以及菊花跟糖等。有些还设午时茶、甘和茶和清远茶，总之千方百计迎合顾客需要，而且各种茶叶都用厘戥称，称过然后落盅。初期用有脚焗盅泡冲，每客一盅。后来则仅备焗盅，而不带盅架。”

菊井和菊寿，我私下猜测是菊花加龙井、菊花加寿眉的组合。二十世纪八十年代港式茶楼在粤地开业，有款茶叫作菊普，实际上就是菊花加熟普放在一壶里沏出来的茶。

至于古早年间茶楼可供挑选的茶里有午时茶、甘和茶之类，也不必太惊诧，准确说来那些算得上是药汤。午时茶祛风解表化湿和中，治外感风寒内伤食积；甘和茶是佛山传统中成药，疏风清热解暑消食，感冒前头疼关节疼之时灌点下去，应该管点用。以前在茶楼的茶单上还看见有竹壳茶、苦丁茶和溪黄草。

粤人以前几乎可以把日子搬到茶楼里过，除了睡觉。记得当年“非典”，全国人民抢购板蓝根抢到断货来着，结果带同事去到某家茶楼，咨客居然告诉我们，叫茶可以叫板蓝根，是店里提供的茶客特别福利，只是不设外卖。这揽客手段，也真是到了极致。

至于清远茶，据说源于清代的茶名，为广东清远所产茶的合称。清光绪年间的《清远县志》载，清远茶以笔架山所产为最，黄腾峡次之，文峒、坝仔又次之。以笔架茶为代表的清远茶，味清香兼具解暑消滞的功效，年份久远的可用于治病。

本地红茶以英德红茶最为出名。英德，岭南古邑，又称英州，由清远市代管。英德红茶以前出名的是荔枝红，小时候觉得这茶真好喝。到了邻居大人们弄红茶菌的时候，我们家的茶叶就被我乱七八糟地泡了拿去喂茶菌了，着实糟蹋东西。

后来才知道，著名的荔枝红茶是以工夫红茶为原料，一边烘荔枝干一边低温熏制而成，做法类似茉莉花茶，既有荔枝的熟果香，又有工夫红茶的甜香。

而现在另一款出名的英德红茶，叫作“英红九号”，茶名也许源自陆羽《茶经》里的“岭南英红产茶”。

这两款，应该都是二十世纪五六十年代出口换外汇的茶。

数十年后的今天，和人聊起荔枝红。他说，刚从马来西亚出差回来，住的酒店不错，入住时，侍应会捧着一壶茶带客人进房间，然后斟茶，那茶就是荔枝红茶。

早茶喝普洱、寿眉也不错。普洱是熟普，寿眉最好是陈些，既有那股特别的香，也没那么寒凉。粤人全天候、全方位地为肠胃着想，早起空着肚子，喝下去的茶水不要那么刺激。

单喝熟普或者叫一壶寿眉，现时也算是顽固的旧口味，已经并不是每家茶楼都备寿眉。

记得有一年在公司吸烟区和司机大佬闲聊，聊到寿眉，他哈的一声，第二天就分了一包家里的私藏过来，自此之后和他的交情，迅速变成了公司遇街坊。

如果要招呼北方来的客人，可以叫一壶香片。香片即是花茶。香片茶的生产，始于南宋，已有一千余年的历史。

明代顾元庆《茶谱》里记得比较详细："木樨、茉莉、玫瑰、蔷薇、兰蕙、橘花、栀子、木香、梅花，皆可作茶。诸花开时，摘其半含半放之香气全者，量茶叶多少，摘花为茶。花多则太香，而脱茶韵；花少则不香，而不尽美。三停茶叶，一停花始称。"据考大规模窨制花茶始于清代咸丰年间，到光绪年间花茶生产已经比较普遍。

只是到了我们这辈人，其他的香片都不见了，一说香片，直接就认为是茉莉花茶。噢，对，还应该加上荔枝红茶，那也许可以算是荔枝香片吧。

再后来，冻顶乌龙、铁观音、大红袍、金骏眉和潮州单枞陆续有来。茶楼的茶单，像是个一路延续的茶叶口味排行榜和流水账，既祖传又更新。

不过，在重点是吃点心的茶楼里，这些个茶叶品质通常不会是最优级别。如果对茶汤挑剔，客人也可以自带私家茶叶，只要茶位钱照给，没有什么是不能商量的。

至于好茶楼的达标条件，现在由大家嘴里说出来很像是约定俗成的词语接龙："水滚茶靓，地方通爽，空气充足，招呼周到。"

在没有互联网乃至电话都是稀罕物的古早年代，和狐朋狗友们约去茶楼饮茶是个消遣的好选择。

印象里见过一幕，小哥们去到茶楼落座，俏丽女堂倌过来招呼："先生，饮咩（什么）茶？"

不良少年去撩人家："小姐，普洱啦。"

女堂倌似笑非笑："无普洱，不如水仙啦，先生？"

粤语里，普洱的发音近似"抱你"，水仙的发音近似"死先"。

对旧日市井茶楼里的印象不知何时已经褪成了黑白色，记忆里留下了这么个一来一回间。

㊂ 西关饮茶坐标

印象里数十年来广州人约饮早茶的去处，大抵是住河南（海珠区）的，就近可以去成珠楼和南园酒家；住越秀区的，就近可以去北园酒家、中国大酒店的翠亨村、花园酒店的荔湾亭。

成珠楼是有据可查开业最早的茶楼，说是有一块刻着“成珠楼”的樟木牌匾，落款署清朝乾隆年代。1985 年被大火毁去，原址重建后 1990 年再开张，至 2000 年关门结业，令众多老辈街坊唏嘘。成珠楼最出名的点心零食叫作小凤饼，那是现在的雅称了，大伙原本都叫鸡仔饼。而南园和北园，则与位于西关的泮溪并称“广州三大园林酒家”。

住西关（荔湾区）的人们选择最多，吾辈小时候被长辈带着去的老字号：陶陶居、莲香楼、广州酒家和泮溪酒家，全都位于西关地。由龙津西路起，经上下九路而至文昌南路，它们的坐落位置基本上就是一路直线。

改革开放初期建成的有白天鹅宾馆玉堂春暖、中国大酒店翠亨村、花园酒店荔湾亭，再后来的是利苑、稻香和兴悦。而由二十世纪八十年代至今，去位于沙面的白天鹅宾馆玉堂春暖约个早茶，是大伙都喜欢的选择。

陶陶居：恰相逢作座中君子

陶陶居创始于清光绪十九年（1893 年）。

从前广州的茶楼和酒楼分得非常清楚。虽然现在你可以去茶楼吃午饭，而去酒楼喝夜茶。但从前广州的茶楼就是茶楼，只经营早午茶市、点心和龙凤礼饼，不经营饭市，不包办筵席。而酒楼就是酒楼，只经营饭市、包办筵席，不做茶市和点心。

说得再简单一些，就是如果在一百年前的广州，若要一眼就分辨出茶楼或酒楼，你可以看它们店里的柜子——

设饼饵柜的，是茶楼，喝茶；设烧腊柜的，是酒楼，吃饭。

最早把茶楼和酒楼一起开的，是陶陶居。据载当时颇费周章，原因则是当年茶楼和酒楼泾渭分明，员工分属两个工会，作为头一个打破行规要跨界经营的综合性饮食企业，一番扰攘难免。那是 1925 年的事情。到现在，酒楼酒家经营“三茶两饭”——早午夜茶加午饭晚饭都开市，是正常事。

当年广州的茶楼，一般是三层，楼底高，窗户多，通风透气。做点心的厨房设在二楼和三楼之间，这样，端到二楼三楼的食客们桌上的点心才会同样地热腾腾。

陶陶居当年开业时以白云山九龙泉水泡茶做招徕，每天用人力大板车到三元里接载白云山九龙泉水。拉入市区后，改用数十人以红色扁担挑红色木桶，桶上漆着“陶陶居”“九龙泉水”字样，列队招摇过市。所谓“陶陶烹茶，瓦鼎陶炉，文火红炭，别饶风味”，传说是用红泥小火炉，烧乌榄核作炭，瓦茶煲内沸煮九龙泉水，茶盅内装着各人自选的名茶，专人侍候于房中雅座，茶靓水滚。鲁迅在 1927 年 3 月 18 日的日记里说：“雨……午后同季市（许寿裳）、广平往陶陶居饮茗。”

而说起陶陶居，不能不提的似乎还有他们的那块黑漆金字招牌。“陶陶居”三个大字是康有为的手笔，据说，以他最得意的“石门铭”碑法所写。

传说有三个版本。

版本一：康有为当年设大馆于长兴里（现位于中山四路），斋名“万木草堂”，学生多，名气大，人皆尊之为康老师。康老师也去陶陶居喝茶，店主顺便就请康老师写招牌。康老师自然是写了，挂起之后，门庭若市。后来“戊戌变法”失败，清廷追查“康党”，招牌一度被摘下。辛亥革命后，店主顺应时势，又将招牌挂起来，

①

②

但为慎重计，就把康有为的名字抹去，成为没有署名的招牌。现在又被加了回去。

版本二：比较扫兴，说那不是康的手笔。后来，经过刘海粟等许多大家鉴定，又说是啦。

版本三：这是一个有点儿香艳的版本。据当年茶楼业的前辈区汉波说（区在光绪三十二年曾在第十甫西如茶楼当正柜，宣统二年又在莲香楼当第一任在场司理），陶陶居的所在地，拆马路前属十一甫，拆马路后合并称第十甫。十一甫大街原有一间古老大屋，是康有为的名叫“陶陶”的爱妾住的，所以康有为写了个牌匾在那儿，叫“陶陶居”。维新失败，康外逃，陶陶也不知所终，只有旧居还在。每每有过客驻足，叹其盛衰，赏其墨迹。民国十一年拆马路时，这间古老大屋也属在拆之列，陶陶居的创办人之一陈伯绮觉得这三个字利于宣传，于是贿买拆路工匠，代为拓得墨迹，去掉书写的年份而放大。所以，陶陶居的招牌是没有书写年月的。

撇开莫衷一是的招牌来源版本说，其实细究陶陶二字，在汉字里另有正儿八经足以申遗的意指和意象：

陶陶，指欢乐、广大貌。语出《诗 · 王风 · 君子阳阳》：“君子陶陶，左执翿，右招我由敖，其乐只且。”此处君子指舞师，一说妻称夫；陶陶：和乐舒畅貌。

指和乐貌。《晋书 · 刘伶传》：“（伶）惟著《酒德颂》一篇。其辞曰：‘……

③

①广州的茶楼，一般都是三层。
②陶陶居内景。
③关于“陶陶居”这三个大字，有三个版本的传说。
（①②③摄影 / 陈海平）

先生于是方捧罂承槽，衔杯漱醪，奋髯箕踞，枕麹藉糟，无思无虑，其乐陶陶……’”

指广大貌。王引之《经义述闻 · 毛诗下》：“《风俗通义 · 山泽篇》引此诗曰‘江汉陶陶’，陶与滔古字通。”

指阳气极盛貌。《史记 · 屈原贾生列传》：“乃作《怀沙》之赋。其辞曰：‘陶陶孟夏兮，草木莽莽……’”《楚辞 · 九章 · 怀沙》作：“滔滔孟夏”。王逸注：“滔滔，盛阳貌也。言孟夏四月，纯阳用事。”

指醉貌。唐李咸用《晓望》诗：“好驾觥船去，陶陶入醉乡。”宋苏轼《观湖》诗之一：“释梵茫然齐劫火，飞云不觉醉陶陶。”

指漫长貌。王逸《楚辞 · 九思 · 哀岁》：“冬夜兮陶陶，雨雪兮冥冥。”原注：“陶陶，长貌。”

驱驰貌。《诗 · 郑风 · 清人》：“清人在轴，驷介陶陶。”《毛传》：“陶陶，驱驰之貌。”

汉字组合玄妙，总之陶陶是个好词，用来命名温柔乡或茶楼皆宜。

从前有一阵子，每逢周一、三、四、五、六下午两点，如果你去陶陶居喝茶，就可以听广州唯一的一个“讲古佬”在那里开始讲故事：“话说过去西关有一首歌谣：人好你话好，不知花和草，行到第一津，完全无晒甫……”

现在的陶陶居店门口也有一副对联：“陶潜善饮，易牙善烹，恰相逢作座中君子；陶侃惜分，夏禹惜寸，最可惜是杯里光阴。”

资料记载里，这对联还有一个大同小异的版本：“陶潜善饮，易牙善烹，饮烹有度；陶侃惜分，夏禹惜寸，分寸无遗。”

莲香楼：谁家炊饼月方圆

陶陶居的斜对面就是莲香楼。从前，一到卖月饼的时候，这两家就开始拼得不亦乐乎。当然，全广州的酒家茶楼饼屋但凡能做月饼生意的，都会拼得不亦乐乎。

印象中莲香楼那很高的天花板上总挂一盏巨大的莲花形吊灯，小时候第一次听人说起《宝莲灯》那出戏，立时就插嘴：“是不是‘莲香’的那种灯？”当然不是。那也算是小时候闹的笑话了。到现在，莲香楼的月饼盒子上还是印着“莲蓉第一家”。

据说莲香楼在宣统二年（1910 年）开业。主招牌“莲香楼”三字是大富堡莲塘乡清末举人（曾任翰林院编修）陈如岳手书，后来毁了。而店门对联出自清末秀才谭颐年：“莲味香清，镇日评茶天不暑；香风遥递，谁家炊饼月方圆。”横匾：“赏心乐事。”资料里说此联原文是“莲味挹清，永日当茶天不暑；香风遥递，谁家炊饼月方圆”，在 1984 年恢复茶饭市经营后才改成现联。

莲香楼当年主营饼饵和茶市，店名莲香，意思是莲子蓉香。粤语说人笑容好、笑得甜、笑开花，就说是“莲子蓉咁口面”。

饼饵里龙凤礼饼和月饼应该都是大桩生意。

龙凤礼饼和大葵扇

旧时粤俗谈婚论嫁，除了要谈礼金、首饰、酒席，还得落实细则，如海味多少、礼饼若干，具体地定明每款数量。这种礼饼，就叫龙凤礼饼，民间叫作嫁女饼。广派亲友街坊用的，怎么说都跑不掉百多斤，富裕人家要订五六百斤不稀奇。

嫁女饼越多，女家越有面子，但这嫁女饼一般都是男家给，在过大礼（下聘礼）的时候一担担抬去女家。

清代《岭南杂事诗钞笺证》有记载："粤中定亲，先议礼饼，女家以多为体面。"

古早时这饼以担计，一担是 100 斤。而 1 斤又分为四头或八头。四头表示 1 斤 4 个饼（大饼），八头表示 1 斤 8 个饼（细饼）。要聊礼饼时，没人会说多少个饼，说的都是几担、几斤和几头。

嫁女饼广赠亲友时，须是双数，喻好事成双，而且最少也得两个，俗称"双扁"。家有喜事广而告之赠之，这可谓典型的"派街坊"，派发分赠的派。

派给血缘亲近的亲戚，则起码是要两斤或以上，"一表三千里"的亲戚，可以送 4 个至 6 个，比街坊多，比直系少。

过大礼之时，男家送礼饼，女家的回礼是甜粽和通窿煎堆。

在从前婚嫁预算里，这就不算是小数目了。女家掰着手指头逐个数，算说要送多少沾亲带故的亲友街坊；男家派的媒人往返说项，讨价还价提出各种预算内建议。

其时西关是广州首富之区，居民稠密，媒人也多。

粤地天热时候长，媒人通常手里拿着把葵扇走街串巷，甫进门时热得未语扇先摇，所以粤语以前谑称媒人叫作"大葵扇"，而"扑大葵扇"则是起劲摇扇子状，极力撮合状。

史料里载，莲香楼开店时，打定了主意做莲子蓉特色制品，茶市做名茶美点，饼饵做礼饼月饼。甫开业时的礼饼市场销售策略，是"四出联系媒人，许以相当酬劳，请媒人在做成每宗婚姻介绍、商定礼饼数量时，必声言礼饼要莲香楼的"。

①莲香楼就在陶陶居的斜对面。

②旧时定亲商定礼饼数量时，必声言礼饼要莲香楼的。（①②摄影 / 陈海平）

“此举相当成功，每逢良辰吉日，大街小巷，不断出现莲香楼的送饼队伍。他们使用两头红中间绿的担挑，大红的饼盒食箱，一字儿招摇过市，既是实用，又收到扩大宣传的效果。”

礼饼生意做起来后，月饼生意水到渠成。当时富裕人家新婚头年的中秋节礼特别隆重，以靓莲蓉馅为特色的礼饼和月饼生意相得益彰。

“过仙”咸蛋黄和“冰花”莲子蓉

“江畔何人初见月？江月何年初照人？”

珠江畔的广式月饼里，蛋黄莲蓉月是旗手，可以查到的成名记载是清末，也和莲香楼相关。

一种说法是 1889 年城西有家糕酥馆，用莲子熬成莲蓉作酥饼的馅料，清香可口，大受顾客欢迎。光绪年间，这家糕酥馆改名为“连香楼”，莲蓉馅的饼点已定型为现时的月饼。宣统二年（1910 年），举人陈如岳品尝该店月饼后大加赞赏，但觉“连香”二字不雅，建议改成“莲香”，并手书“莲香楼”招牌。

③二十世纪五十年代的月饼包装盒。（摄影 / 陈海平）
④清末，广州莲香楼的股东合影。前排最中间的长者是当时广州的“茶楼王”谭新义。（供图 /FOTOE 图片库）

另一种说法，则是清光绪三十四年（1908 年），当时的“茶楼王”谭新义已拥有惠如楼、太如楼等好几家茶楼，在第十甫路也开着一家西如茶楼，具体位置是后来十甫路新华书店的地址，在广州酒家对面。离此不远的第十甫西约连登巷口，有家花县（现称花都）人经营的茶果铺，店名叫作“连香”，主营松糕、煎堆、大发（祭神用的一种金纸）、红包和响糖等敬神及婚嫁回礼食品，因为生意不好，正在暗盘招顶（粤语房地产行话，指不公开招标，全盘家私铺位找人接手顶让）。由此谭新义过去斟盘和接盘，而后再以合兴堂名义购得和“连香”相连的房地产三百多平方米，全部拆平改建为茶楼，1910 年开业。

私下觉得与其言之凿凿地说蛋黄莲蓉月到底是谁的独家发明，倒不如说当时是莲香楼家的蛋黄莲蓉月名声最好。

记忆里从小吃到大的广式月饼，横轴排过去是甜口的莲蓉月、豆蓉月、豆沙月、椰丝月、椰丝莲子月，咸甜交加的火腿月、叉烧月、五仁月、鲍鱼五仁月、榄仁烧鸡月。

单是莲蓉月的纵轴上，就细分纯正莲蓉月、蛋黄莲蓉月、双黄莲蓉月、三黄莲蓉月、白莲蓉月、蛋黄白莲蓉月等；而豪华版的七星伴月各家不同：有七种口味的小月饼加一个特大月饼的组合，也有弄了七个咸蛋黄藏在饼里的一个巨大莲蓉月。

月饼切开时，大人通常都简单地哄小孩，“你看里面藏着个月亮”。最像漆黑夜空里悬一轮圆月的，其实是蛋黄豆蓉月和豆沙月。莲蓉的口感最细腻，外观像玉，比豆沙、豆蓉贵，白莲蓉则再贵些。

咸蛋黄和甜馅搭在一处做成点心，如此特别的想法和做法，成为经久流传的区域性集体口味习惯，是件奇妙的事。

在广式月饼里扮演月亮的咸蛋黄，是重中之重。

粤语里有是否“够身”一说，用在家禽家畜上，是评论成熟度和成长时间是否足够；用在咸蛋黄身上，则是评价咸度和腌制时间是否足够。

可以“过仙”的咸蛋，是好咸蛋。

“仙”指从前的硬辅币“铜仙”。当年的咸蛋采购质检，是打开一只咸蛋放进玻璃杯里，合格的咸蛋黄会被蛋白浮起，还可以把轻放下去的“铜仙”不沾蛋黄地拉过去。

除了“够身”，还有颜色。从前的经验是，给鸭子喂的动物饲料愈多，蛋黄颜色就愈加鲜红，用来做月饼，切开时的蛋黄莲蓉月饼就特别抢眼。对的，在还没有苏丹红的年代，其实大家喜欢月饼里的月亮带些橙红色。

莲蓉家家有，月饼生意一直竞争激烈。当年做莲蓉，每家的比例大致相同：莲子 10 斤，白糖 15 斤，花生油 4.5 斤，关键在于莲子、白糖、花生油的质量。

清末民初乃至陈济棠主粤初期，国内制糖工业仍然非常落后，虽则粤地是产蔗区，但好的白糖全靠进口，价格比土糖高近一倍，即便当时较好的土糖“惠州白”，糖色也是赤黄，橘水味又很重。所以当时食品行业凡产品原料必须使用白糖的，多美其名为“冰花”，比如“冰花鸡蛋散”“冰花伦教糕”。

“莲子有湖莲、湘莲之分，还有新旧之别。湖莲香味逊于湘莲，市价只及湘莲七成左右。花生油品种繁多，过去大量来自天津、青岛等地，价格较便宜，但质量却不及价格略高的纯正土榨花生油。在用料问题上，家家各显神通。”

饼饵是零食，压低成本平价竞争是饼饵业的风气。莲香楼当年冒着成本高、售价高的风险，走的是精品路线，原料都选好的。

古早制莲蓉，第一步是褪莲子衣。莲子衣色赤红味涩，不褪干净做不好莲蓉。家里做莲子羹，是把莲子泡透了水之后褪，而大规模的褪莲子衣，用枧水（也称碱水）。当时用枧水是技术活儿，枧少褪不干净，枧多则把莲子香味都给弄没了。从前的枧水绝大部分是用什树柴灰土法制成，碱度不稳定，除了要找靠谱些的枧水厂，具体操作也相当考验师傅的功力。

给莲子剔芯，量少的话可以成就一幅闲情图，量多则看过去满眼都是人力成本。从前大规模的工坊有种简单粗暴的做法，用木轱辘把泡软后的莲子压烂，再拣出莲芯。莲芯又不是铁钉，被压烂的莲芯多少会混在莲肉里，嘴刁的人吃起来多少有点苦味。当年莲香楼是专门雇请女工，用竹签逐粒剔除莲芯。

和同龄的友人聊起这事，他说小时候学校有学工学农的课程，他们的学工课程，就是去果子厂里剔莲芯。那是二十世纪七十年代了吧，堆山积海的煮好的热莲子，剔得手都快脱皮，全班小朋友也不过就是剔出来十斤八斤莲子。

只是现在看起来，怎么也比我们学校给汽水瓶盖加密封胶片的学工课程，要有诗意一点。

月饼这桩夸张的生意

月饼生意从来都不是独家，街坊们既喜新也念旧。中秋之前月饼大流动，年年有新花样：这盒香港的，那盒台湾的；水果馅的要不要试一试，冰皮月饼在冰箱里要赶着送人或者吃掉？还有一盒价钱贵得飞起，又有一盒据说是粤西名饼。

光是广州西关地的老字号，莲香、趣香、泮溪、陶陶居、广州酒家和白天鹅，似乎就可以慢慢计较挑过去。

到了现在，广州酒家每年月饼销售额是个夸张的数字。白天鹅宾馆月饼每年的拥趸非常稳定，那大抵是当年最小巧精致的月饼——棋子饼的原型，牛油饼皮，行内叫作“嚤苏皮”，其渊源是1985年时，白天鹅宾馆的投资者霍氏家族，从香港带回口感最好的月饼交给厨师团队做参考而研发的。

按说，那么多酒家饼店乃至面包连锁店和冰激凌店都开足马力做月饼，应该是家家户户吃不完。不过印象里，我妈年年都起码买个十盒八盒寄出去。我家六个姨两个舅，他们爱吃广式月饼，于是乎，一寄数十年。

“小时不识月，呼作白玉盘”，月饼倒是吃了不少，然后就长到了自己要置办月饼的时候。

广州酒家：食在广州第一家

许多人去广州酒家，是饭市。然则广州酒家的茶市也很旺，去的大都是街坊熟客。

广州酒家的老店在西关位置极好，文昌路、长寿路、状元坊、第十甫路、上下九，附近街坊要饮早茶抬腿就到了。

在餐饮业工作了27年的广州酒家集团副总经理赵利平先生说，曾经有一阵子早茶开门时，在外面等的客人们争先恐后，他们专门用个箩筐来装客人挤掉的鞋子什么的，最多的是分店开张时候，装了两大筐。

听起来匪夷所思，可那是真的。现在客人多要等位置时，是发排位纸，按先来后到叫号；以前没有发排位纸的年代，节假日高峰期预先来占座的尤其多。一开门一通往里乱冲乱抢，广州这种亚热带地区，好些人又喜欢穿拖鞋或趿拉着鞋，争先恐后之下于是乎……等抢完位置，他们自己会出来在筐里找鞋。

广州酒家月饼大师董珩师傅演示月饼的制作。
（摄影／陈海平）

①珠江畔的广式月饼里，蛋黄莲蓉月是旗手。

好些老街坊熟客即便已经搬去别处住，也还是会回到这里饮早茶。从前茶楼的服务员，会记得熟客们的喜好习惯，坐下来要喝哪种茶，叫的是哪几种点心——他们的服务员到现在也还这样。为熟客保留固定的某个位置，这倒一直是饮食行业对熟客的贵宾级待遇。

广州酒家门前的点心柜，常年卖当天手工制作的萨其马，按日子添卖自家品牌的应节点心，比如粽子和月饼。

要说到今天早茶生意谁做得大，应该是广州酒家，除了本店分店热腾腾的现场茶市，商场里的“利口福”也是广州酒家企业集团下属的品牌。没空去饮茶时，拆开食品包装盒，在家蒸一笼叉烧包、奶黄包或者虾饺、烧卖什么的，他家还是做了你的生意。

广州酒家每年的广式月饼销售额，是十几个亿。

广式月饼算点心吗？算的，广式月饼一直都归类为点心，只不过，它们是强大到可以独当一面自立门户的点心。中秋前的一段时日，你去任何一家茶楼饮茶，如果想要叫份月饼上桌，都肯定没问题。

要说怀旧口味，广州酒家的茶市和饭市口味是真怀旧，也许是本地客人多的缘故。小时候吃的是什么味道，现在也还什么味道。

②③④董珩师傅演示月饼的制作。（①②③④摄影 / 陈海平）

一次去吃怀旧宴，被陈晓卿老师问了一句，你从来不担心它们有一天会突然消失吗？好像不担心。熙熙攘攘中，旧城居民们的口味和老店互相滋养。

回西关闲逛时，有时会有种笃定和释然，像是走了很远回头看，那些熟悉的影影绰绰，都一直还在。

资料 / **“南北酒菜，物极四时”**

广州酒家最早叫作西南酒家，建于二十世纪三十年代，位于民初时期羊城食府文园的西南面，又与文兰书院为邻，地处广州最繁华的商业街第十甫、下九路中心。四周为市内人口密度最大，每平方千米内居民数高达 16 万人的清平、秀丽、宝华、华林等西关住宅区。有人说选择文昌路、十八甫、下九路、第十甫交点之开阔地带经营饮食，是风水上所说的“龙口地”（即风水宝地）。

酒楼落成，因为门开西南，取名西南酒家。新张之日，楼内筵张百席，楼外鞭炮喧天，醒狮采青，十分热闹，轰动城西。当其时，园林修竹绿荫小池，庭前匾额“南北酒菜，物极四时”八个大字金光耀眼。

①②泮溪酒家是全国最大的园林式酒家。

泮溪酒家：白荷红荔泮塘西

泮溪酒家的位置，连着广州西郊荔湾湖公园那一片，原是1000多年前南汉王刘钅长的御花园“昌华苑”旧地。据说当时附近有五条小溪，其中一条叫“泮溪”，故以此为名。

“白荷红荔泮塘西”这句，是当年清朝两广总督阮元给位于龙津路的西关大屋“小画舫斋”的题匾，泮溪酒家也完全当得起这句。

儿时住西关，会被带去泮溪酒家。在泮塘旁边，全国最大的园林式酒家，正当红。

那时候去泮溪喝茶吃饭是一项盛大的节目。

泮溪酒家旁边是荔湾湖，广州人又管它叫“人工湖”，因为是人们义务劳动挖出来的。其实东山的东湖也是人工挖的，不过，在西关，如果说人工湖，就是指荔湾湖。

泮溪酒家里有曲折的廊桥直伸到荔湾湖，廊桥的尽头是一座画舫似的吃饭的地方，像浮在水面上。而其他吃饭喝茶的部分，和别的老式酒楼没什么太大区别。不过，间隔全部用古色古香的满洲窗，听饮食业的老行尊说，泮溪酒家的满洲窗，是旧时保留下来的，如果要拍照，效果最好。

以前喝茶吃饭，要到结账的时候才数碟子算钱。听说有人会把碟子藏起来，

③泮溪酒家古香古色的贵宾厅。
④泮溪酒家的月饼。（①②③④摄影 / 陈海平）

或者是扔进荔湾湖。

当年的西关街坊人人皆知泮溪点心师傅罗坤，会做像小白兔那样的点心。有个国家的总统夫人来了，还舍不得吃，要打包带走。

泮溪酒家的招牌糕点里当然有用泮塘马蹄粉蒸出来的马蹄糕。当时，西关一带还有用新鲜的马蹄磨浆现蒸的新鲜马蹄糕售卖，就是生磨马蹄糕。

后来长大了，听说那些小白兔也就是做得好看些的虾饺。虾饺谁没吃过，遂不再馋。

最近跑到泮溪酒家逛了一圈，仍然看见天井里的老榕树，在别的酒家里恐怕少见这种奇景，广州酒家在西关的老店中庭里也有树。

走进去在当眼处看见一面老款酒楼指示牌，黑底金字标着各房间宴开几席，登时觉得其他人正酒酣耳热欢歌笑语进行中，自己是不是来迟了。

资料 / **“江南第一家”**

泮溪酒家建于 1947 年，继 1956 年公私合营、1958 年转为国营之后，于 1959 年开始了大规模的改建，由著名园林建筑专家莫伯治设计。经过两年营建，成为全国最大的江南庭院式园林酒家，被称为“江南第一家”。1993 年被国家国内贸易部授予“中华老字号”称号；1998 年，被国家国内贸易局批准为“国家特级酒家”。

白天鹅宾馆的内部装饰。（供图 / 白天鹅宾馆）

白天鹅宾馆：人人都爱白天鹅

如果你是个和二十世纪八十年代有交集的广州人，那么位于沙面白鹅潭的那座雪白雪白的白天鹅宾馆，在记忆和现实里都是个比较特别的存在。

那是改革开放之初内地的第一家五星级酒店，敞开了门，有钱的可以去消费，不消费的可以去睹逛。

相信许多广州人家里至今还可以翻出褪色彩照，照片上以白天鹅宾馆的中庭景观"故乡水"为背景，全家老幼眉开眼笑。

有一大家子的，也有几大家子的；有从海外回来的三叔公表舅父什么的，返乡省亲约齐了七姑八姨，老的小的阖府统请，到此处饮餐茶吃个饭，大家齐齐整整合个影。

那也是柯达、富士、柯尼卡彩色胶卷和傻瓜相机甫兴的年代。

白天鹅宾馆一直被广州人简略称为白天鹅。从它建成开业那天之后，广州人说起这个词，第一时间的联想就变成了五星级酒店，而不是动物。

粤地是侨乡，西关地人家，没有海外亲戚的人家反而是少数。那个年代回来省亲在白天鹅请客，算是最高级别的衣锦还乡，当然再高也没处去消费了。

光可鉴人的地板，香喷喷的洗手间，经常有小孩子乐得在大堂的地上打滚。一传十，十传百，当年的白天鹅是个奇幻世界游玩景点。

说起来当年有个既好笑又略心酸的梗，二十世纪七十年代到九十年代，商品房没普及的时候，谁家有特别亲近的亲友返乡或出差住在宾馆里约见面，会全家到酒店客房先轮流痛快洗个热水澡再热烈叙旧相洽甚欢。尤其是冬天，亲友们纷纷沐浴已毕，老老小小红扑扑热腾腾坐定，现在想起来真是奇景。

之所以对此仍有印象，是因为后来九十年代出差外地，顺道约老友——当地的发小两口子在酒店房间见面，这个口口相传的场景就实地上演了一次。当时甚感欣慰，因为他们没拿我当外人。

①位于沙面白鹅潭的白天鹅宾馆。（摄影 / 郭飞华）
②宏图府粤式早茶餐厅。（供图 / 白天鹅宾馆）

白天鹅的大堂在二层，一层是商店长廊。从当初到现在，店里放的多是真丝时装、别致首饰、文具文玩和明信片。走廊当眼处时常放着中国风的大屏风、大型玉雕牙雕摆件、镶螺钿的仿古樟木箱、成套雕花繁复的清式酸枝家具如条案什么的，价钱不算夸张，大抵以前是方便海外客看着喜欢就买走了。

玉雕牙雕和酸枝家具，说来还真的都是粤地本土产，千年商埠多少年来都用这些换银两和外汇。

少年时家住西关，时常来逛。比起其他稍后开张的五星酒店只有一两间店面，白天鹅的店铺长廊可以逛的时间要长得多，特别地亲民。

帅哥美女和劳斯莱斯

夸一家酒店的从业人员都长得特别好，似乎有点失礼和大惊小怪，只是时间如果回到当年，还真是，多少人都是为着去围观最好看的顶级帅哥美女去的白天鹅。

白天鹅 1983 年开业，其时本人正在位于西关的广州一中教室里，心里七上八下又苦哈哈地准备 1984 年的高考。老师来宣布说，白天鹅有意向在我们学校

③④玉堂春暖餐厅。（③④供图 / 白天鹅宾馆）

招聘应届毕业生，高考之后，大家也可以去考。录取了就可以直接就业，不用当待业青年。

“待业青年”这词，还真是遥远的记忆，家里和街道都头疼，后来红火的观绿路、西湖路、高第街上很多的发财传奇故事，主角多是原本的待业青年，那是花开两朵各表一枝里的另一枝。

当时坊间纷乱的传闻里，白天鹅工资高，而且发的是外汇券，薪高粮准环境正，全广州的靓仔靓女都去了那里做服务员，不够靓的还不收。

再迟些时日，就是本人在大学里勤工俭学攒零花，挑着每月零用钱最多的财主同学打秋风，纠众去白天鹅玩耍。一杯咖啡六块钱，无限续杯。没有外汇券付人民币也可以，加收三成，百分之十五的服务费另计。

嬉笑着和同学说：“我本来可能考到这儿来当服务员呢。”同学纷纷说：“你来的话，每个月摔碎的杯盘碗碟工资都不够赔的吧。”

大堂静寂，咨客服务员个个美貌如花；夜未央，无敌江景白鹅潭。那是个好时光。

后来财主同学就爱上了白天鹅，自己去开房间住，而后回来和大家显摆他感冒时，拿个杯子穿着浴袍在大堂乱走找开水，美貌的大堂经理迅速过来询问，请他回房间坐等服务员解决他的开水需求。

“五星级酒店啊，就是不会让客人乱跑自己找水喝。”财主同学啧啧赞叹。难道不是因为您这客人穿着浴袍在大堂乱跑吗？这情商招来了大家的白眼：“土鳖，失礼街坊。”

再后来，去白天鹅吃喝时只要当值服务员不是超级美貌，街坊们就又开始乱说，说是特别好看的那些，都被金山阿伯回来看上娶走了。金山阿伯，粤语里指的是回来探亲的华侨，旧金山的那个金山，阿伯的意思，可以是大叔，也可以泛指亲戚。

很多年后，我去问了曾任白天鹅宾馆副总经理的彭树挺老师一堆问题，得到靠谱答案：

白天鹅是改革开放后广州第一家自主招工的企业。招工条件看着简单，男身高 1.70 米以上，女 1.60 米以上，近视者不收。

现在看来不收近视者这条件挺傲娇的，全体员工不戴眼镜。近视了不行，服务员眼神不好那怎么可以？

当时，霍英东请来的美国顾问对“不收近视者”有意见，说只要有笑容就是好员工，而且当年还没有隐形眼镜。然而，反正当年招工还是不收近视者。

美国顾问还对酒店的四门大开有意见，拍了照片拿到香港给霍先生瞧，说白天鹅变成了动物园。现在回过头来看，动物园有动物园的好，花花世界大门刚打开，留给大伙的印象和记忆都挺兴高采烈。

当年第一批招工，录取近四千人，基本上是十选一，那就是从四万报名者里选出来的。

关于帅哥美女，彭树挺老师说，改革开放后广州举办的第一、第二届选美大赛，冠军都出自白天鹅。

美女们并没有都被金山阿伯娶走，当年的白天鹅还有房子分配，为了缓解分房压力，他们赞成肥水不流外人田，双职工优先。这个双职工的意思，是指两口子双双都是白天鹅的员工。这真是简直了，估计当年这个企业福利方案，对白天鹅员工二代们的颜值在线，会是个强力直接促进。

至于工资发外汇券，那个真没有。当年起薪水平 34 元 5 角，每月奖金总经理 20 元、部门经理 15 元、主管 10 元、服务员 5 元。

但每逢过年，老板霍英东都自掏腰包再给所有白天鹅员工每人 200 港币“利是”红包。这在当年是巨款，一个红包抵得大半年薪水。这大概也是坊间传闻传岔了的来由。

1986 年英女王伉俪首次访华，先坐专机抵北京，而后到西安和上海访问，再到昆明和广州参观，在广州结束访问后去香港。

不少广州人还记得这事，是因为接待英女王的劳斯莱斯，在后来相当长的时日里，就摆在白天鹅的门前展示。那也许是当时大多数市民头回见到的名车。

似乎到后来，如果在白天鹅摆婚宴，到了一定金额，酒店可以派奔驰车去接新娘；再高些，可以派劳斯莱斯去接，司机着全套酒店制服，加大盖帽和白手套。对的，就是英女王坐过的那辆劳斯莱斯。当年好多姑娘嫁人时，指定要那辆车来接，那自然就是在白天鹅摆婚宴。

彭树挺回忆说，当年白天鹅这种婚宴套餐，是他最先参照香港同行的做法推出来的。

其实重点也许在于，换了在其他地方，这辆劳斯莱斯未必敢、也未必会被派上这个用场。那是二十世纪八十年代改革开放之初的广州，百业甫兴，胆大敢为，生猛好玩。

香港厨师 VS 乡下厨师

广州人去五星级酒店饮茶，最早最热门的是三家：白天鹅的玉堂春暖、中国大酒店的翠亨村、花园酒店的荔湾亭。这三家酒店依次在一两年内建成开张。

①1996 年，广州白天鹅宾馆的劳斯莱斯轿车出租给市民作接新娘的花车，价格是每 4 小时 2800 元。这部车曾在 1986 年英女王来访时当过女王的座驾。（供图 /FOTOE 图片库）

当年中国大酒店的公关部特别出名。二十世纪八十年代末，有部风靡一时的电视剧《公关小姐》，由萨仁高娃主演，其故事原型就是中国大酒店公关部姑娘们的职业生涯故事。

三十多年之后，白天鹅的厨师们回忆起来笑着说，当时的中国大酒店厨师班底全是香港师傅，他们全是内地厨师，所以当年两家酒店的厨部出品竞争，用玩笑话说，是香港厨师对乡下厨师。

2015 年时，停业改造三年的广州白天鹅宾馆正式开门营业。那是城中盛事，迄今要在白天鹅的玉堂春暖饮早茶，从来都要等位置。

也有取巧办法，头一晚上去酒店开间房，酒店的住客可以预先订位。所以每逢有人说要在玉堂春暖请早茶，只要不是被派去等位的那个，大伙都非常乐意地去赴约。

广州白天鹅宾馆在 2010 年第三次全国文物普查时，被认定为文物。

这应该是广州市民们最喜欢去看和最热门的文物。

它似乎同时还是个街坊们好几代人的记忆光影储存匣。

所以说，人人都爱白天鹅。

②白天鹅的厨师团队。
③白天鹅点心部大厨谭广燐。
（②③供图 / 白天鹅宾馆）

资料 / **白天鹅宾馆的历史沿革**

白天鹅宾馆坐落于广州市沙面白鹅潭，由霍英东先生投资与广东省政府合作兴建而成，酒店于 1983 年开业。

白天鹅宾馆是中国第一家由中国人自行设计、施工、管理的大型现代化酒店。酒店设计由岭南建筑大师莫伯治主持。

白天鹅宾馆 1985 年成为国内首个世界一流酒店组织成员，1990 年成为国内首批五星级酒店之一，1996 年荣列全国百优五十佳饭店评选的榜首，连续多年来被国际知名媒体评为国际商务人士到广州的首选酒店。2010 年，第三次全国文物普查，白天鹅宾馆被认定为文物。

2015 年 7 月 15 日，停业改造三年的白天鹅宾馆正式开门营业。

开业以来，白天鹅宾馆共接待了 40 多个国家的元首和政府首脑，英女王伊丽莎白二世，美国前总统布什、尼克松，德国前总理科尔，以及卡斯特罗、基辛格、西哈努克、李光耀等国际名人都曾在此驻足。中国改革开放的总设计师邓小平更是三次莅临并亲笔题字。

酥皮叉烧包。（供图 / 白天鹅宾馆）

㊃ 旧时月色旧点心

可以追溯的最早嗜“饮茶”名人，是西汉南越国时期，“为南越国开国之君赵佗，当年他亲率大臣在珠江边楼阁早茗”。（见《岭南文库：岭南文化》第564页）赵佗祖籍河北，他率大臣饮早茶，吃的什么点心喝的哪种茶，没查着。但那时候的点心，也许不像现在这么南北分明。

越到后来，点心越分南北两路，若论海外知名度，大抵是粤式点心大些，英语里说中式点心，直接音译“dim sum”，和粤语发音一模一样。出现这个结果，粤地的千年商埠位置、粤人的饮茶习惯应该是最大原因。

试想一下，你来做生意或者出差，竟然没有被领着去饮茶，这简直说不过去；而身为地主，如果要招待外地友人，冥思苦想之后仍然做出的决定，就是“先去饮茶”。

没什么人会说，他吃过粤式茶楼的所有点心。

怀旧点心宴

2012年，白天鹅宾馆推出过几近失传的怀旧点心宴“粤点泰斗陈勋怀旧点心品鉴”，为期一个月。

陈勋，生于1924年，广东番禺人，1937年入行做学徒，迄今专做点心80年。现在大家叫他勋叔或者勋爷。1946年，20岁出头的勋叔执掌当时著名的六国饭店点心部，每周都要推出“星期美点”，每星期的点心都要有新变化。那次怀旧

①白天鹅厨师向勋叔请教。

②粤点泰斗何世晃指导厨师制蟹盖猪油包。

（①②摄影／陈海平）

宴的点心，出自他存了数十年的点心纸。

在一个西关旧同学的微博上看见他显摆的这顿，印象深的是月夜逢燕侣、脱衣换锦袍、网油牛肉丸、鸡蓉干蒸烧卖、茄子鲜虾饺、雪酥鸡蛋挞。

月夜逢燕侣是一红一绿两饺，红饺馅有胡萝卜，绿饺馅有香菜，喻指红男绿女，猪骨高汤做底，汤面浮着数朵夜香花，似飞燕。夜香花有种特别的香味，可以吃，是古早口味。

脱衣换锦袍，香蕉剥去皮，是为“脱衣”；挖空蕉肉心，填入豆沙馅，裹上西式点心皮油炸至金黄色，是为“换锦袍”。这点心还叫作“龙袍换袈裟”，有禅意，不过市井众人大都喜欢步步高式的热闹。

网油牛肉丸，牛肉为“瘦物”，意指食材本身油水少，所以裹着猪网油来蒸。肉丸中要加入柠檬叶、陈皮、马蹄（荸荠）粒、香菜等调味。

当时的怀旧点心月，推出的是四套点心宴，每周供应一套。每套含八道咸点、四道甜点。享用点心宴，每位消费盛惠 168 元。点心宴的上菜顺序，先上甜点还是先上咸点都有讲究，头尾两道点心均带汤汁。

关于旧时点心，勋叔说，以前受食材的季节性生产所限，茶楼供应的点心四季不同，不时不食。另外食客们的消费水平也有变化：“茶楼点心的销量小，我每天只是做两三桌子点心，也就是一二十个食客。点心的工艺复杂，师傅在点心外观造型上花的心思更多。现在人们的消费水平高，点心需要大量供应，工艺的复杂性只能降低。”

③几乎销声匿迹的蟹盖猪油包。
（摄影 / 陈海平）

蟹盖猪油包

粤点泰斗何世晃，迄今从业60年，大家叫他“晃叔”，应邀和徒弟关伟强一起，制作过一道几乎失传的点心——蟹盖猪油包。

猪油包是古早传统粤点，旧时常出现在西关大户人家的餐桌上。上品的猪油包表面爆裂成蟹盖纹，但由于技术难度极大，几乎已销声匿迹。

晃叔一直钻研改良点心的制作工艺：“过去做猪油包真是很难，因为包的皮很软，如果火候配合不好，它蒸之前已经泄了。我加了炼奶之后，面团的可塑性高了，原来需要两三个人做出来的猪油包，现在一个人就可以做出来。”

“点心师要懂得物料的性质，知道要怎样改造才能做得更好。你专注的话，就什么都会从点心的角度出发去考虑；如果不专注，就很难成为一个好的点心师傅。”

《食在广州》（花城出版社 1981 年 6 月版第 10 页）载，广州曾经举办过一个“名菜美点展览”：

“展览会是一九五六年夏季在广州酒家举办的，历时一个月，参观者达二十余万人次。北京、上海、南宁、株洲等地都派代表团来观摩，巴基斯坦、日本、英国、阿根廷、印度尼西亚、苏联和捷克斯洛伐克等国的宾客也参观了展览。据展览会统计，当时广州市面出售的菜式已有五千四百五十七种、点心已有八百一十五种，足可见其款式之多。”

那还是1956年，到了现在，有统计说点心大概有两千多种。做点心做得花样繁多，除了运用之妙在乎一心，和粤式茶楼源远流长的挖空心思推陈出新大有关系，说白了就是因为竞争。

四大天王：水晶虾饺、叉烧包、干蒸烧卖、蛋挞

前文说了些平时吃不到的，现在要说些到每家茶楼都能吃到的。

多年来茶楼点心里的四大天王是水晶虾饺、叉烧包、干蒸烧卖和蛋挞。所谓四大天王，意思是卖得最多的四款。这个说法是粤式点心泰斗陈勋的版本和版权。

竟然没有凤爪？是的，没有。曾经见过有把凤爪排到茶楼点心畅销排名前三位的，可是细究起来，凤爪作为早茶点心的渊源，其实是改革开放后由港式茶楼的做法而来，有鲍汁的、豉汁的。所以，凤爪的资历只够名列副将，而且是众多副将里的，之一。

水晶虾饺：萌系扛把子选手

如果粤式点心兵团必须有个举旗的扛把子，那就是水晶虾饺。

咸鲜口感，莹白透红，像个宝宝。

走的是萌系路线，除了像乖巧鼓胀的小元宝，也容易被做成小白兔。二十世纪七十年代泮溪酒家的点心大师罗坤，就做了款绿茵白兔饺，火腿粒做兔眼睛，把某国元首夫人给萌得下不了嘴，后来又打包带走一份还是两份。

虾饺家家有，馅是猪肉粒、笋粒和鲜虾，皮是澄面皮。至于真要做得好吃到位，须是高手所为。低手嘛，连哪个环节不对都拎不清。

请教过陈勋大师，哪几种点心最考师傅，得到的答案是：虾饺的皮和造型、

①像生白兔饺（“像生”为粤方言，意为像活生生的）。
②点心拼盘（虾饺、白菜饺和干蒸烧卖）。（①②供图 / 白天鹅宾馆）

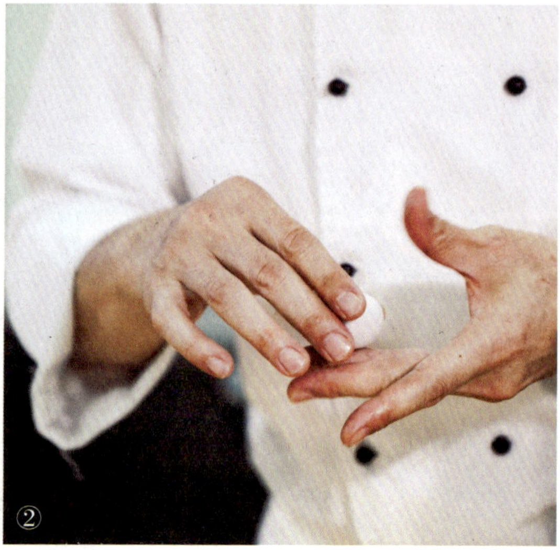

①白天鹅宾馆点心部大厨谭广燐在传授制作萨其马的技巧。
②谭广燐在制作虾饺。（①②摄影 / 陈海平）

蛋挞的酥皮、叉烧包的皮。

待细说虾饺时，则是皮和造型很重要；馅也是重点；火候也重要，三成是做的功夫，七成是加温功夫。

这听起来像教书先生教导如何写出好文章的梗：开头要好、中间要好、结尾也要好。

揉虾饺皮的澄面要求必须熟透，和面时开水要一次性准确倒入，多一点少一点都不行。

虾饺皮并不是擀制而成，而是用特定的拍皮刀压成，对师傅的手艺和面皮的要求都极高。功夫高深的点心师傅要包 12 个褶以上。而虾饺皮的终极标准，是蒸好后吃起来既有韧性又有爽度。

加温时则要大火够旺，以保证足够的熟度，蒸好的虾饺表面要有嫣红色、有水珠、有光亮度。也不能蒸过了，一切都必须恰恰好。

待吃到嘴里，虾要爽，馅要鲜，要有汁，总之是要皮爽汁鲜。

谭广燐是白天鹅宾馆的点心部大厨，拥有中国粤菜（面点）大师、中式面点高级技师等称号，入行 31 年。谭师傅的拿手点心，是羊城鲜虾饺、葱烧香肉饼、

③蒸好的虾饺表面要有嫣红色，有水珠、有光亮度。也不能蒸过了，一切都必须恰恰好。（摄影 / 陈海平）
④叉烧包的亲友团之——核桃包。（摄影 / 郭飞华）
⑤叉烧包的亲友团之——猪猪流沙包。（摄影 / 多吱）

榄仁萨其马。白天鹅光是榄仁萨其马的生意，一年就能进账 500 万。

围观过陈勋大师和谭广嫦聊虾饺：“虾够爽，馅有汁有味，褶数够了 13 褶，基本上九褶就足够了，你这个有 13 褶……”

登时觉得这么多年有点辜负了虾饺萌宝，下回吃到好的，要仔细数一下它们有几褶。

镇楼的叉烧包及其亲友团

广式早茶餐桌上，叉烧包是包子团队的老大，或叫大佬。发面皮，咸甜口，在小蒸笼里咧着嘴，是那种面团团如富家翁的老大。

徐小凤有首《叉烧包》，作曲是 Kikuchi Shunsuke 和 Sao Jun，填词是卢国沾：“叉烧包，谁爱吃刚出笼的叉烧包？谁爱吃刚出笼的叉烧包？还有那莲蓉包、猪肉包、玉薯包、豆沙包，应有尽有。广东包，假使你说你不爱吃广东包，还有那各式各样上海包，让我来告诉你有生煎馒头大肉包呀，生煎馒头菜肉包呀。”唱起来像是数来宝，又像流行曲版本的《报菜名》。

《赌侠 2 之上海滩赌圣》的插曲用了这一首，周星驰、巩俐、吴孟达、吴君如来了段向好莱坞歌舞片致意的群舞。还有部关于叉烧包的港产片，是恐怖片，就不说名字了。

能在粤语流行文化里占这种篇幅，叉烧包肯定是枚文艺的叉烧包，足以镇楼。

靠谱及格的叉烧包老大，卖相有硬标准："高身雀笼型，大肚收笃（顶端），爆口而仅微微露馅。"吃到嘴里时，皮要松软而不粘牙，馅是咸甜交加。你基本上可以根据某个人对叉烧包馅咸甜度的反应，精准地在茫茫人海里辨识出旧街坊。

叉烧包的亲友团，包括了奶黄包、流沙包、豆沙包、莲蓉包、核桃包；酥皮包和燕麦包是西点包的做法，像是来探亲访友的小伙伴。

小包子们的名字其实还说得更具体些，比如说，蜜汁叉烧包、玫瑰豆沙包；又比如说，禾谷嘴、雀笼型、馅汁特多的玉液叉烧包——是由陈勋和罗坤在解放前一起创制的。

一般而言，咸馅包张嘴，甜馅包不张嘴，密密实实光溜扁圆的三只，卧在点心蒸笼里被端上来。

正在八卦叉烧包时，见粤点大师何世晃微信上发他手书的点心诗："包儿特大未能忘，揽客奇招争价平，馅入三星多料配，梦中仍念童时狂。"

对的，叉烧包老大亲友团里，有个特别实诚憨梗的大块头，叫作大包。

粤地俚语有个词叫作"卖大包"，意指好货便宜卖，几近白送益街坊。

"卖大包"之举，是清末民初广州茶楼的揽客手段，为的是吸引食客，带旺茶楼生意。粤地茶楼里卖的叉烧包、莲蓉包和豆沙包都小巧，有茶楼独辟蹊径创了大包，馅料足，个头也比普通包子大得多，所以叫作"大包"。大包都卖得明显便宜，茶市时大包出炉，客人纷抢，还得限量。

细问大包里的馅料是啥，彭树挺老师说，当年卖的大包，叫作鸡球大包。

大抵是鸡肉去骨后受热会收缩成类似球状，粤语里称去骨的鸡肉为"鸡球"；鸡球大包的馅，是去骨后的鸡肉。

何世晃老师补充：还有三星馅，鸡蛋、叉烧、鸡球各一件，叫三星大包。

二十世纪二十年代，广州大同酒家在早茶时段也卖大包，馅料里再加了冬菇、火腿、鲜虾和半个熟鸡蛋，作为招牌点心。老板请人写了一副对联："大包不容易卖，大钱不容易捞，针鼻铁生涯只望从微削；同父饮茶者少，同子饮茶者多，檐前水点滴何曾见倒流。"啧啧，这叫作边卖大包边卖惨吧？要不要那么唏嘘？

当时大同酒家的香港分店也卖大包，对联改得利索很多："大包难卖，大钱难捞，针鼻削铁，只向微中取利；同父来少，同子来多，檐前滴水，几曾见过倒流。"你看编辑多重要。

继从前茶楼卖大包的揽客桥段效果明显之后，前些年酒楼饭店也推出类似的廉价揽客手法，叫作"一蚊鸡"，意思是一块钱可以叫一碟鸡。当然，也会有细则说，你同时也要点一两款其他的菜式，但那碟鸡则真的是索价一元。

粤语里有绕口令："东边买只鸡，西边买只龟。一蚊一只鸡，一蚊一斤龟，究竟系鸡贵定系龟贵？"能把这句粤语说利索的，九成九是个口齿伶俐的旧街坊，八成也很爱叉烧包。

干蒸烧卖和烧卖

烧卖处处有，来到粤地它兵分两路，变成了干蒸烧卖和烧卖。

裹烧卖皮的才叫干蒸烧卖。

馅是以肉为主。猪肉馅、牛肉馅，还有鱼肉馅。

再后来才是新派的做法，就是干蒸烧卖们脑袋上顶着一小撮蟹子鱼子，加整只虾或黑松露菌等，用以增加干蒸烧卖的附加值，卖贵些，可底下还是以猪肉馅打底。

传统上最高级的干蒸是"蟹王干蒸"，是在干蒸上面放上膏蟹的红膏，吃起来甘口回香。但后来有些茶楼为省成本，就用咸蛋黄顶替蟹膏。

干蒸烧卖好吃与否，关键在于用切肉还是用绞肉机绞肉，切肉的吃起来会嫩滑有汁，否则只会发柴无味。以上说法，是彭树挺老师的版权。

面粉一斤、净鸡蛋五两、枧水四钱、生粉一两半，就这些，可以做出600件粤式干蒸烧卖皮。

从前惠如楼有款甫鱼干蒸烧卖，馅的做法是：大地鱼拆骨后慢火炸香，凉后研成细末；肥肉用汾酒和盐腌制之后用烤箱烘熟切细粒；把上肉的肥瘦肉分开切粒，猪肝和泡好的冬菇也切成细粒。切好的瘦肉粒盛在盆里加盐搓拌至起胶，加进鲜虾肉、白糖、麻油、胡椒粉和生粉再搅透；再加进肥猪肉粒、猪肝和冬菇粒，用生抽拌匀；最后加进猪油和大地鱼末再拌匀，馅料成。

再来再去，不厌其烦地一而再，再而三。其实主要就是吃这个，“啊呜”一声，一口一个。

详录这个古早方子，想说的是，干蒸烧卖在粤地，彻底变成了各种内在美的极简版。一笼四枚皱巴巴的小型不规范圆柱体，奔放随意地裹着微型僧袍似的烧卖皮，又禁欲又有料。

除了猪肉馅干蒸烧卖，还有干蒸牛肉烧卖。牛肉烧卖的历史少说有七八十年，到了我们这一辈，干蒸牛肉烧卖似乎少见了。

请教过彭树挺老师和何世晃老师，干蒸牛肉烧卖的烧卖皮叫作白皮，不同于干蒸猪肉烧卖的皮。白皮用大鱼刮出鱼肉蓉掺生粉做。牛肉做馅时水分会多些，裹上较干的白皮上笼蒸熟，口感刚刚好。原本白皮有专门的商家供，后来渐渐没人做了，非要用到白皮，只好转用鸡蛋清加面粉做成的白皮。

所以呢，干蒸猪肉烧卖和干蒸牛肉烧卖，是裹着黄白两色烧卖皮的两兄弟。

其实还有个兄弟叫作白卖，具体而言叫作“市桥白卖”，籍属番禺，十大名点之一。

说是始创于清末民初市桥一位谢氏厨师之手，这位厨师起鲮鱼肉打鱼胶本事

蟹黄干蒸烧卖。（供图／白天鹅宾馆）

出众，善制煎酿鲮鱼。某年冬季，谢大厨福至心灵想到用酿鲮鱼的鱼胶做馅料来做烧卖，一炮而红。

市桥白卖还是首个有明确制作技术规范的粤式早茶点心，统一的制作配方为：“淀粉、鱼肉、腊肠的比例为 1 ∶ 5 ∶ 0.5”“将腊肠粒、橘皮（陈皮）粒、胡椒粉、白砂糖和花生油加入鱼胶馅中，搅拌均匀后用保鲜盒装好，放入 −5℃ ~ −10℃的冰柜中冷冻 1 小时制成馅料”“小麦淀粉、玉米淀粉做皮”“尺寸规格为高 3.5 厘米、直径 3 厘米的圆柱体”。

也不必太过担心从此不好吃，听说定标准的时候，粤点泰斗陈勋和何世晃两位大师都去参加了。

市桥白卖出笼的时候颜色白，脑袋上都顶着片腊肠，裹白皮。它还应该叫作干蒸鲮鱼烧卖。

至于广式茶楼里的烧卖，和北方烧卖基本已成两码事。

点心笼里的陈皮牛肉烧卖，是小碟子里两到三枚圆溜溜的大丸子。

西关人家料理牛肉饼或牛肉馅，不论专业厨师或全职师奶，口口相传的真章：牛肉是瘦物，也就是本身油脂不多，故此剔掉筋络剁碎后，须得加进肥猪肉粒，不然吃起来口感是柴的，不润。而后下姜下酒，强迫症似的必须放陈皮，再配些马蹄粒、笋粒，爽口些。

粤语里的“马蹄”很多时候是指荸荠，但如果你在早茶里说要个香煎荸荠糕，全体都会一脸懵；你说香煎马蹄糕，就都知道。

点心推车里码放着整整齐齐点心小竹笼，里面的内容五花八门：蒸排骨、蒸猪膶（即猪肝）、牛百叶。

在粤地茶楼的行业说法里，凡是肉类用小瓷碟放在点心笼里蒸了上桌的，一概称烧卖，排骨烧卖、猪膶烧卖、猪肉烧卖、陈皮牛肉烧卖、牛百叶烧卖。

没有皮，它们“裸奔”。

烧卖最早见于史料记载是元代，北方烧卖裹的是烫面皮。它们由北至南一路而来，面粉的成分越来越少。

生于清末的陈荆鸿（1903—1993），顺德龙山人。与黄宾虹、吴昌硕等结为忘年交，与康有为亦师亦友，有“岭南才子”之称。20岁时与赵少昂、黄少强开书画展于各地，三人又被誉为“岭南三子”。其诗、书、画，时称“三绝”，著有《独漉堂诗笺》《蕴庐诗草》《艺文丛稿》《海桑忆语》等。

陈荆鸿的文章里有篇《茶点漫谈》，说起过民国时期在西堤二马路德兴楼的“高冠饺”，和当时茶楼里流行的下巴型（也叫弯梳型）的虾饺不一样，是小三角的高尖型；曾位于西关十八甫的半瓯茶室，有种山楂奶皮卷，甜而不腻，甘而不饱，也流行一时。文中一并聊了当时拱日路（现在的荔湾区和平路）味腴茶室的甫鱼烧卖、十八甫路茶香室的娥姐粉果。

最后他吐槽说：“点心，是饥饿时略进小食之谓，从来都是采用面点饼饵，所以别于肴馔的。近来的茶楼酒家，连蒸排骨、蒸牛肉等，也列于点心之林了。”

陈老先生文中所说的蒸排骨、蒸牛肉，大抵就是在茶楼行业的归类里，被装在点心笼里上桌，一概称为烧卖的那些。

也可以推论，这类烧卖的兴起，差不多是始于民国时期，而一直流行到今天，变成了习以为常。

如果请北方朋友去饮茶而他们想吃烧卖的话，为了他们还勉强认得出，在下会叫上两笼干蒸烧卖，指着说这就是。

蛋挞：“治愈系桃莉·巴顿”

起酥香脆的皮，甜腻糯嫩的心。

刚出炉，要趁热，像个吻也像拥抱，蛋挞是治愈系的主力担当。

点心魔法学校里的治愈系教导主任不能瘦，要高糖、高油、香腴、温暖。如果形象具体些，是桃莉·巴顿。全盛时期的桃莉·巴顿，金发雪肤巨胸细腰。著名的克隆羊多莉，细胞取自乳腺，之所以名为多莉，其实就是桃莉·巴顿的桃莉。给克隆羊取名的科学家应该是桃莉·巴顿的粉丝；或者说，桃莉·巴顿的温暖怀抱举世著名。

蛋挞可以按挞皮分，分为牛油蛋挞和酥皮蛋挞。

牛油蛋挞的挞皮放牛油，闻起来很香，挞皮薄，吃着口感像曲奇，所以也叫曲奇皮。

酥皮蛋挞的挞皮用猪油，不若牛油挞皮香，但是层层叠叠，所以也叫千层酥皮。酥皮占的地方多了，里面的馅料自然就少些。

旧时猪油比牛油容易得，茶楼做蛋挞那就是中西混搭。

“擘”，粤语里通常是动词，读音和普通话读音南辕北辙，此处的意思是掰开，裂开，张开。

唐代李朝威的《柳毅传》里有句“乃擘青天而飞去”，到了粤地，点心师们都知道擘酥皮。

猪油做的酥皮以前就叫擘酥皮，用面粉和猪油搓成油酥，另外再用鸡蛋、白糖加清水和面成水皮，而后两者分别压薄再叠放一处，叠来叠去三四回。专业的话，揉好的面皮要先冷冻再拿出来用，有种折法叫作蝴蝶折。

这种擘酥皮的简版，从前西关的邻居阿婆教过小时候的我们，她家过年炸油角时有脆皮的，也有酥皮的。现在回头看，阿婆是高手在民间，什么吃食她都知道做的诀窍。后来她全家搬到“米国”去，孙子就在那边当大厨。

蛋挞按内容物来分，花样就多得多。除了用鸡蛋、砂糖、炼奶、牛奶调成蛋浆的蛋挞，还可以做鲜奶蛋挞、椰汁蛋挞、蛋白蛋挞、燕窝蛋挞、鸳鸯蛋挞，只要点心师傅乐意，茶客又爱吃，怎么做都有道理。

陶陶居以前有款鸳鸯蛋挞。挞皮是擘酥皮，馅是蛋奶浆加椰酱，两种口味在一个挞里，就被配了鸳鸯。其实粤语里的鸳鸯，更多时候是指两种不一样的物事，鸳鸯雌雄长得不一样。当然鸟类一般雌雄都长得不一样，可粤语里就是用鸳鸯来

广东名点酥皮蛋挞。
（图片来源 /《白天鹅宾馆厨艺经典》）

代表了。所以鸳鸯奶茶里没有鸳鸯，说人穿双袜子是鸳鸯的，大抵就是穿错了。

鸳鸯蛋挞印象里是吃过，小时候对椰酱的爱好很不稳定，一时爱吃，一时很不爱。

“据业余香港历史学者吴昊考证，1920 年代的广州，各大百货公司竞争激烈，为了吸引顾客，百货公司的厨师每周都会设计一款‘星期美点’作招徕，蛋挞正是这时候在广州出现。香港引入蛋挞的时代，现未有准确年份，有说自 1940 年代起，香港饼店已出现蛋挞，1950 年代至 1980 年代打入多数茶餐厅。”

（编者注：引文中的“1920 年代”即二十世纪二十年代，“1940 年代”即二十世纪四十年代，“1950 年代至 1980 年代”即二十世纪五十至八十年代）

如果这个考据成立，蛋挞在广州落地的时间早了很多。

茶楼里的蛋挞稍小巧，为着你能吃更多别的点心；饼店里的蛋挞稍大些；最大的是茶餐厅里的。一次香港同事在茶餐厅里请下午茶，我看着面前碗大的蛋挞傻了眼，想这晚饭还要不要吃。

有过一段时间，葡挞风靡广州，必须要在门店排长龙等现烤，别处没有卖的。奶香、牛油香、焦糖香叠加之后四散在空气和嘴里，会上瘾。葡挞长得像馅被烤焦了三两处的蛋挞，但口味比蛋挞香浓得多。

不记得吃下去了多少只蛋挞。天气尤其冷的时候，它们是冬日暖阳，它们香得像云朵。

副将何在？副将很多

二十一世纪之初，在广州西关地开茶楼应该是个创业投资风口，竞争也激烈，揽客营销手段除了比拼水滚茶靓环境好，商家放出来的大招叫作“星期美点”。

“所谓星期美点，就是咸甜点心品种每星期更换一次，不相重复。关于它的起源，有两种不同的说法：一说是三十年代由广州沙面东桥附近的一间小茶楼始创；另一说是由陆羽居点心师郭兴（绰号叫‘孖指兴’）倡导。茶客由于每周都能换一次口味，不断尝新，所以大为欢迎。从此，各茶楼争相仿效。

“有个时期，一些茶楼甚至搞‘天天点心’，每天转换品种。星期美点出现之后，各茶楼标奇立异，竞创新款，点心花式层出不穷。这对广州点心的发展确有很大促进作用。”

有统计说，现在已经结业的老字号惠如楼，当年从修建复业后的 1963 年到 1966 年间，“星期美点”共搞了 128 期，每期 8 咸 8 甜共 16 款，总计 2048 款。

“它每周新出的点心中，既有中式，又有西式，还有中西合璧的如‘可可鸡蛋卷’‘苹果奶皮酥’等点心。从价目来说则有高档、中档，还有如‘化皮香麻酥’‘安虾鲮鱼角’等价廉物美的低档点心。”

这只是其中一家茶楼在竞争中三年里的点心款式。

是的，广州人的确是可以天天去茶楼，但他们可以每天吃不一样的点心。茶楼点心单被更新得如此努力花样翻新，茶客们今天吃这款，明天试那款。

铁打的茶楼，流水的点心

铁打的茶楼，流水的点心，什么样的点心卖得好，什么样的点心就会一直卖下去，比如说，常年都卖的“四大天王”点心；至于副将，能够各领风骚三两年，

榄仁萨其马。（供图 / 白天鹅宾馆）

①玫瑰紫薯挞。（摄影／陈海平）
②用芋头做皮，里面包着咸馅的炸芋角。（摄影／多吱）

算起账来也已经是不小的生意。

副将几乎可以排出个一百零八将。

按年代不同，人人心目中都有自己的饮茶点心明细录。

以前的阿叔阿伯阿爷辈，饮茶时候喜欢点排骨烧卖和陈皮牛肉烧卖，或者还要加上糯米鸡；阿婶阿婆阿嫲辈，爱点娥姐粉果、腐皮卷和香麻酥，可能还要打包马蹄糕和榄仁萨其马。

豉汁凤爪看着像源远流长的资深黑暗料理，让异地来客印象深刻，但它其实是内地改革开放之初才由香港酒楼启程到埠的新扎师兄，后来还有进化版的鲍汁凤爪。

到我们这一辈人长到可以自己去茶楼饮茶埋单时，算是口味承上启下的一代，旧口味里要吃咸水角和豆沙角，是糯米皮里分别包着咸甜不同的馅炸出来的；要吃香煎马蹄糕、萝卜糕和芋头糕；要吃荔浦芋角，那是芋头做皮，里面包着咸馅，再炸得外面像蓑衣，芯里咸鲜外面裹一层芋头的粉糯，外皮细碎地脆。

略为吃厌了莲蓉包，有新流行的奶黄包和咸蛋黄流沙包；有白糖糕的改良版叫作黄金糕；有混搭的牛油马拉糕和蜂巢糕，有榴莲酥、鹅肝酥和天鹅酥，有芝士焗番薯、玫瑰紫薯挞甚至于千层蛋糕。

可以叫粥，来个一百种生滚粥，艇仔粥、及第粥、骨腩粥、皮蛋瘦肉粥、柴鱼花生粥；也可以叫拉肠和猪肠粉，两样都和内脏没啥关系，是米浆蒸出来的粉，

③新派烧卖。（摄影 / 陈海平）
④豉汁蒸排骨。（摄影 / 多吱）

形状和米浆配比略有区别；可以叫一碗韭菜猪红或萝卜牛杂。实话说，这几样去街边相熟的小店小摊吃也许更地道，以前也并不都是茶楼的点心，可是客人来都来了，对茶楼来说，有生意当然没理由不做。

二十世纪八九十年代，有那么一阵子，许多人去大排档宵夜时，喜欢点一盘白灼牛百叶，蘸辣椒圈酱油吃。再过没多久，茶楼里就有一款蒜蓉牛百叶烧卖，可见当时受欢迎程度不错。只要好卖，几乎是啥都可以变成茶楼点心。

现时到了中午时分，去好些酒楼开茶位，被问的第一句就是：“饮茶还是点菜？”你可以正经八百点菜吃饭，还可以不正经地饮个中午茶，点个菜再叫点心也行。

粉果或者粉角

小时候不爱吃粉果，觉得那完全是骗娃吃饭，尤其是遇到皮厚的，很容易就饱了，吃不了别的，比较亏。

和广州粉果相类似的点心，在潮汕地区叫作粿。印象里潮汕地区是当之无愧的粿之大本营，五花八门咸的甜的粿，还有粿条和粿汁。同样是把粳米弄熟再一通捶和捣，客家地区叫作粄。用糯米这么操作出来的，叫糍粑。

广州茶楼里的粉果皮比较精致，更薄更透，待包了馅料蒸熟，馅芯隐约半透不透，皮既软顺又稍有韧度。

粤式点心里，粉果是旧口味的代表作，属广府最传统的点心。

按说，也许应该是写成粉粿。但看资料记载，粉果妥妥地是广州本土的传统口味，此果不同于彼粿，独自成篇成章。

粤语里的“果”和“角”发音近似，粉果一说，其实应该是说“粉角”。广府点心小吃里，角的花样多：咸水角、豆沙角、芋角油角，偏就是粉角常被写成粉果。

明末清初屈大均的《广东新语·茶素》载：“广州之俗……平常则作粉果，以白米浸至半月，入白粳饭其中，乃舂为粉，以猪脂润之，鲜明而薄以为外，荼蘼露、竹胎（笋）、肉粒、鹅膏满其中以为内，则兴茶素相杂而行者也，一名粉角。”

古早的粉果确然是用饭粉做皮，至于白米是否要浸半个月姑且存疑，有复制过这种粉果的师傅说，那也许是半日之误。

到了后来换成了澄面和生粉做皮：“澄面加入滚水推匀，然后加入生粉、猪油擦至纯滑后，加入猪油再擦匀即可出件，用酥棍开成圆锅型后包馅做形，上笼蒸至熟。”

从前的从前，粉果馅里要下荼蘼露，除此之外还有荼蘼角。屈大均所记的《荼蘼露》一节里仔细说了怎么做荼蘼角：

“露本秋金凝液之气，味甘性凉，故凡百草之露皆可润肌，百花之露皆可益颜。取之造酒，名秋露白，绝香。而荼蘼露尤美，广人多种荼蘼，动以亩计，其花喜烈日，当午浇灌则大茂。有细瓣而蕊三四卷者，有瓣粗而蕊一二卷者，有细心者，疎芼（音托）者。以甑蒸之取露，或取其瓣拌糖霜，暴之兼旬，以为粉果心馅，名荼蘼角，甚甘馨可嗜。”

问了个姐姐，她说旧时粤语如果说植物的花朵“疎芼”即“疏托”，指的就是花开时的花瓣不密集，托是指花瓣。

这荼蘼露还分进口和土产：“然犹以大西洋所出者为美。大西洋天气寒时，荼蘼始花，露凝花上，晶莹芬郁若甘露，诸花木则否。暹罗、满刺伽人购以银钱，贮以玻琉瓶，携至占城，占城妇女以香蜡调之膏发。客至，则以发拂拭杯盘之属以为敬。澳门番女得之，以注饮馔，或以沾洒人衣，外有蔷薇水，暹罗、爪哇、满刺伽三国，曩以进贡。其蔷薇乃三佛齐所种，与中国蔷薇不同，广人多以土蔷薇浸水效之，试以琉璃瓶翻摇数四，泡周上下则真也。”

也就是说，如果追溯到明末清初，当时广州的粉果是款馅里能吃到花香味道的日常点心，而且用的荼蘼露，有进口的，有土产的。

到了二十世纪三十年代，粉果在西关被找了个代言人，被冠了个名，叫作娥姐粉果。迄今为止这称得上粤地点心营销代表作，因为现在的广式粉果，直接就被叫成了娥姐粉果。

通行的营销故事版本，是说当年的广州西关，达官显贵集居，来自顺德的手巧住家女佣（又叫顺德妈姐），是豪宅标配。有位叫作娥姐的，做的粉果特别好吃，甚至是她发明了粉果（看到这里忍不住哼唧一下，这故事编的）。

到后来，自然是当时位于西关十八甫名叫“茶香室”的茶室老板得知此事，重金聘用娥姐为其制作粉果。老板为了招待顾客，特别为娥姐搞了个玻璃棚子（忍不住乱入点赞一下早年的开放式厨房餐厅），让娥姐坐在棚内制作粉果，并起名为“娥姐粉果”。这样，顾客不但可以品尝娥姐粉果，而且还可以看看漂亮的娥姐如何做粉果。

此举一出，茶室生意大好，娥姐粉果也出了大名。连当年的广告语，都是以歇后语形式推广流传的，叫作“娥姐粉果——好睇又好食”，现在偶或还能听到阿婆阿公说这句。

对当时的娥姐粉果，1990年版的《广州文史资料第四十一辑·食在广州史话》（第155页）冯明泉《茶室业十年》载：“……经茶室师傅精心研制，竞争图存，也出现了不少著名食品，其最著者，如茶香室的‘娥姐粉果’。这本来是广东传统食品，非茶香室首创，亦无娥姐其人，外间传说种种，只是‘商战’术的手段而已。”

广州茶楼里的粉果皮比较精致，更薄更透。（摄影 / 陈海平）

啊咧，娥姐不存在的，或者说，当时在开放式厨房餐厅里现场展示包粉果的全都是娥姐。

而具体到那时候的娥姐粉果做法，也有详细记载：

“粉果皮是用大米经过浸泡、煮熟、晒干、磨粉、过滤等复杂工序，制成幼洁（细腻洁白）松散无光泽的粉状，经水煮后，软韧而不粘手，馅料是用生虾肉、熟虾肉、瘦肉、冬菇、叉烧，还有少量肥肉头、笋肉等（均切成粒状），分别按原料不同性质，加入芡粉和调味料，再用上汤煮沸后混合适量芡汁而成。包成的粉果，以黏合好、半透明、身干洁不爆裂为上品。”

再加一些花絮，则是资料里的引文把“荼”字误为了“茶”字，有一段笔者按：“这段引文（指前面提到的《茶室业十年》的引文）中的‘茶蘼’，前辈点心老师傅均不知此为何物，可能是荼蘼之误，也称‘蘼芜’，它是有香气的植物如芹菜叶，现在我们用的是芫荽叶，未知当否？仅供参考。”

这应该是以前师傅们尝试再做明清版本风味的粉果，几百年过去，荼蘼在广州都很少种了，荼蘼露被换成了香菜叶。

而荼蘼究竟是哪种植物，科普大号果壳网有专业人才做过考据：“根据《中国植物志》的记载，‘荼蘼’并非是一个正式的物种名，而可被冠以这一别名，而且部分特征也相应吻合的，倒是有三种蔷薇科植物，它们分别是：悬钩子蔷薇（拉丁学名 *Rosa rubus*）、香水月季（拉丁学名 *Rosa odorata*）和重瓣空心泡（拉丁学名 *Rubus rosaefolius var. coronarius*）。”

不过，粉果馅的口味，本来就没规定说只有一种，况且在这种千年商埠商战地，即便是规定了也没啥用，能卖才是王道，够噱头的营销也是王道。

这大概可以算是，广州粉果故事的私人笔记版本。

姜醋这碗奇葩

粤地有两桩事情很要紧，一曰发财，一曰添丁。

人生赢家的俗世硬标准之一，叫作丁财两旺。

稍有缺憾尚需努力的人生，叫作旺财不旺丁，或者旺丁不旺财。这已经属于正常优秀的情形。在几乎家喻户晓的玄学传说故事里，有说是因为财山丁山在奇幻地图里处在相反的位置，两全其美有难度，不能强求。

小富由俭，大富由天，如果说发财这事是由一个个小目标积攒达成的大目标，添丁则是个门槛目标达成之后才能开始努力的一个个小目标：要想传宗接代瓜瓞绵绵五世其昌，首先你得生个娃。

生男谓添丁，生女谓增口，而不论生男生女，姜醋都要煲起来。

母子平安和母女平安都要报喜，左邻右舍则早就事先从煲姜醋的味道里收到风声。

广州的坐月子神器，叫作姜醋。

文绉绉的记载见清代屈大均《广东新语·草语》（卷二十七）：“越姜为古所重，记称‘妹嬉嗜珍味，必有南海之姜’。越之新兴多姜，田种者十三，山种者十七，其性亦异。语曰：‘在田姜多腴，在山姜多辣。’粤俗凡妇娠娩前一月，先以老醋煮姜，或以蔗糖芝麻煮，以坛贮之。既产则以姜醋荐祖饷亲戚，妇之外家亦或以姜酒来助，名曰姜酒之令。故问人生子，辄曰：‘姜酒香未？’姜中多母姜则香，多子姜则否。陈白沙诗：‘隔舍风吹姜酒香。’”

幼时住西关，左邻家准备生娃，他们家阿婆开始了相当规模的准备：大批的姜买回来洗刷和晾干，之后是繁忙的刮姜皮和晒姜，姜皮也要晒干。

晒过的姜切大片放到洗刷得没有一星油的炒锅里煸。之后要放预先干炒过的糯米，放白米醋、放冰糖、放黄片糖。最后这些统统放到熬汤用的大瓦煲里，开启至少为期一个月的“煲姜醋马拉松”。

据说最开始的十几天，产妇只能喝这种没有加其他料的姜醋，再之后姜醋煲里才开始加进仔细褪毛、洗净、滚水灼过的猪脚，预先煮熟剥好壳的鸡蛋。

这一大煲乌漆墨黑的酸甜微辣，除了保证产妇的日常供应，也可以广赠亲友和邻居。

没有冰箱的年月，邻家的姜醋需要每晚沸腾一下。之后，姜少了加姜，猪脚少了添猪脚，醋少了加醋。以前送给我们家这个右舍的是一碗，姜醋汁里泡着姜块、鸡蛋和猪脚块各一，这是标配。

至于姜皮，那似乎也丝毫没有浪费，留给坐月子的媳妇煲水抹身和洗脚。

很多年后，我在某处写字楼上班。说来这家公司挺喜感，特别旺丁，于是乎茶水间里经常出现成功晋级爹妈辈的同事带回来请客的姜醋，受欢迎程度让人惊讶。一群人也不知什么时候跑进去的，爱吃鸡蛋的、爱吃猪脚的、爱吃姜的、爱喝汤的各取所需，等闻到味道的人过去看时，啥都没剩下来。

还有一回，是闻说番禺区某镇原住民添丁，煲甜醋猪脚姜广派亲友和街坊，光是姜就用了 1500 斤，这只是一家添丁的分量。

一边纳闷成吨姜醋在家里怎么个煲法，一边估摸，这大抵是全镇原住民每家送两煲的分量？

后来那位家有喜事的美女解释说，她家原本是水上居民，住的大多是吊脚楼，兄弟连心户连户，吊脚楼的底层可以用于喜宴，还有着特别古早的那种大柴火炉灶，一户有喜则全家族总动员，几户同时开工，姜醋里的姜不切片，成块地用，所以用的量也多。

那么多的姜，是自家地提早种的。听起来，这个提前量起码是五个月。主人家广派姜醋的次数，是认得的每个人或每户人家起码可以来拿两趟，分量随喜，越多人带回家吃，主人家越高兴。

这应该是广州城南面番禺区原住民的民俗。而广州城北面的花都人，则是直接用饭焦、米饭或者炒米酿成的醋，煲里放的可以是鸡，可以是猪脚，也可以是鱼；醋里的姜要少得多，还放着炒黄豆、切成条的大头菜、切块的番薯和自家腌制的囫囵连壳咸鸭蛋，要下饭的时候才捞出来磕开吃。

也并不是只有坐月子的人吃，稍有规模的农家店外空地处，都放着大批酿醋的瓦瓮，蔚为壮观。这种米醋在粤地也名头响亮，闻着臭喝着香，早年大家直接就叫它“臭屁醋”。花都地区的食肆农庄常年把它当成招牌例汤来卖，后来才被委婉地叫作“家乡醋”。

正说茶楼里的点心说得高兴，忽然说起醋来……因为好些茶楼也卖姜醋，而且不拘男女老幼，要吃要点的人还不少。大老爷们说想要吃碗姜醋的这种事，一点都不稀奇。那一碗漆黑上桌，一桌人开始互相通报的，是自己打算夹走碗里内容的哪一样。

很少有人独自吃完一整碗，通常都是分着吃，这种集体口味，堪称奇葩中开出的分枝奇葩。

现在煲姜醋大都简化了些，可以买现成的添丁甜醋，估计粤地喝醋的配额，大部分落在姜醋这桩事情上。

这种味道飘荡在住宅区，通常带来的是一个婴儿落地的消息；飘荡在茶楼里，则意味着有一桌或几桌粤地土著在饮茶，以及将要或正在瓜分一碗姜醋。

马蹄糕、马拉糕及其他各种糕

早茶桌上，替客人叫一碟马蹄糕。

琥珀琼脂状，广袤的炎热鱼米水乡着落此处，被凝成几枚能入口的印鉴，辅以蛙声蝉鸣一并炼化其中。

这里把荸荠叫作马蹄。

所有的鱼米之乡都产此物，略为不同的，是岭南的鱼米之乡几近四季如夏。

至于奇蹄目马科马属动物的脚掌，当然也还是叫作马蹄。

清初才子彭孙遹，人称“吹气如兰彭十郎”，其《岭南竹枝词》里描摹过此地的浓情蜜意：“木棉花上鹧鸪啼，木棉花下牵郎衣。欲行未行不忍别，落红没尽郎马蹄。”这里的马蹄是真马蹄，非植物。

还有一则相当爽利娇俏：“妾家溪口小回塘，茅屋藤扉蛎粉墙。记取榕荫最深处，闲时过来吃槟榔。”

另一本百科全书式的清代陈坤《岭南杂事诗钞笺证》记载：“琼俗，亲朋来往非槟榔不为礼。凡婚姻，媒妁通问之初，送槟榔盒至女家，非许亲不开盒。但于盒中手拈一枚，即为定礼。故女子受聘谓之吃槟榔。”

以槟榔作为“礼果”，作彼此交际及婚姻之用，不仅是琼俗，也是粤俗。

屈大均《广东新语·木语》（卷二十五）“槟榔”条：“粤人最重槟榔，以为礼果，款客必先擎进，聘妇者施金染绛以充筐实。女子既受槟榔，则终身弗贰。而琼俗嫁娶，尤以槟榔之多寡为辞。有斗者，甲献槟榔则乙怒立解。”

有考据说，清代广东所属海南地区、广州地区、潮州地区、客家地区，都通行以槟榔为婚礼必备之物。

而且这风俗源于古代越人之俗，早在唐宋时期，岭南地已然。

举的例子有点不中听，是《太平御览》（卷九七一）引《九真蛮獠俗》：“九真獠欲婚，先以槟榔子一函诣女，女食即婚。”另一则记载是《太平寰宇记·岭

马拉糕。（摄影 / 郭飞华）

南道十四》（卷一七〇）记交州（东汉时期，交州包括今越南北部和中部、中国广西和广东）之俗：“索妇之人，未婚先进槟榔一盘，女食尽则成亲。”

所以彭十郎《岭南竹枝词》里的吃槟榔邀约，还有可能是岭南版本《思帝乡·春日游》：“春日游，杏花吹满头。陌上谁家年少足风流？妾拟将身嫁与一生休。纵被无情弃，不能羞。”

到了岭南，是约你“闲时过来吃槟榔”。

当然，现在早不这样了。

对于古早岭南的女性来说，槟榔这种果子有着谈婚论嫁、承前启后的意味，到了马蹄收成的季节，则完全是密集的劳作时段。

幼时看到的西关风情没那么闲适旖旎，以前龙津西路近泮塘一带，每逢过年前三两个月，会见到马路边一群着黑衣的阿婶们摆开澡盆水桶阵，既分又合地围坐在各自的小凳子上，神乎其技地削马蹄，也就是给马蹄削皮。

泥糊糊的马蹄洗过也多少带些余泥，所以都泡在大澡盆里。每拿出来一只削好后，在面前的水盆里漂一下，再扔进自己的桶或盆里。

那是个几乎每家都有额外接手工活儿补贴家用的年代，有糊火柴盒的，有把碎棉布撕成纱线团的，有给塑料衣夹修边的，林林总总。

给马蹄去皮应该是个季节性的加工活儿，冬至到小寒，马蹄的含糖量最高，味道最甜，这时候采收最合适。天气冷，这不是个舒服活计。

削好的马蹄，大抵的去向是磨成马蹄粉，还有是被做成糖马蹄，那是过年吃的。果盒里糖渍过的还会有糖冬瓜和糖莲子，总的来说糖马蹄最爽口好吃，糖莲子次之有嚼劲，糖冬瓜一味得个死甜。家家户户的糖果盒里，每逢一轮熊孩子们过境，被剩下的通常都是糖冬瓜条。

马蹄削皮后被磨浆做成干粉，就变得四季皆宜。

泮塘附近一直都有私家小铺卖马蹄粉，用纸包装成长方形，外面贴红纸。那也算技术活儿。有一回遇见是小姑娘看铺，用个竹木模型放粉，折腾半天也包不出个形状来，她爸回来三两下就包好了，现场围观了什么叫作难者不会，会者不难。

荸荠本产于中国，自西汉时即有栽培记载，目前有20余种和一些变种，以热带和亚热带地区为多，全世界都有，不是稀罕物。

广东的地方品种，学名叫作水马蹄，皮黑褐，肉雪白，亩产能收个一吨半。所以它从来都不贵，家长们要警告贪吃娃们的，就是必须削皮烫过才吃，否则肚子里会长姜片虫。不过以当年全体家长对娃们的放养状态，真是鬼知道我们都胡乱吃了些什么，肚子里竟然没长出虫来。

印象深的是某年暑假去同学家串门，看见她家里的两包泮塘生磨马蹄粉。

先是怂恿她做马蹄羹。那个简单，和藕粉一样，加糖用开水冲成糊状就是；继而开始研发马蹄糕，祸害了整一包马蹄粉，以及相当数量的片糖和白糖，那时候买糖还是凭票配给的。

狼藉之际家长们也快下班了，赶紧开溜。后来再去串门时，我那同学信心满满按着她妈教的步骤，完美演示了马蹄糕的蒸成。

制作诀窍的简单，和没有被追责之前的瞎折腾，都令人意外。

我许多西关小同学的家长，都挺宠小孩的。

家里蒸马蹄糕通常都是过年时，用的是圆形蒸糕盘，一盘叫作一底。平时要吃，不用这许多，那是茶楼的生意。

马蹄糕在茶楼点心单里，归类叫作小点，价钱最便宜的那类。但也有花样，有原味的，有叫生磨马蹄糕的，强调是用新鲜马蹄磨浆蒸，里面掺着马蹄粒。都是凉着上桌，那样爽口；想吃热的也行，香煎马蹄糕，煎过之后带着焦糖香，颤巍巍。

如果是粤地本土原创的糕点，通常用籼米和粳米磨粉做的居多，比如广式松糕、伦教糕。

特别怀旧的口味是广式松糕，旧得我们小时候就已经嫌它旧。

街边小铺里当成价廉的早点来卖，很难吃到恰恰好的。发酵程度太过，吃到嘴里不知为何还有酸味；发酵程度不够更让人恼火，饼不像饼，糕不像糕。

松糕的渊源起码可以追溯到“二厘馆”年代，属于既便宜又能吃饱的点心，俗称“顶肚”，和现在消闲时说的“贵夹唔饱”（贵兼吃不饱）的点心是两个方向、两种路数。

清代中期《调鼎集》有记松糕做法：“上白饭米洗泡一日，碾磨细面，和糖，亦如茯苓糕做法，二者俱备，一杯面，一杯糖水，一杯清水，加入面子（指酵面）搅匀，盖密，令发至透，下笼蒸之。”

粤语里有句“上面蒸松糕，下面卖凉粉”，一向说的是天冷时候靓女们的穿着，上面暖和蓬松，下面单薄甚至露腿，放到今天，是时尚穿法。

比起壮硕黄褐色的松糕，卖相好的是伦教糕，晶莹雪白，比松糕单薄得多。

伦教在顺德。那是位于珠三角腹地的鱼米之乡，说起顺德人的会吃会做，岭南人民都点头同意。

伦教糕最早当然是出自伦教镇，做法是用上乘的隔造米磨浆来制干浆，滤糖水、回锅糖水、冲干浆、加糕种发酵，用蒸笼中火蒸熟。

同样是发酵的米糕，伦教糕似乎经过的是比较有诚意而细致的发酵，糕面看着白润，咬一口里面疏密得当，奇怪的软却带着爽，似欲拒还迎最终还是从了地在牙齿里加点弹性。

甜的，但不腻，当然也是凉着上桌，像是提示可以在无边际蝉鸣燠热的午睡之后，恹恹拈起来吃上两口，而后彻底醒了。

很素的糕。兼容性很好，想再香一些，加桂花和玫瑰香都可以，比如鲁迅在小品文《弄堂生意古今谈》里提了一笔的“玫瑰白糖伦教糕”，加点花样，这小吃生意能到上海做外卖。

茶楼里叫糕点的话，个人喜欢叫一笼马拉糕，或者蜂巢糕。

马拉糕在观感和口感上，都像是松糕的全盘美化版本。

马拉糕由面粉、鸡蛋、猪油、牛油混合，要发酵。

做出来时是一大块，通常切成小块一碟三件上桌，也是金黄色或者褐色，蓬松香甜。吃起来既像蛋糕，又有那么一丁点说不出来的不像。

也许就是因为那个发酵过程，传说里的正宗古法马拉糕，要发酵三天。有简版的，还可以加红糖，像是把松糕的米粉换成面粉，再加了牛油的偷龙转凤豪华版。

按道理它应该被叫作马来糕，据说是新加坡的马来族人爱吃，粤语里把马来说成“马拉”，我觉得是偷懒，这么说比较省力气。

马拉糕的发扬光大也许是由于在粤地茶楼里卖得时日够久，结果它的英文名已经被叫成了“Cantonese sponge cake”，广州海绵蛋糕。大概还可以叫作千年商埠茶楼海纳百川蛋糕。

事情到了蜂巢糕这里，其实已经被弄糊涂了。蛋糕的做法，但再加进炼奶和蜂蜜，发酵静置之后再烤。

烤出来之后是深棕色甚至接近黑糖色的一块，茶楼里也是切成小件上桌，口感是有点嚼劲的香甜。再去请教酒店饮食大神彭树挺，回复这也应该是东南亚地区的点心，近十几年才引进的。

这两种糕的发酵不一样，传统的马拉糕有三种不同的眼：横眼、竖眼和细眼，蜂巢糕只有两种眼。

如果煞有介事编故事的话，可以说因为东南亚的天气比岭南还要潮热，做西式糕点过程里没准就发酵出了新品种。

不瞎说的话，那也是一处海上商路多元文化融合的地方，聚居了各色各族的人，在吃食习惯和口味上，是更混合兼容的调色盘。

粤地茶楼里的点心，一笼笼地一旦逐个细究出处，究出来的俱是满世界各处的小吃界好汉英雄。

真金白银靠谱茶楼鉴定标准

要水滚茶靓。你不能指望一家连水都不烫的茶楼，还会有心思给你弄好吃的。

人多的地方要去试，有可能是便宜兼难吃，也有可能是便宜又好吃，还有可能是好吃兼好贵。至于又贵又难吃的，那还真是运气不好遇上了，可以放心的是，这类的店家生意基本做不长。粤地茶楼的消费主力，几乎都是自费。

广州人一向舍得对吃食进行真金白银的投票。

有考据说，得益于物产丰饶及城市经济发达，近代广州市民的普遍饮食水准远高于同期其他地区，普通劳工阶层向来是上茶楼喝早茶的主力军。

民国时期的国立中山大学法学院经济调查处的《广州工人家庭之研究》（1934年9月出版，余启中编）载：

“劳工阶级绝少无嗜好的，尤以烟酒及‘饮茶’三项为重要，几视为日常生活必需之项。饮食风尚，广州最盛，无论上午，下午，夜间，俱有‘饮茶’的习惯，劳工阶级恒有一日饮茶三次的，故‘饮茶’一项费用，实占劳工日常生活的一种重要支出。”

这项统计还解释说：“其余如烟，酒，亦为劳工日常不可少之嗜好品，其消耗费用颇大。兹将各种嗜好分为茶食（即饮茶），土酒，土烟，卷烟，及鸦片五项，各项嗜好费用列表如下。惟鸦片一项，工人多不肯据实填报，调查仅得5人。”

谁说统计数据报告不好看的？里面有挺多好玩细节。

既然说到劳工阶层薪资，最顺手查到的是《广州文史资料·第四十一辑》第11页录有《“银本位制”——茶楼价格、工资之一例》一文：“1919年广州茶居工会成立，规定成年杂工最低工资每月7.5元，茶炉17元，执盘16元。”而同期一般茶楼的“一碟虾饺（4个）售价为一分六厘，南乳肉角、叉烧包每只四厘”，算起来的确是杂工的最低工资都够吃几百笼虾饺，或者千把只叉烧包。资料里还有当时茶楼收款员的上岗描述：

“宣统年间（1909–1911 年），茶楼除茶价外，一般食品，毛利只有 20%，食品件件要精打细算。为了方便在价格上竞争，不得不保留银两本位制。

“每元等于七钱二分，‘企堂’报数是两、钱、分、厘，顾客付款是用元、毫（角）、仙（铜板）以至铜钱。

“收款员起码得应付四五位‘企堂’，每当‘企堂’报一声数，收款员要应四五声，并须在顾客付款时，立即换算成元、毫收款，还要注意每位客人谁应付多少（当时‘企堂’是没有结账单的），所以茶楼的收款员，多是由柜尾杂工、帮柜逐步培训选拔。

“由于收款多少，无据可查，所以收款员必须是诚实可靠，还要头脑灵活的人才能称职。并且还有严格的规章，收款员身上不得带有半文钱，私人财物要公开存在账房。发现有贪污的，就立即开除。情节严重的，在‘协福堂’挂名公布，那就永远没有茶楼再录用他了。”

听起来，当年能在茶楼做收款员的，到了今天也是诚信可靠、眼观六路耳听八方的速算人才，人力资源部招工的理想之选。

靠谱的员工各就各位，每天的营业时间就是茶客们的真金白银投票时段。

再花样百出的点心，都要茶客们点上自己的茶桌，吃进嘴里，为它们埋单。是否好吃，是否大多数人爱吃，卖出多少剩下多少，每天的流水都是投票统计。

食客们则一直都互相交流自己判定一家茶楼点心水准的心得，有祖传阿爷教的，有自己振振有词悟出来的，务求最短时间最高效率定夺出某段时日里自家预算内银两是花费在这家茶楼还是那家茶楼。

有鉴于此，迄今从业 60 年的粤点泰斗何世晃，对于靠谱茶楼的点心水准鉴定，给出过极简秘诀：看它们的虾饺和叉烧包。

如果这两样做得不好吃，用粤语形容，就是“好打有限”，厉害不到哪里去。

陈勋大师也说过，最能看出点心师傅的水准的，是虾饺的皮和造型、蛋挞的

①萌萌的小白兔虾饺。

②粤点泰斗何世晃在指导厨师做虾饺。

（①②摄影 / 陈海平）

酥皮、叉烧包的皮。

想做一个沉静的点心大佬，点心皮和馅的功夫必须掌握。勋叔说，他最擅长叉烧包的皮和办馅。

从前茶楼点心大佬的团队班底，最擅点心皮的是主案，也就是老大兼主管；帮案是二佬，主馅办馅的是老三；再往下排，则四五六的顺序是西点、熟笼煎炸和水镬。

此处说的应该是茶楼行业术语里的“小案”。茶楼点心师傅分大案和小案。

大案是大案板之意，大案师傅主制的是饼食。二十世纪二十年代的茶楼还生产各式蜜饯糖果，既是桌上常设的食品，又是送礼“全盒”的佳品。大案每年还有两个主要任务，一是制作中秋月饼，二是制作年宵品。

小案是小案板之意，小案师傅主制的是茶市供应的食品，即点心部的产品，是茶楼的主要生产部门。

别以为点心之神的成神之路没有考级，当然有。二十世纪七十年代特级点心师的考级项目是蒸煎炸炕：蒸灌汤饺；煎粉果；炸芋角；炕也就是焗或烤，此处指烤瑞士蛋卷，手打的。

点心是闲食，然则点心师很忙，“一世夫妻半世床”，意思是古早时候的点心师傅，每天凌晨两点就要上班。

还是个特别考心灵手巧的行当。

③④想做一个沉静的点心大佬，点心皮和馅的功夫必须掌握。
（③④摄影 / 陈海平）

粤点名厨里，泮溪酒家的罗坤大师最被街知巷闻的名点是绿茵白兔饺，那是薄皮虾饺基础上的造型饺。陈勋大师当年在北园的名点之一，是玉液叉烧包。

白天鹅宾馆点心部大厨谭广燐师傅说：“粤式点心的一个特点是皮跟馅的组合众多，不同的皮和馅的不同组合，可以玩很多花样。”

所谓运用之妙在乎一心，所谓万变不离其宗。所以才有虾饺的皮和馅，所以才有叉烧包的皮和馅。

所以判断茶楼的点心水准，还是要看虾饺和叉烧包。

如果现在请朋友去饮茶，桌上的造型点心尤其多，玫瑰形状的紫薯挞，天鹅形状的鹅肝酥，鱼肉馅的小丑鱼，奶黄馅的小企鹅，看着像奢侈品，价钱却相当友善。或许早先是给客人哄娃娃用的，结果大人也吃得挺高兴。还真是全手工，的确也奢侈，实际上已经是此地市民们的日常。

千年商埠所在，商家最喜欢的对联，莫过于“生意兴隆通四海，财源茂盛达三江”，横批“日进斗金”。珠江水波光粼粼不舍昼夜，而今由海陆空方式到埠的各色面孔，仍然为利来，为利往。

来都来了，当然要请你饮餐茶，反正我们已经得闲了很多年。

也许是粤地饮茶习俗的细节满桌琳琅散漫，入诗的很少，一旦入了就是名句：“饮茶粤海未能忘，索句渝州叶正黄。”

绿树成荫的西关老街区。（摄影 / 陈海平）

第二章

餐桌上有金币的声音

㊀ 非常有米西关地

这曾经是广州的富饶之地，如果说广州千百年来一直是个特别资深的中央商务区（CBD），到了清代，西关地则是 CBD 中的 CBD。

兴盛时期，西关的区域范围有上西关、下西关之分，大概是由第一津到太平门等地方为上西关，下西关就是由光复中路以西至黄沙华贵路之观音桥一带地方。当时十三行的洋商及一般商业行庄，都集中在下西关。富绅巨贾以及科举人物的馆舍住宅，也多数建在西关。

直到清末，交通状况还是要么步行要么坐船坐轿，住处和办公场所离得近，方便和效率两全其美，且相当一部分的日常商务接待款待，也在自家大宅里完成。用现在的话来说，就是写字楼店面设在口岸区，自家另有物业在附近，宜居宜商。

西关之路名和暗码

西关一名，最早见于清初在西关长寿寺之西设立西关汛。

清代，军队驻防之地称为汛。

大抵是清道光年间，谭莹在他的《乐志堂文集》里夹叙夹议：

“西关汛直接北门之卡，遥通南岸之村。白鹅潭水迸于前，黄麖塘路趋其右。

河同玉带，坊署绣衣。荔枝洲仍节度芳园，丛桂里尽随如故宅。驿名怀远，十三行则蛮货并罗；牐溯汇源，第八桥则疍船呕轧。半塘菱芡，初地黄花。珠江涛粗，石门山远。闾阎殷富，士女昌丰。我朝特设千户所焉，素綦重也，事较繁也。”

这段叙事里说的全是西关地的路名，幼时荔湾湖公园和西郊泳场之间隔着的那条路，叫作南岸公路；白鹅潭在沙面。

带河路是 1921 年建成的马路，因路在带河涌而得名。南起长寿西路，北至龙津中路，西关涌北支至文昌路以东分成两条南北支流，其状如带，又名带河涌。由于当时沿线不少本要清拆的物业业主都是非富即贵，因而成为广州最为曲折的道路，含有九个折点，号称“九曲十三弯”。在康王路建成后，似乎是只剩了 30 米长。

丛桂路在上下九那片，旁边的一条路叫蓬莱路，又是折桂又是修仙，寓意相当好。

怀远驿现在是十八甫路上的一条小巷，古早建的时候就在珠江边，离码头很近。

广州一直是个大商埠，那时候的“诸蕃客使”，全都是乘着季候风扬帆出海和乘风回国的。风起时，顺风顺水地来到这里，卖完带来的货，再买完全球最畅销的蚕丝、茶叶和陶瓷……他们还得待好几个月，等到风向转，才能再顺风顺水地回去。

“诸蕃客使”要吃要住要地方存货，中国官府又不许他们进城乱逛，于是给辟了专门的居住区。“诸蕃客使”在广州的居住区，一般都建在城外，在唐代，叫“蕃坊”；在宋代，叫“共乐楼”；在明代，他们住“怀远驿”；到了清朝康熙年间，有了“十三行”，“诸蕃客使”就住到“十三夷馆”去了。

绣衣坊码头在上下九路西来正街口，现在立了个碑，叫“西来古岸”。

南北朝时，达摩奉命来到中国传播佛教，带着木棉袈裟，原本是释迦牟尼的

①②位于西关最南部的沙面岛，自宋至清均为广州对外通商要津，明代这里是广州对外贸易的重要口岸之一。曾有十多个国家在沙面设立领事馆，九家外国银行、四十多家洋行在这里经营。在十三行“夷馆”兴盛前，这里称得上是广州的CBD。（①②摄影/陈海平）

金缕袈裟。佛祖拈花，迦叶微笑，是为有禅。从迦叶往下传，传到菩提达摩，是第28代，所以菩提达摩属于西天禅宗二十八祖。木棉袈裟后来演绎出好些民间传奇故事版本。

达摩从水路来，先到的广州。

一千多年前的绣衣坊码头，是珠江古岸，那片地方的几条街叫作“西来初地”，正经是路名。

这位中国禅宗的初祖菩提达摩，在西来初地结庵居住，那庵就是现在华林寺的前身，而后再到光孝寺住下讲学。光孝寺门内东边的洗钵泉，是达摩洗钵的一口深井。他是后来才去嵩山少林寺面壁的——似乎现时广州还有管华林寺叫西来庵的。

《五灯会元》里说，达摩是见到了佛学强烈爱好者梁武帝，聊了一阵的。

梁武帝：“朕即位以来，造寺、写经、度僧不可胜数，有何功德？”

达摩：“并无功德。”

……求梁武帝心理阴影面积。

③西来初地的黄昏。
（摄影 / 陈海平）

把天给聊死了的耿直禅宗初祖达摩抬腿走了。他渡长江时，传说中的动图特别好看，叫作“一苇渡江”。

一百多年后，禅宗六祖惠能来到广州法性寺，口吐金句：“不是风动，不是幡动，仁者心动。”法性寺，就是今天的光孝寺。

半塘是片地，现在叫“泮塘”，除了种菱茨，那里还有宋时建的仁威庙，是南方少有的武庙，供奉道教真武帝，最早时就叫北帝庙。

这些地方全都在西关。

大有来历的地方当然不止这些。此处像个漫长悠远的商业传奇实景片场，除非你存心专程踱进去，找到早已收工远去的旧街坊，他们才会随口说些这条街那条路，这吃食那间屋，重重叠叠在后面的事。

奇的是如果种种细节旁人想当然地说错了什么，也不太有人纠错，又或者声音太小，听不清楚。漫不经心不管不顾地，有所恋也不告诉你，面无表情兀自背过身去的那种执拗，大抵也是少年之蛮。

①据考，在汉朝时，旧荔枝湾已经广种荔枝。（供图 /FOTOE 图片库）
②荔湾湖公园园内有近 300 株荔枝树，为 1985 年重种。（摄影 / 陈海平）

荔湾区和荔枝湾

说起老广州，本地土著总会提起西关，然后又补充说，西关大致就是现在的荔湾区。

荔湾区因区内的荔枝湾而得名，中华人民共和国成立前称为“西关”，即指广州城西地区而言。行政上是由民国时期的七个小区（黄沙、陈塘、逢源、长寿、西禅、南岸、沙面）在 1950 年 6 月合并为三个区，1952 年 9 月三个区再合并为西区。1960 年西区和中区部分地区合并而成荔湾区。到 2005 年，原芳村区的行政区域划归荔湾区管辖。

其实你可以坚定不移地总是拿“荔湾”去置换“西关”这个词，虽然现在的荔湾范围比西关要大得多。

广州街坊们骨子里的旧和固执从这里也可以看出来，“荔湾区”这个名称前前后后也已经有了近大半个世纪，但他们还是好几代人都更习惯地说更老的词，他们还是固执地说：西关。

而现在荔湾区得名的出处荔枝湾，是大规模空调出现之前的千百年消暑度夏游乐地，素有“小秦淮”之称，地处广州西隅，旧属南海县恩洲堡泮塘乡，与花埭、芳村一水之隔。湾水出口处，可通石门与白鹅潭，有江中的大坦沙横亘其中，亦是天然的水上游乐区。

荔枝湾在过去原没有新旧之分，新荔枝湾区域的划分，是由现在的广州市第二人民医院右侧桥脚（多宝路西头）起，至西郊泳场东边上的一带地方。

至于旧荔枝湾的范围，大致是东起荔湾东约（现在的荔湾路中段），西至现在的荔湾湖公园西河边的“红荔湾头第一村”以及何仙姑庙旧址一带，现在的荔湾南约和荔湾北约都是这条湾水流经的地方。此外旧荔枝湾过去还有一条支流斜向西北与彩虹桥小河接通，在未辟为荔湾湖公园之前，还有刻着“红荔湾头第一村”的石牌坊树在涌边。

至于荔枝湾的故址，可以远溯到公元前 206 年的赵佗在广州自立为南越王的时候。据考，荔枝湾的故址就是在陆贾城之西，也就是说，早在公元前 200 年间，就有荔枝湾。

御果园之“红云宴”和柠檬水

荔枝湾是个好地方：一湾溪水绿，两岸荔枝红。

据考，汉朝时，旧荔枝湾已经广种荔枝。

这种好地方必须得划成御花园或者御果园。

一次是南汉时。五代十国时期，在广州有一个割据岭南的南海王刘隐，其后人称帝，建立南汉政权，传至末代国主刘鋹（公元 958 年即位，年号大宝），御

①荔湾老街区的麻石路。（摄影 / 陈海平）

②③荔湾区逢源路路牌和逢源大街牌坊。（②③摄影 / 郭飞华）

花园“昌华苑”就建在荔枝湾。

《粤东见闻录·西园》（卷四地部一）：“广城西关外荔枝湾，伪南汉昌华苑、显德园旧址。”

每逢夏季蝉唱荔枝熟时，挂果的荔枝树红果硕硕灿若云霞，刘鋹则召妃嫔内臣设“红云宴”寻乐。

举办“红云宴”时节，也是岭南地区雷雨频密的季节，这时节的骤雨说来就来，妃嫔宫娥急避，遗落珠珥金钗。坊间传说里，会有后人捡到首饰。

《粤东见闻录·西园》（卷四地部一）有名有姓地记载：“……（芳华）苑有桥曰流花，鋹常与女侍中卢琼仙、黄琼之，蟾姬，李妃，女巫樊胡女、波斯女为红云宴于其中。今雨后沙飞水流，犹有人拾得残钗珠贝，此乃亡国之遗物也。”

迄今荔湾湖附近的酒家每到时节也办“红云宴”，仿效水果入馔的法子。

去了能吃到古早口味的粤菜和食材，比如冬瓜盅，比如炸云吞和夜兰花蕾。

只是荔枝这种水果甜得太抢，大抵只能勉强放在甜口菜旁边伴碟，比如咕噜肉，甜上加甜。如果不是特别嗜甜的人来吃，能给甜出汗来。

另一次是元代。说是元世祖忽必烈和元成宗铁穆耳喜欢喝柠檬汁制成的“舍里别”（蒙古语，即解渴水，简称渴水），下令在广州建了个御果园，园内种800多棵柠檬树。这属于特供了，荔枝湾又被御果园了一次。

元代学者吴莱抒情为记：“广州园官进渴水，天风下热宜檬子。百花酝作甘露浆，南国烹成赤龙髓。”

明代时，荔枝湾这片好地方似乎没啥大王来管，变成了羊城八景之一的“荔湾渔唱”，意思是渔民出江捕鱼黄昏归舟渔歌互答，平民百姓可以自出自入到此地随意玩耍入画。

“其人与万户侯等”

明末清初，广州的富贵人家都种荔枝，不种简直是不够厉害。

《广东新语 · 木语篇》记载：“东粤故多荔枝，问园亭之美，则举荔枝以对，家有荔枝千株，其人与万户侯等。故凡近水则种‘水枝’，近山则‘山枝’，有荔枝之家是谓大室。当熟时，东家矜三月之青，西家矜四月之红，各以其先熟及美种为尚，主人饷客，听客自摘。或一客而分一株，或一株以分十客，各以其量之大小，受荔枝之补益。”

清朝道光十年（1830年），富商潘仕成将荔枝湾方圆几百亩地买下，建成岭南第一名园，名为“海山仙馆”。据考潘园范围大致在现今的荔湾湖公园一带，南至蓬莱路，北至泮塘，东至龙津西路三叉涌，西至珠江边。既然买下荔枝湾，自然有荔枝林，清代书法家何绍基（子贞）曾写了一副对联留赠潘仕成：“无奈荔枝何，前度来迟今又早；又从苏舫去，主人不醉客常醺。”何老先生两趟都来得不巧没赶上荔枝季节，稍表怨念，但酒喝得比较满意。

这联原作应该是找不着了，所以传着传着有好几个版本，有一说是“主人长醉客长醒”，也有说是“主人不饮客长醺”，似乎都不算太靠谱。

《海山仙馆图》，清代夏銮绘。（供图 /FOTOE 图片库）

潘仕成乃一代巨商，他又不是李白，怎么可能自己喝高了客人还醒着？完全不喝似乎也不太对，自己不喝瞧着客人喝高，不熟的客人会怎么想？想要常年宴饮宾主尽欢，酒要好，酒量也要好。

酒至微醺也刚刚好，万事开始好商量。商人嘛，商量来商量去，一般而言，生意都是商量出来的，所有细节，都可以从不妥商量到妥。

只是历史和命运没法商量。海山仙馆被抄入官拍卖后，一部分变成彭姓所有的“彭园”（主人彭光湛，园址在今广州市第二人民医院后边），对岸的一段馆址则为陈姓所有，改名“荔香园”（主人陈花村是汪精卫老婆陈璧君陈氏家族的一员）。两园隔河相望，在附近还有汇丰银行买办陈廉伯办的“荔湾俱乐部”（在今荔湾涌边一马路的东段路口偏南）。

“荔湾俱乐部”是以陈廉伯为首的一班洋务人员、买办这类大资产阶级半公开式的活动地方，他们策划商团事变时曾利用其作为司令部。第一次国共合作时，孙中山、廖仲恺、林森、汪精卫、李宗仁、陈独秀、徐谦等都先后到过荔香园做客啖荔。陈独秀还即兴作了一联：“文物创兴新世界，好花开遍荔枝湾。”

1998年，政府出资重建“海山仙馆”主楼“贮蕴楼”。（摄影/陈海平）

直到日军侵华、广州沦陷时期，荔香园横门还留着用石灰批荡的对联：“临水竞张云锦画，迎凉齐唱火珠词。”当其时大概像是预先写下的岭南版本“后庭花”。

游河胜地：不养春蚕不织麻

二十世纪二三十年代时，新荔枝湾一带仍盛产荔枝。游客付数角的代价，可以上树采摘饱啖荔枝，但不能带走。

其时夏季到荔枝湾的游客，消遣的方式叫作“游河”。

人们乘坐游艇（或舢板），沿荔枝涌出珠江再到海角红楼。据记载那地方是游河的终点，也是游艇最集中的地方。

游艇如鲫，沿途红荔夹岸荷香数里，做生意的酒菜艇、海鲜虾艇、鱼生粥艇、烟酒果艇则来往穿梭，还有出租留声机或卖唱的小艇。荔枝、西瓜、河鲜、香烟和艇仔粥的叫卖声此起彼伏，兼夹杂着咸水歌声和管弦声，约莫参差也可以构成个简略版本的“岭南水上清明上河图”。

十九世纪上半叶，广州十三行丽泉行行商潘长耀的豪华府邸。（供图 /FOTOE 图片库）

及至我们这辈人，只知道海角红楼是个游泳场。

粤语至今还把漫无目的坐船游荡叫作“游船河”，到后来类推的说法，叫作“游车河”，在现在也可以轻松地用于被绕了路。

再后来，荔枝湾的河道两面渐成菜农村民聚居之地，同时也变成了若干条村，如荔溪东约、荔溪南约、荔溪北约等，又如泮塘首约至泮塘五约等。

花地和花埭

被划归到荔湾区的芳村区，听名字就知道那是个种花的好去处，花地湾就在那边。花地原本应该叫作花埭。

“埭”字原义，指壅水而成的土堤堰，江南水乡带“埭”字的地名多见些。埭的用途，是古时在河流水浅不利行船的地方筑土坝堵水，中留航道，岸边竖立

在荔枝湾河道“游船河”。（供图 /FOTOE 图片库）

转轴。船过时，船头系一粗绳，连接转轴，再用人或牛推动转轴，将船牵引过去。这种堵水的土坝，称“埭”。

《番禺县志》载：“花埭在珠江南岸，距广州十里许，居人以栽花为业，士大夫名园亦在焉。”

清代著名诗人黄遵宪有《花埭纳凉》诗写花埭；康有为有祖宅于花埭，诗中有“千年花埭花犹盛”句；晚年合家居于花埭的诗人张维屏有《泛舟花埭》等诗作，及“花庄花埭水弯环”等句。至于民间称花地，是因为“地”与“埭”音近，当地人以它通俗易懂，遂约定俗成，假地为埭，沿用至今。

清乾隆时期，沈三白在《浮生六记》里说花埭：“十三洋行在幽兰门之西，结构与洋画同。对渡名花埭，花木甚繁，广州卖花处也。余以为无花不识，至此仅识十之六七。询其名，有《群芳谱》所未载者，或土音之不同欤？”

花埭在南汉时属皇城南七寺景区范围，盛产素馨。明清两代广州商业繁荣，名园别墅也多，清代在花埭有听松园、六松园、纫香园、翠林园、杏林庄等著名园林。旧俗里，街坊们可以在正月初七（人日）游花地。那天人人都过生日，可以出去玩。

至此，荔湾区的范围越来越大。

时至今日，到荔湾区游玩，坐游艇仍然是个好消遣。坐在船上发会儿呆，微微摇晃着荡过荔湾湖一圈，看着周边高楼林立，觉得自己是个坐在湖里被俯瞰了的全无心事吃饱穿暖的小富农。

沿岸是琳琅满目的文玩街，馋了的话也要上岸，一路过去食肆的选择也很多。

用荔枝湾反复作为关键词抒情最甚的，估计以清末《羊城竹枝词》里的这首为最："不养春蚕不织麻，荔枝湾外采莲娃。莲蓬易断丝难断，愿缚郎心好转家。荔枝湾外夕阳沉，荔枝湾下野水深。郎过泮塘莫折藕，藕丝寸寸是侬心。"

夸得最用力的，是海山仙馆的一副楹联："海上有三山，风景依然，玉箫何处？岭南第一景，黄梅时节，红荔湾头。"江南的黄梅时节，正好是岭南荔枝红遍的时节。

西关之西，半塘半溪

西关之西，有处地方叫作泮塘，"白荷红荔泮塘西"的泮塘。

五代时，这里是南汉的西御苑，又名华林园或显德园，后称"刘王花坞"。

南宋王象之《舆地纪胜》说："半塘为南汉刘王花坞，即华林园故地，有桃、梅、黄、莲之属。"

《广东新语·名园篇》有一段："其在半塘者有花坞、有华林园，皆南汉故迹，窬（或作逾）龙津桥而西，烟水二十余里，人家多种菱、荷、茨、芹之属，其地总名西园……"

“半塘”的意思，就是半溪半塘。他们所说的“半塘”，就是今天的泮塘。

清宣统二年（1910年）的《南海县志》称：“太平门外率称西关。同（治）、光（绪）之间，绅富初辟新宝华坊等街，已极西关之西。其地距半塘、南岸等乡尚隔数里。光绪中叶，绅富相率购地建屋，数十年来，甲弟云连，鱼鳞栉比，菱塘莲渚，悉作民居，直与泮塘等处，壤地相接，仅隔一水。生齿日繁，可谓盛矣！”

《岭南文库·岭南史地与民俗》里，有民国时期曾广衡的《广州杂抄》原文和注释，其中一则是关于“泮塘四秀”：“半塘为西关之西，地势卑湿，故有一半是塘之称。但人勤善农，种莲、菱、慈菇（即慈姑）、茭笋出名。因称‘半塘四秀’。其实其他出产亦多，如马蹄、蕹菜等亦很有名；芹菜也肥嫩长大可口。”

这本书作者曾昭璇，编者按说得清晰好看：“半塘一名早见于《舆地纪胜》（宋），南汉时尚为荔枝园。有‘白荷红荔泮塘西’之句。这里提出半塘四秀是近代提法，古代只提到有莲、菱而已，如《舆地纪胜》即说‘有桃梅莲菱之属’。提到‘四秀’见于清初屈大均《广东新语》。他在《草语》中称：‘凡种藕之塘宜生水，种菱亦然，菱毕收，则种茨菰（即慈姑）。’可见明末以后，半塘即为广州蔬菜供应基地之一。

“半塘地形以沼泽地多为特点，表示这里是珠江下游平原区，不是三角洲区，故有许多‘潮汐水道’，即弯弯曲曲水道，地形上称为曲流地形，例如半塘北面洗马涌（因靖南王在此养马得名），即以曲流地形见称。这种潮汐水道是很好的旅游资源，如荔枝湾涌即利用这种水道地形特点形成。故今后宜保存这些弯曲有潮汐的河涌，作为旅游资源……此平原上之潮汐水道，实广州不可多得之旅游资源，不宜填为暗渠，有如西关涌与西濠者。即今之东濠幸勿填为暗渠，而应积极建为‘一脉细流，通城引港’之美景。”

说回泮塘特产，现在不止“四秀”而是“泮塘五秀”：马蹄、菱角、慈姑、莲藕和茭笋。

这可以算是个清末民初时期就有的特产打包营销概念，一直用到了今天。广州酒家的怀旧宴席上，就有一大盘象形点心，叫作泮塘五秀。

①十九世纪中叶，广州泮塘的豪宅。
（供图 /FOTOE 图片库）

幼时住在龙津西，离泮塘很近。

在街坊们的日常食谱里，这些打包特产里面最出名的是泮塘马蹄粉，衍生的是泮塘马蹄糕和糖马蹄；菱角是中秋时候的吃食，可以用来煮肉吃，也可以做菱角糖水。

粉藕用来煲汤，火候到时藕够糯；脆藕切薄片下南乳炒，火要旺，吃到嘴里才够鲜甜爽口。

至于慈姑，是冬天的菜，慈姑炒肉片什么的，还有寓意会生男娃。粤语里的“慈姑啶”，指的是别家或自家的小男丁，同时也谑指男娃的小丁丁，取其形似。

茭笋特别鲜，染上菌切开，里面有黑斑的那种特别鲜，虽则不好看。就是大人们说这物事比较湿，不让多吃。旧时歇后语里有说“十月茭笋，黑心”，到现在茭笋切开都特别白，没有黑斑了。去菜市场找过，菜贩大惊：“都是白的，特别白。”好吧好吧，当我啥都没说。

二十世纪七十年代，邻居的阿婆领着我们几个小孩去泮塘的水田里去捞浮萍，水田里种着通心菜或西洋菜，似乎荷花没怎么见。泮塘附近住的很多人家是菜农，但也有推着自行车上班的人从那里走出来。

②③ 1993 年，仁威庙被广州市政府评定为市级文物保护单位。
（②③摄影 / 陈海平）

当年在泮塘的巷子里见过一座庙，长大后才知道是仁威庙，供奉北帝水神，现在已经重修而焕然。记得少时常常走过那里，看见里面有人蹲着择菜淘米做饭，有人带着小孩子，有三五只鸡在走来走去。如果不是门前立着的那两个柱头上刻着石狮子、柱身上雕龙的花岗岩石柱和那两扇大门，根本不知道是一个庙。

据《续修南海县志》载，仁威庙始建于宋皇祐四年（1052 年），而明代天启年间、清代乾隆年间和同治年间又相继进行过大规模修建。清乾隆年间重修前只有中路和西序的前三进房舍，后两进和东序则是乾隆年间增建，是恩洲十八乡最古老和最大的庙宇，而且始建和重建、增建都是由恩洲十八乡乡民自发捐资。

历史上泮塘地域涵括恩洲十八乡，由于当地乡民以打鱼、种植“荠、莲、姑、菱、茭”五秀特产驰名省内，生计和水密切相关，所以供奉玄武帝君。武帝司水，北方是水位，所以人们也称玄武为北帝。最早的时候，仁威庙就叫作北帝庙。

至 1993 年，仁威庙被广州市政府确定为市级文物保护单位；2002 年，仁威庙成为广州市继三元宫、黄大仙祠、纯阳观之后的第四间经政府登记开放的道场。

回想起我们儿时经常路过的仁威庙，它那时候，就像个不露相的高人吧。

大屋之非一般有米

粤语里以前说某户某人富裕，不一定直说有钱，而会说“有米”。

他家好有米的意思，即是他家好有钱。

有米至哗啦啦建成一栋大宅，那真不是一般有米，是相当相当地有米。

民间传闻中的西关大屋兴建，青砖墙铺砌所用的不是水泥，是以糯米饭拌灰浆，所以砌出来的墙没有一丝缝隙。

而且奇处在于，即使是现在设想一下用一锅一锅煮好的糯米饭拌灰浆砌墙，糯米的消耗量也是惊人，更何况是在粮食矜贵的从前，所以这个传说一直是老一辈人说故事时向小孩们津津乐道的一则。

用糯米饭拌灰浆砌墙的说法似乎有点靠谱。中国最早的水泥厂是1889年清政府批准由开平矿务局总办唐廷枢在唐山创办，时称“唐山细棉土厂”，1892年建成投产。而广东士敏土（即水泥）厂于清光绪三十二年（1906年）由两广总督岑春煊奏准开办，清宣统元年（1909年）建成投产。

砌好砖墙之后还须在外面再贴一层水磨青砖，这种面砖贴上去之前就要先用人工打磨。西关大屋的青砖墙极其平滑，严丝合缝，那是可以从屋外就一眼看得到的真切，面子工程的施工标准之严格，人工费用都还是小事。

当其时，潘、卢、伍、叶四大富家都有物业在西关。潘氏物业在颜家巷及连庆桥附近的海山仙馆；卢氏的物业在十七甫；伍氏的物业在十八甫，现在的富善东街、富善西街就是它的两个正门；叶氏物业在十六甫占了大部分。

至于科举人物，最吃香的就是三鼎甲：状元、榜眼、探花三及第。当时的状元梁耀枢，住在十一甫状元第；榜眼谭宗竣住在十二甫；探花李文田住在至宝桥。所以，从前的富贵人家，多集中在西关一带。

夜色中的西关大屋。
（摄影 / 陈海平）

①

②

他们的住处，民间称之为“西关大屋”。

提起老房子，广州人仍然固执地怀念和提及西关大屋，那是百多年来深入民心的豪宅概念。

广州民谚“西关小姐，东山少爷”里的西关小姐，准确来说应该是指住在这种豪宅里的大富人家的千金小姐，而不是住在西关的女孩就是西关小姐。

这种西关大屋实际上指的是从清代同治、光绪年间开始兴起的西关的大屋建筑群，是富商巨贾和洋行买办阶层等新兴富豪的住宅，特征是以石脚水磨青砖砌墙，正门有矮脚吊扇门、趟栊、硬木大门一套的三扇门，入内三间两廊，中间是主厅堂并设后花园的特色结构。

一般拥有正间和左右偏间，并附青云巷，部分辟有独立花园。西关大屋的进深很大，分门官厅、轿厅、天井、神厅和后座的内厅、内房等，厨房设在尾端，总深度在25米左右。一般大屋以正间为出入门户，行经过门官厅、轿厅、天井、神厅等约10米的深度，才进入第二进以至第三进的内厅房（主人的起居室和卧室）。偏间一般由正间天井位的过廊设门相通，前端为对朝厅，与天阶内院连接的是花厅，以后才是内厅房。厨房一般与天井相连。房屋的分区功能合理，使用时，相互干扰较少。

①广州西关大屋博物馆：西关小姐的闺房。

②西关大屋的满洲窗。

③广州西关大屋博物馆：西关大屋的屋檐高、进深大，装修讲究异常。当年的富贵人家，客厅里的标配是全套名贵酸枝家具。

（①②③摄影 / 陈海平）

大屋里有天井花园，可以设鱼池养金鱼，可以种树；还有青云巷，青云巷通常连着小门。对的，这种大屋大得里面还可以有小巷子。青云巷的功用在于营造穿堂风、交通、排水之类。另外，开小门方便仆佣出入。

西关大屋的屋檐高、进深大，装修讲究异常。当年的富贵人家，客厅里的标配是全套名贵酸枝家具。

对细节恣意地奢华地任性地讲究，大概是富贵人家共通的特点。儿时听街坊们细数过当年某间大宅，矮脚吊扇门用的是这种木，趟栊门用的又是那种木，而那两扇巨大的硬木大门，因为他做了一个严重的表情，我依稀有印象，似乎是坤甸木。

风格相当混搭，行商们做外贸起家，中式家具垫底，外加满洲窗、自鸣钟什么的琳琅满目。看过考据文章，说粤地的骑楼和满洲窗，实际上颇有葡萄牙的风格……仔细想想，那还真是不奇怪。

西关大屋一直是富豪人家所居，平民百姓寻常人家住不起。

严格一些来说，绝大部分的老广州人家并没有住过西关大屋。几百年来这样的豪宅也不过是 1000 多座（也有说是 800 多座），后来只剩下几十座。

而西关大屋的著名，或许根本上在于它一直是一则富足生活的传奇楷模和俗世理想达成的活样板，而且细节足够丰富。

清代广州西关二少。（供图 /FOTOE 图片库）

官仔骨骨，大秀二秀

迄今地道的坊间粤语里仍然半恭维半戏谑地称年轻男性为“某官”或者“某少”。

现在这称谓的范围大了很多，未必一定真是行商和大户人家出来的，只要长相清秀、举止斯文即可。

还有一句叫作“官仔骨骨”，更多地用来形容好人家的男孩，明亮、干净、有礼。至于“骨”字，粤语里形容精巧或小巧别致，说“骨”字用叠字则更强调，相当于用略长一辈的口吻在夸，谁家少年初长成。

究其渊源，这里的“官”字，指的是行商的商名。

《广东十三行考》的考据注释里说：“清代豪商富户俱住在西关，鸦片战争后有‘西关绅士’及‘西关官仔’之称，至民国广州开马路以前犹然。

“十三行行商以捐输得职衔，用是或称某‘官’（quan，quin，qua），或称某‘秀’（Shaw），以此类同。

“至当时豪商富户有以金捐‘官’捐‘秀’者，缘明、清两代称人以郎、官、秀为等第。十三行商人在外人记录中亦咸称某‘官’（quan，quin，qua），或称某‘秀’（Shaw，例如，Cumshaw，Kewshaw 等）；乾隆以前行商尚多如此称呼，及后则概以‘官’（qua）称之矣。

“粤俗呼人每曰某‘秀’，如‘王秀’‘大秀’‘二秀’之类，意谓北语‘少爷’之简称。”

清代张心泰《粤游小志》卷三记载：“潮俗，秀才最尊，其兄弟辈则称大秀、二秀，其父则谓太公。”

问了好几位潮汕籍友人，现在此俗似乎淡了，不过把秀才的兄弟叫二秀，这个仍然有；至于把秀才的父亲称太公，则不能随便叫，并不是所有秀才的爹都能当太公，那要儿子的职位很高才可以。

林大钦，籍贯潮州府海阳县东莆都仙都村（今潮州市潮安区金石镇仙都村），明嘉靖壬辰科状元。传说里有位叶姓先生曾出上联戏谑年少的未来状元：“竹笋方萌，几时称得林大秀？”林小娃娃应声答：“梅花魁首，何曾见有叶先生？”故事未必尽信，但这个版本不一的对联里提到的“大秀”，也许可以作为一则旁证。

《岭南即事杂撰》（上海锦章图书局石印本）六集（广州）《西关》条：“南海名区，西关胜地，路迷几甫，市接三摩。冠百粤而控蛮夷，萃五羊以成锦绣。闾阎扑地，呼童使婢之家；舸舰迷津，高尾横楼之轴。身兼嫖赌，阿官仔之富丽何穷；商并盐洋，市头公之经营靡尽。”

阿官仔，即普通话里的阔少，是商官而非行政官。

市头公，应该就是现在市井地道口语里仍然在说的“事头公”，意思是商号店铺里主事的男性，这里也指盐商、行商。是的，至今粤语里还有“事头婆”的称谓，意指生意或店铺里主事的女性。更有甚者，香港未回归之前，港地街坊把英女王也称为“事头婆”。

粤港同声同气皆说粤语，旧时港地明星里，郑少秋就有个街坊们公认的好昵称叫作“秋官”。当得起“官仔骨骨”的，是陈百强和张国荣这种，《胭脂扣》里张国荣演的“十二少”，堪称岭南最俊十二少。

而说起民国时期港地温柔乡销金窟旧事，有本绕不过的《塘西花月痕》，报人罗澧铭以笔名“塘西旧侣”所著。书里说有时为彰显客人来自人丁兴旺的豪门世家，会在三少或四少前面加个十，三少直接变成十三少；也有些时候，是客人直接这么做，免得传到长辈们处时，一听排行第几就准确逮个正着。

粤语之旧，其来有自，特别方便追根溯源，某官某少，顺流而下一路叫到今天。透过满洲窗玻璃的日光，客厅里花开富贵的画，俗世烟火日常里一代代地老去和长成。

迷你佛跳墙。（供图／白天鹅宾馆）

（二）餐桌上有金币的声音

钱在哪里，美食就在哪里

对于面朝大海物产丰饶、资深有钱又偏安一隅的地方，史书里经常会找到标签。

在秦始皇派兵平岭南的诸多原因里，要把这里变成自己的钱包至少也是个顺带的理由。

到了南北朝，《南史·萧劢传》说了个事情："广州边海，旧饶，外国舶至，多为刺史所侵，每年舶至不过三数。及劢至，纤豪（毫）不犯，岁十余至。俚人不宾，多为海暴，劢征讨所获生口宝物，军赏之外，悉送还台。前后刺史皆营私蓄，方物之贡，少登天府。自劢在州，岁中数献，军国所须，相继不绝。武帝叹曰：'朝廷便是更有广州。'"

文中的武帝是梁武帝，和达摩聊天的那个。感觉他是好不容易碰上了个不贪的忠臣，抱着一堆宝贝和银子喜滋滋地赞叹，哎呀呀朝廷这是又拥有了广州。口气娇嗔呆萌，这皇帝当得，也不容易。

唐代的广州商业繁荣，已是全球著名大都市和国际港口城市。当时广州的航线从波斯湾再扩展至东非，被称为"广州通海夷道"，途经九十多个国家和地区，是当时世界上最长的国际航线。其时万商云集，"郡邑为之喧阗"。那情形放到现在，大概和天天开广交会差不多。

① 1857 年的一幅插画，描绘了广州的一场晚宴，刊登在《伦敦新闻画报》上。

元末明初时，孙蕡写了首《广州歌》，被引用最多的是“广南富庶天下闻，四时风气长如春”“丹荔枇杷火齐山，素馨茉莉天香国”。

吃喝玩乐，吃排第一。于是乎，明末清初屈大均《广东新语》卷九载：“计天下所有之食货，东粤几尽有之；东粤之所有食货，天下未必尽有之也。”

至于吃喝产业链如此发达的理由，清代乾隆至嘉庆年间，仇巨川所著《羊城古钞》卷七“濠畔朱楼”条有说法：“广州濠水，自东西水关而入……天下商贾聚焉。……当盛平时，香珠犀象如山，花鸟如海。番夷辐辏，日费数千万金。饮食之盛，歌舞之多，过于秦淮数倍。”

清道光年间，温训的《记西关火》有说：“西关尤财货之地。肉林酒海，无寒暑、无昼夜。”

这类一掷千金稀里哗啦的吃法，用现在的话说叫作商务宴请，做生意要聊得高兴、宾主尽欢，饭桌上吃得好和巧是常规标准，还顺带着略为展现财力和资源，

②十三行的茶叶店。茶叶是当时的大宗商品之一。
③向法国人出售茶叶。
（①②③供图 /FOTOE 图片库）

总之是炫耀型消费，而且是刚性需求。

在天天开交易会的地方，餐桌上铺排的，是美食，也是钱。数不清的飞觞华宴上，客套话里说出无数此起彼伏的“请”，都是金币落地的声音。

足够多的金币，经年累月地落到餐桌上，杯盘碗碟里会开出玄妙的入口之物，送进嘴里会绽出本能和新奇的愉悦。

响油鳝糊。（供图 / 白天鹅宾馆）

请请礼和七小时晚宴

日常的粤语里，家长教小孩子串门拜年说吉祥话，有个简洁的词：“请请”。训练家里宠物小狗站起来作揖，也说是教它们“请请”。

原本以为这就是个没啥特殊意义的儿语叠词，直到在书里看到这段：“这位行商站起身，用中国的见面礼节向我致意，即所说的‘请请’礼。双手互握，举至胸口，做一个像传教士一样的动作，然后，他只是说，他将如实传达这番答复。”

拱手作揖，在清代来广州的外国人形容之下，被简化成“请请”，又在粤语里留了下来。

这本书似游记非游记，似回忆似笔记，书名《开放的中华：一个番鬼在大清国》，作者法国人，叫作老尼克，说的是鸦片战争前后的道光时期，一个法国医生莫菲 · 岱摩（后来又改名为“平西”）在中国的几年游历。

书一开头就是给朋友的信，仔仔细细描述了广州的十三行区，记录或是说显摆了自己在行商缲官招待下的三顿吃喝明细：

“现在，您清楚地知道我们的朋友缲官的地位了。或许我能让您高兴下，向您讲述我在这位显赫商人家中享受到的第一次中国晚宴。”

这里的缲官，指的是顺泰行商马佐良，原名马展谋。在其他资料里，马佐良的商名叫作秀官，粤语发音里和缲官相近。其实在当时的行商中，马佐良算是中小行商。

而后要准备描述晚宴的作者先是忸怩了一下：

“那是在我的康复初期，伯驾先生让我暂时住在他的一位双鹰行（中国人这样称奥地利商行，因为徽标上有两只鹰）的朋友家中。那段生活是最舒适安逸，也最单调无聊，所有在当地的欧洲人的生活都是如此。对这种生活，我感到有些羞愧，因为我身边的这种挥霍生活和我年轻时粗茶淡饭的习惯形成了强烈反差。

还是由您来下结论吧。”

继而拐弯抹角地说起了被人伺候之下慵懒的午餐：

“仆人进屋叫醒我，就在我设定闹钟响的那一刻。他扶我起床，在我身上浇了几桶水，然后给我擦洗，我没有计较他那副睡意惺忪的可怜样子。接着是午餐：一盘咖喱鱼或咖喱鸡、鸡蛋、油炸小点，还有几片没加配菜的冻肉、火腿和牛肉。我看书画画，或上中文课，一直到三点。”

小显摆之后，才是憋不住的大显摆：

“这时，晚餐将我们聚集在一起。我亲爱的帕特里克，那可是何等丰盛的晚餐！当然，都柏林行会是从不曾如此奢华的。首先是两道或三道浓汤，喝马德拉葡萄酒、雪利酒和波尔多红葡萄酒，每瓶酒都用湿棉布裹着，以保持清爽口感。然后是一盘鱼，通常吃这道菜只喝啤酒。接着，就是这个时候，才开始真正的晚餐：烤牛肉、烤羊肉、烤鸡和必不可少的牛峰肉、火腿。有时，为了换换口味，会有一块来自欧洲的昂贵的肥鹅肝或小山鹑肉。和这道菜搭配的酒是波尔多红葡萄酒和索泰尔纳酒。所有这些菜撤掉后，开始餐中甜食和烤野味。有当地的一种叫作米雀的雪鸡，有野鸭，有小野鸭，等等。这时，开始喝香槟，还有波尔多红葡萄酒。紧接着加味菜：鲱鱼、孟买的洋葱、奶酪、沙丁鱼。总之，足够多的消化菜以缓解五六道容易消化不良的菜。啤酒没有间断过。

“一直到仆人们——穿着白衣服、蓝鞋子，辫子系着红发带——端上餐后甜点。这时，每个人根据自己的喜好和酒性开始品尝葡萄酒。有的人纯粹出于礼貌，只碰了碰杯口；有的人自己倒酒，一口饮尽。最后，我们来到客厅。在那儿，利口酒和咖啡为这顿奢华的日常餐画上句号。您可以猜猜这顿饭的费用，想想几乎所有菜的原料——甚至是烧菜的木炭——都来自欧洲，都必须支付进口税。”

那位将近两百年前的收信人作何感想无从考究，放到今天，却是能让大伙把清代道光年间广州十三行行商们日常招待的进口食材和酒水库存，围观窥视上好一阵。

在另外一封拉仇恨的信件里，巨大的显摆来了，这一回主要是吃本地菜大餐，从头到尾被记录得仔仔细细：

“……我的东道主再次字斟句酌地邀请我，希望我‘光辉地出席’他所提到的庆典。节日当天，将近中午，来了第三封信。我以为另有变动。正相反，缫官又一次盛情邀请我去吃‘晚上的饭’（当地人这么说晚餐），正式询问我是否出席他的宴会。我答复了来信，表达了谢意。于是，两个小时后，我们出发了。主人焦急万分地等着我们。他从未见过我，因此见面时不像平常那样行‘请请礼’，而是说了这样一句话：‘素仰芳名！’用英语来说，意思是：‘我早已经仰慕您的散发芬芳的名字。’”

接下来的是私家大宅里饭厅的装修和招待规格：

“一番恭维后，他领着我们进了宴会厅。这是一间位于宅子的正屋，即主人所住的地方。

“大厅内，左右两边摆放着四张印尼苏拉特木料做成的桌子，呈一个大平行四边形，留有足够的空间通向一个椭圆形的门。门边立着两只巨大的古瓷瓶，插满色彩鲜艳的花朵，其中高高地夹着两扇宽大的孔雀羽毛。第五张桌子，也就是缫官的桌子，摆在大厅的最内侧，在进门的边上，正对着另一端的是一个小戏台。整顿晚宴期间，戏台上翻筋斗的和走钢丝的杂技演员以及歌手不停地表演着，虽然似乎没人瞧他们一眼。

“虽然桌子足够四人甚至六人座，但每张桌子只坐两位客人，左右留出空间，不挡住看表演的视线。我们一坐下，立即有人端上一大杯杏仁蜜，这只是纯礼节性的开场。”

宴会开始上闲食水果和前菜冷盘：

“不一会儿，一道道装在镶金画的雕花小瓷碟里的冷盘端上来。大部分菜我都不知道。主人很客气地向我介绍了几道菜。这道是飞鱼，晒干、切成细丝儿，拌上醋和石耳（这儿叫作‘石头的耳朵’，是僧侣们必吃的菜）。接着是米饭鱼，纯白色，做法和格林尼治的小鲱鱼一样，油炸，味道还不错。这道是鹿脚，做成肉酱。这道是褐色的圆形切皮，叫作日本皮，要在水里泡上很久才嚼得动。这道是鸟肝和鸟胃，剁成小碎块。这道是长在甘蔗上的一种毛虫，加盐翻炒。还有几盘水果，除早就熟知的桃子、梨子、核桃之外，还有中国橙、金橘（一种小橘子）、荔枝、龙眼（龙的眼睛）、黄皮（黄色的皮）、枇杷，等等，等等，摆在桌上，透着几分神气。这些中国水果的头两样是成串端上来的。熟透的荔枝有点像草莓，不过，果皮包着软软的果肉和两三粒梗核。黄皮则更让人想起葡萄或是醋栗。枇杷是种味道有点涩的欧楂。

“所有的盘子银质，极为小巧，摆满了整张桌子，只在正中央留出位子给真正的晚餐：一盘接一盘分别端上的热菜，撤掉的速度之快也足以让巴达维亚岛的贤明君主大吃一惊。”

接着是琳琅满目的热菜，鲍参翅肚，天上飞的，地上跑的，水里游的：

“我又要开始罗列菜名了！您一定会感到不高兴。这简直不是读信，而是看饭店的菜单！一道道菜就这样从我们的鼻子下端过。先是两三道菜，稍事休息后，继续上菜，直到有八盘炖菜：卷成团的鲨鱼鳍、裹着一层冰糖的燕窝、鹅掌、麻雀头、牛蛙、豪猪（拌生乌龟肉）、鱼肚（边上一圈海草）、孔雀冠和在太平洋和马来西亚群岛礁石丛中采集的海参沙锥。接着，十二到十五碗汤，汤里漂着切成小块的鸳鸯肉、鸡肉、野鸡肉或是鸽子肉。随后是几盘装着长长软软的细丝的菜，起初我以为是粉丝，正要品尝时，随口问了菜名。主人用广东英语对我说：‘You want sheegrubbe（您想尝尝吗）？’

“我的朋友，这可是些虫子，地里的大虫子，不折不扣的虫子。我放下了碗，或者应该说，我毛骨悚然，把碗掉在了桌上。‘My no wantshee， mythankee（我不想吃，谢谢）。’我回答说。”

席间的宾主互动当然有，从互相观察、轻度的玩笑到给客人布菜：

“缫官让我坐在他左边，不动声色地观察我的一举一动。而我也同样努力地观察他，以至于晚餐刚开始时，我差点和他一起站起来，和他一起郑重地为我的健康干杯……这位可敬的行商，对我的笨拙足足取笑了一番后，开始可怜我。他将一大块黏糊糊的燕窝送到我嘴里，这块燕窝我已经竭力摆弄了好几分钟。我任凭您想象，我是否会很喜欢这样送到嘴里的烩肉块。我闭着眼睛接受了好客的商人送过来的不甚合时宜的礼物。"

其间还有个貌似歇席看菜和吃主食的环节：

"接着是一种有点奇怪的考验，目的是让主人相信，他的客人们都很满意。盛满了菜肴的四只碗放在每张桌子中央，靠在一起，摆成方形：四只碗上面，又叠着三只碗，成三角形，也是满满的；最后，第八只碗叠在金字塔的顶端。习惯是这样的：客人们不管得到如何盛情的邀请，谁也不去动碗里的菜。于是，桌上的菜撤走了——每张桌子上都有好几道可以替换的菜——接着端上糕点、果酱一类的甜点，中间是——至少为我们准备了—— 一盘用最鲜嫩的竹笋拌成的色拉，还有一些用水泡过的菜。直到这时，米饭才第一次端上来。在日常的饮食里，米饭则重要得多……人们在饭里拌上各种调味，鸭子或咸鱼，或几勺酸汤。最后，一道茶结束了整顿晚宴。用没有盖的小茶杯盛着，不加糖也不加奶。喝完茶，大家长时间地洗手。"

吃正经大餐，酒必不可少。不过看到行商给法国人喝热葡萄酒，到今天粤地土著们还是会露出谜之会心微笑。这场宴会没准是在三伏天举行的，此地习俗这种天气不吃生冷，理由是会伤脾胃：

"……我们还用精致的烫金酒杯喝葡萄酒，酒杯有杯耳，就像古代的水壶。葡萄酒是热的，因为当地人认为所有的冷饮都有损健康。

"还有米酒、饭酒，上帝知道还有多少种度数很高的酿造粗糙的酒。我们甚至还喝了当地烧酒，不过味道很淡，几乎没有去除沉淀……

"总之，这场晚宴让我精疲力竭。整整花了七个小时。"

要尽地主之谊招待客人吃饭，古早时候都是拿自己认为好吃的出来。至于清代末期这顿正经晚宴的真正吃后感，法国客人私下表示：

“尽管进餐过程中允许起身在大厅里走上一圈，尽管礼仪允许偶尔抽上一两口烟，但是到底是一件可怕的事情，这么长时间地吃着那些难以下咽的东西，呼吸着四周难闻的气味。

“当地菜大量使用大蒜，还有我们只在药店里用的麻油，令大部分的菜肴气味难闻。而且，除了米饭，所有的菜都是用十二到十五种原料混杂起来的。大厅的气味因此而遭殃。还有客人们的胃。

“必须承认，这里菜的普遍特点是，淡且油腻。欧洲美食家熟悉的‘大豆’在这儿作为调味品，只能略微补救淡而无味的缺陷；至于第二个缺陷，这儿根深蒂固的风气是，当地人眼中大腹便便、有着无数层下巴是一种美，可以得到别人的赞赏。

“稀奇古怪的菜肴很受青睐，如鲨鱼鳍、燕窝之类，原因有二：第一，这些传统甜食价格昂贵，可以显示主人慷慨宴请的财气；第二，人们赋予这些菜某些功能，相当于块菰（应为松露之类）之于精疲力竭的唐·璜们。”

主人家的热情招待无微不至，到了今天都堪称周到榜样：

“回到行馆，我们上楼看一位因为身体有点不适，而没有能够去参加晚宴的朋友。我正要向他大谈盛宴的菜肴时，他把我打住，只见房间的所有角落都摆满了一盘盘的菜，我们刚吃过的菜肴大部分都有。这就是当地人的盛情好客，比我们更细致周到，甚至把菜送到了缺席客人的家中。”

至于大餐礼节，古早时期的规矩套路如下：

“第二天，我们每人都收到了缫官的又一封来信，信中向我们表达了遗憾，觉得他的款待配不上我们无尽的功绩所应获得的盛情款待。这封信必须答复。于是，我们依葫芦画瓢，动用欧文的所有美丽绚烂的修辞，用同样夸张的手法，向我们的主人描绘他那无与伦比的盛宴给我们带来的快乐。

“此乃这首美食长诗的收场。”

番鬼亨特和潘启官家的筷子宴

粤语里很少煞有介事地说“那些外国人”，那会令说者和听者都觉得别扭异常。到现在，街坊们还总是说“那些鬼”。

现时文字记录中，对十三行最为清晰的记忆来自一只当时“住唐”的美国“鬼”，叫威廉·C. 亨特。1825年他到广州时，只是一个13岁的少年。之后马上就被送到马六甲的英华书院学中文，次年返回广州。1829年在广州加入美国旗昌洋行，1837年成为该行合伙人。1842年退休，两年后返回美国。其后又回到中国，在广州、澳门和香港等地活动达20年，并创设亨特洋行。晚年旅居法国，1891年，在旗昌洋行倒闭的几天后，他在法国尼斯去世。

他的经历之所以仍为现在的人所知，完全是因为他写的那两本书：《广州番鬼录》和《旧中国杂记》。当时，他是广州仅有的几个懂中文的外国侨民之一，书中所记全是他耳闻目睹或亲身经历的事，内容涉及早期中西贸易和中西关系的各个方面，具有较高的史料价值。

他在书里戏谑地也把自己称作“番鬼”，在《旧中国杂记》的序里不无惆怅地说：“书中所讲到的‘番鬼’这一类人，……他从‘羊城’消失了，在他存在的全部时间里，那里是他的唯一栖身之地。可是现在他已从那里消失了，就像史前巨兽从地球表面消失一样。……谁也没法‘为他唱一支安慰灵魂的挽歌’。”

“番鬼”亨特1825年在广州十三行的时候，“主要的行商有浩官、茂官、潘启官、潘瑞官、章官、经官和鳌官”。也就是说当时的四大首富里，他与之打交道的应该是浩官伍秉鉴、茂官卢文锦和潘启官潘绍充。

和富豪们打交道，除了做生意之外，比较令人高兴及值得拿出来讲故事的是逛他们的豪宅及赴宴，况且那时候连和十三行的行商们大做生意也是一件乐事。

亨特记叙说：“作为一个商人团体，我们觉得行商在所有交易中，是笃守信誉、

①伍秉鉴的花园豪宅。铜版画，登载于1859年3月26日的《时代画报》。
②伍秉鉴广交美国商人，并投资他们的企业。
（①②供图/FOTOE图片库）

忠实可靠的，他们遵守合约，慷慨大方。”

之后，是逛豪宅。

“他们自己的住宅，我们曾去过几处，规模宏伟，有布局奇巧的花园，引水为湖，叠石为山，溪上架桥，圆石铺路，游鱼飞鸟，奇花异卉，千姿百态，穷其幽胜。

“其中最美丽的是潘启官的住宅，坐落在江边，在商馆四边的三四英里处。他的私人‘宫殿’中有大批仆役，通常包括侍者、门丁、信差、轿夫和名厨。我们曾有幸领略过这些名厨的技巧，参加过一次无外国菜的‘筷子宴’。”

那次，他们吃了“美味的燕窝羹、鸽蛋，还有海参、精制的鱼翅和烧鲍鱼”，而“这些只不过是全部菜色中的一小部分，最后还有各式各样的点心。饮料是用大米酿造的‘三苏’，也有一种用绿豆、一种用黄皮水果，以及其他我们从未听过的东西酿成的酒。盛酒的是小银杯或瓷杯，每只杯都放在制作精美的银座上”。而光是那道“美味的燕窝羹”，就是从爪哇运来的最好的珍品，每担

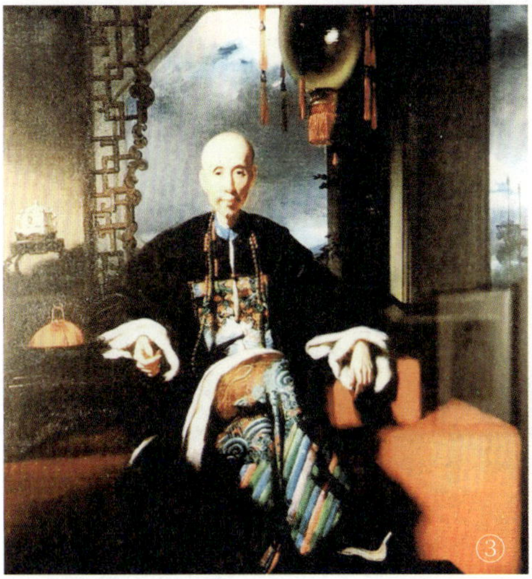

③潘振承（1714–1788），福建省同安县人，广州同文行的创始人，曾任广州十三行总商，被洋人称为潘启官。在十三行独揽对外贸易的85年间，潘家作为十三行首领长达39年，几任启官将茶、生丝、瓷器销往全球。

④潘振承的儿子潘有度，被洋人称为潘启官二世，曾任广州十三行总商。

（③④供图 /FOTOE 图片库）

值4000西班牙银元。

亨特还记下了一首大概是别的“番鬼”描绘铭官宴客的一首近似于笑话的诗：“筵席大张，五光十色……啊！四大洲的朋友 / 不会说中国话。……”

这首不伦不类的诗里说，吃了很多种叫不出名字的菜，饱得不能再往下撑的时候，又撤换餐具上来了一样菜，看上去像是只鸭子：“细细端详，/ 他已经 / 头晕目眩；/ 转向侍仆，/ 指着菜叫‘嘎，嘎’。”结果，“这个中国人摇头，/ 随即有礼地鞠躬；/ 并表示盆上是什么 / 说出，‘煲汪汪！’”。上来的是一盆狗肉。

“这些宴会确实令人赏心悦目，至今仍使人记忆犹新……”二十个世纪的美国人亨特，大概是一边咂着嘴一边记下这些话的。

而且很显然，这位美国人亨特对粤地宴席的接受和好感程度，远高于同时期那位吃了七小时晚宴的法国人莫菲·岱摩。

①

九大簋和满汉全筵

家有喜事要设宴，喜宴寿宴百日宴，粤语说“摆酒”。至于要摆几围，那是多多益善，少少无拘。

至于酒席的数量词，不说多少桌，而说多少围，渊源可以追溯到十九世纪初至民国时期：“酒楼的台、椅，多用方形的‘八仙台’……一桌筵席，只坐8人（每边2人）。高级或隆重的宴会，则坐6人，空出一边，饰以顾绣台围，宴会气氛更显得庄重。”这个围，是台围的围。

要去赴宴，粤语说“去饮”，既是“摆酒”，那自然是去“饮”，饮喜酒，饮寿酒。随之延伸的是“饮衫”，指穿去赴宴的私人行头；“饮歌”，通常指公开场合里某人最拿手的曲目。

请人吃好的，说请你吃“九大簋”。幼时一直没明白“九大鬼”有啥好吃的，后来才知道，是“簋”。

粤语这说法的出处仍是和清末到民国酒楼的经营方式相关，清末时“‘酒楼’

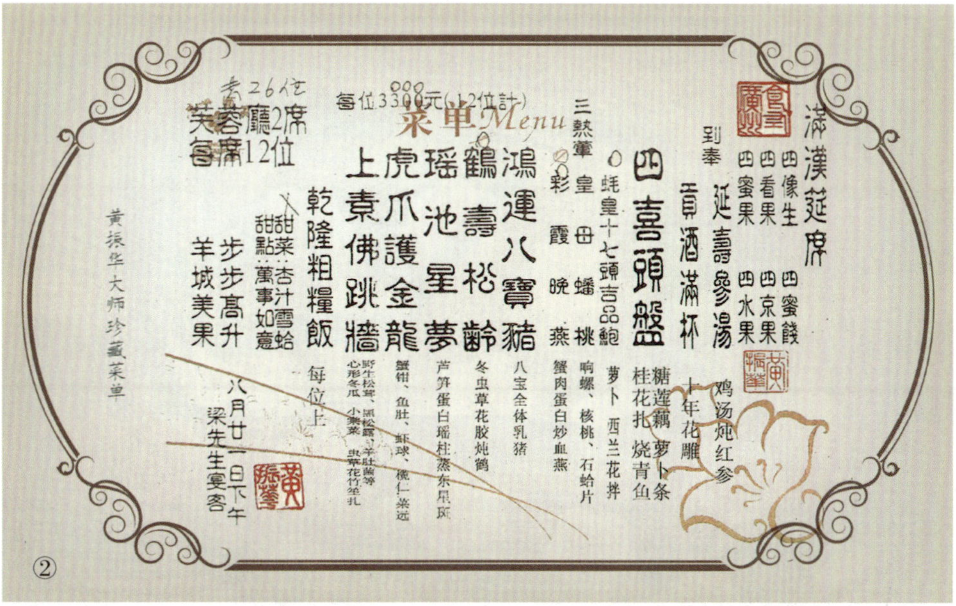

①② 1990 年，广州酒家的满汉全席精选菜单。（①②图片来源 /《黄振华大师珍藏菜单》）

的规模不大，多数只有两三个厅房或十来张方台，而‘酒馆’则完全不设座位，只做‘上门到会’生意（备好原材物料，到顾客指定地方做菜式筵席），所以人们又称之为‘包办馆’……酒楼的餐具，也很粗糙，一般都是粗瓷。小菜用的是榄形高脚碟、大小博古碗，釉彩花纹粗犷。上好筵席则用锡器，锡碟、锡窝，多用圆形，工艺较好，大方名贵，但较笨重……上面所说锡窝，当时又称为簋（guǐ 音‘鬼’），也像现在的瓷窝，圆形有耳。它并非做羹汤专用，做有芡汁的菜馔也可用。过去请客，用‘九大簋’就十分丰盛的了”。

说请满汉全席的，属于土豪行径，真金白银的豪举。而粤地近代都不乏榜样：

“清末的广州各名牌酒馆，均以承办满汉全筵作招徕。民国初期改名为大汉筵席，菜肴也从原来的百余款（鼎盛时菜式多达二百余款）减至七十二款。但因这种筵席极度奢华，摆设者越来越少。其后便创出‘八大八小’‘六大六小’等筵席以取代。后来又改为十大件，两热荤。抗日战争期间，酒席改至八大件，两热荤，一直沿用到今天。

“一九五六年广州市举办名菜美点展览，满汉筵席也在展出之列，引起群众

①

的浓厚兴趣。

“满汉筵席的花费确是惊人的。远者姑且不说，近者十多年前，澳门新皇宫酒楼曾为粤剧名伶任剑辉、白雪仙做了两席满汉全筵，计价四万余元葡币，若以物价相比相当于今天十多万元葡币。近二三年来，香港一些酒楼也办过这种筵席，今年八月承办的一席竟要港币二十万元。”

资料出处是广东人民出版社 1980 年版《食在广州》，换算一下当时的物价，二十世纪六十年代的四万葡币、七十年代后期的 20 万港币，再换算成今天的购买力，消费力很棒。

现在已经退休的粤菜大师黄振华，曾任广州酒家集团总厨师长，从艺 56 年，经手制作了广州酒家经典品牌广式“满汉全席”“满汉精选华筵”“五朝宴”“南越王宴”等脍炙人口的筵席及菜式，在他的《食单珍藏记》里说：“在改革开放的八九十年代里，应到广州的来宾要求，我们也曾制作过广式的满汉全席（新加坡冼良烹饪学院）和众多的满汉精选，这是许多年前的事了。”

②

①清蒸山水豆腐。
②法式香草焗蜗牛。
（①②图片来源 /《白天鹅宾馆厨艺经典》）

自 1989 年 3 月《中华人民共和国野生动物保护法》实施以来，满汉全席的许多食材不再被允许出现。不过，如果还是特别好奇，满汉精选仍然是擅长怀旧菜式的广州酒家的保留节目，用的是合法的食材，人均 880 元，十人起订。文昌路老店专门有个贵宾房叫作满汉宫，可以去那里吃。副总经理赵利平说，多数时候，是一些商家和私企老板宴客或办喜事去消费的。

“一掌定山河”

现在已经吃不到的粤式名菜里，有一道名字霸气的菜出自黄振华之手，叫作“一掌定山河”。

二十世纪八十年代，每逢春、秋两届交易会，东京银座亚寿多大酒楼都派业务人员来华考察学习。有文字记载的，是 1980 年春交会期间，他们尝遍大同酒家、大三元酒家、泮溪酒家、听丽轩酒家和东方宾馆。最后一站，是在广州酒家订了一席菜，九人份，时价1600多元，筵开广州酒家兰圃厅。

“客人吃过两个热荤，以及‘蟹清汤翅’等菜肴之后，服务员端着一盘熊掌（还附上一碟摆得端正美观的熊掌骨）上席了。这个集飞（乳鸽）、潜（海参）、动（熊掌）、植（冬菇）于一盘的大菜式‘一掌定山河’，引起客人浓厚兴趣，气氛顿时高涨起来。有的赞它‘非常好吃’‘特别美味’，有的认为连菜名也起得好，‘很贴切，气魄大’。

“上席的‘百鸟朝凤’（燕窝蟹黄）、‘金鸡入瑞群’、‘云龙蟠玉柱’、‘英雄（猫头鹰）欢叙会’、‘瓦罉果子狸’等。

“……一般烹熊掌，习惯是扒到焓透原只上席，吃时像‘元蹄’一样用筷子一夹就开；也有切成丝，拆烩鱼肚、鹧鸪等。但黄振华思忖当时正值夏天，天气较热，应该使客人吃来感到鲜爽。于是便放弃了常用的制法，参照‘麒麟熊掌’这味菜式，将扒焓的熊掌切成日字形，夹上火腿，并以海参夹北菇拌边，外围再拌以百花乳鸽，砌回熊掌型上席。造型优美，食味香（北菇）、焓（海参）、爽（虾胶）、滑（熊掌）俱全。参与这台盛宴的食家、富士贸易株式会社社长高翔翩说：‘我们亚寿多的朋友，不仅在日本、东南亚、香港等地吃过熊掌，而且自己也烹制过不少熊掌；但广州酒家做的熊掌特别好，堪称独创一格。’”

当时的黄振华35岁。很多年后，这份菜单在黄振华的《粤菜华筵 · 经典佳肴》里有收录，他在手记里说起过当年食材的部分来源和收录理由：

“为什么在酒家的菜单里有这些原料？话说当年大兴安岭大火后（1987年），有人拿着两大袋的熊掌、犴鼻等冻品来找我，当时查证了他带有吉林省林业公安出具的证明，我就买了，（二十世纪）八十年代这些东西也不算贵。

“今天公开了珍藏菜单，虽是陈年旧事，拿出来可能是不识时务，但我觉得这是中国烹饪的瑰宝，食在广州的代表作，不得不说。这是记载广州餐饮人在这段历史中为食在广州，因地制宜地传承、改革、创新粤菜的一段故事。”

鲍参翅肚招待宴

民以食为天，这门功课粤地人民可以做科代表。

粤人之爱吃，赚钱叫作“揾食”“揾两餐”。二十世纪七八十年代，香港经济二次起飞，粤语对钱包满满的具体诠释形容仍然是吃：“鲍鱼送饭，鱼翅朗（漱）口。”

当时的西关人家里，没有香港和海外关系的完全可以算是大熊猫一样的存在，所以这些吃食和说法很快就朗朗上口。

也有说鱼翅捞饭的，就是鱼翅羹拌饭；匮乏人家从前是豉油捞饭。鱼翅漱口和鱼翅捞饭，意思是有钱人家不拿鱼翅当大菜，鲍参翅肚是油盐酱醋般的日常。

后来有餐厅干脆出了个也不知道算是菜还是主食的，大抵是噱头够足的碟头饭，就叫作鱼翅捞饭，也许还算快餐。

以民间经验臆想富贵人家的日常细节，这事各处都有，一直是草根阶层“等咱有钱了”话题的娱乐版本。贾平凹在《老西安》里记：“一位南郊的九十岁的老人曾经对我说过他年轻时与人坐在城南门口的河壕上拉话儿……一个说：蒋委员长不知道一天吃的什么饭，肯定是顿顿捞一碗干面，油泼的辣子调得红红的。”

再古早些的山东吕剧《下陈州》有段唱词：“听说那老包要出京，忙坏了东宫和西宫。东宫娘娘烙大饼，西宫娘娘剥大葱。”非常类似的还有别的版本：“皇帝有个金锄头，东宫娘娘烙大饼，西宫娘娘卷大葱”“听说那皇帝要出宫，忙坏了娘娘东西宫，东宫娘娘烙大饼，西宫娘娘卷大葱”。大抵是因为这个梗最好玩的缘故。

相较而言，同住一城的城市居民们互相想象对方的生活，经验和细节大致上错谬不多。几百年里此地的高端商务宴请，的确是鲍参翅肚和珍稀食材挂帅。

在千年商埠里，宴席的日常服务链，细分高中低档，各自发财。

《广州文史资料·第四十一辑》载：

“1911年辛亥革命之前……广州酒家之第一流者……酒具筷架等用银、锡精制，碗碟选正江西名瓷，筷子以象牙制造。分设厅、堂、房座，并冠以杨柳、芙蓉、红棉等种种幽雅名称。

“菜式名目繁多，其用料亦品种多样：海产类如鲍、参、翅、肚、蚝豉、鱿鱼之类；河鲜则鲈鱼、虾、蟹等；三鸟又包括乳鸽、鹌鹑和其他野生动物；肉类则以猪肉为主，遍及腊味、烧卤；而蔬菜则更要讲究时令，如豆苗、菜胆、菜远、椒子、凉瓜、柚皮等。

“当时大酒家一个共同特点，是不以牛肉作原料，以为牛肉不够名贵，鹅亦绝少使用于酒席。

“中、小酒家分布市面各处，招牌上写‘随意小酌’者便是，但每席亦需10—20元之谱（1926—1935年间）。各具风格特色，有以鱼生、狗肉作号召，有以凤城炒卖宣传，有以雀局等手法招徕顾客……中等酒楼布置亦相当华美，讲究清洁幽静，设有小厅房。杯盘碗碟酒具虽不如第一流酒家，但亦属雅致。

“花筵馆系专营妓寨生意之酒馆，多分布于东堤及陈塘两地，以清末为盛。沦陷期间，西关十五甫也有专营花酌。

“另一类菜馆，俗称大肴馆……这些菜馆主要包办酒席，市民婚丧嫁娶多在菜馆定席，或设宴在家，称为上门到会。由柜面出示菜单，任顾客选择，商妥后依时派厨师及助手上门烹饪，一切杯盘碗碟炉灶等用具均由大肴馆配备。如果主人家中地方狭小，亦可临时租用大屋三两天，为饮宴场所。台椅家私等亦可租赁，只付租金，多至数十席，亦可承接。”

时日流水快镜般过去，由中华人民共和国成立直至现在，如果你想吃怀旧粤菜，或宴客或家人小酌，还是随时能吃到。至于理由，按当时街坊们的理解，我们是南大门啊，而且我们有广交会，怎么可以没吃的招待客人和自己？

广交会，也就是广州交易会，全名中国进出口商品交易会，英文简称为

Canton Fair。创办于 1957 年春季，每年春秋两季在广州举办。

每到春秋两季，交通很忙，宾馆很忙，餐馆很忙，交警很忙，家家都很忙。记得小时候有一段时间是买肉买粮几乎买什么都要票，但到交易会开幕时，也会偶尔如天外飞仙般地来个七拐八弯来参加交易会的谁家亲戚或友人，于是阖家去饭店吃顿好的。

小时候馋，挺羡慕厨师们，为国家挣外汇研发鲍参翅肚菜式，似乎是份不错的工作。

女王和亲王的菜单

粤港两地食客，对于顶级招待宴席，有着特别的好奇心和消费力。

或许换到别处这好奇心也差不多，但消费力和人群，则在商埠城市会大许多。

试想想，如果是招待重要客户，请客不是问题，请客要请得让人有点印象才是问题。比方说，请你吃招待亲王的宴席，或者招待女王的宴席。这或者也可以看成是昔日满汉全席的现代更新版本。再细节些的日常，特供的酒乃至柴米油盐酱醋茶也一直都是送礼噱头。

女王宴的版本，来自广州白天鹅宾馆。

1986 年 10 月，英女王伉俪首次访问中国内地，经停广州。

曾任白天鹅宾馆副总经理的彭树挺，聊过当时接待英女王宴菜谱：月映仙兔、双龙戏珍珠、燕乳入竹林、金红化皮猪、凤凰八宝鼎和锦绣石斑鱼。

月映仙兔是一道广式点心拼盘，由白兔饺、炸芋角、春卷和干蒸烧卖配成；金红化皮猪则一直是白天鹅宾馆的招牌菜，上桌的乳猪还专门经过一番“整容”，既不让它的牙齿外露，也不让它露出小眼珠。

当时广州的海鲜还不多见，霍家从香港运来龙虾和石斑鱼，用以招待英女王。

①

此后便有外宾来用餐时专点“英女王宴”。直到2012年白天鹅宾馆歇业整修前，售价是2000元/人。

专门问过现任白天鹅副总经理余立富，答复是：这席招牌宴会现在仍然可以十人份起预定，含服务费盛惠15000大元……好像，比以前是便宜了呢。

港版的记录，来自二十世纪六十年代的香港名厨陈荣。他祖籍广州番禺，当时在港报开设烹饪专栏，专教做菜，结集出版成十四辑的《入厨三十年》。

1975年5月，伊丽莎白二世和丈夫菲利普亲王到访香港，这也是英国在位君主第一次访港。

②

“英女王宴”菜谱之①双龙戏珍珠、②月映仙兔。
（①②图片来源 /《白天鹅宾馆厨艺经典》）

陈荣在《入厨三十年》第十二辑里，逐样教港地厨艺爱好者和师奶们怎么做出当时招待亲王的一席菜，书里详录菜单和店家的后续好生意：

“最近，英女皇伊莉莎伯二世（编者注：即伊丽莎白二世）、皇夫菲腊亲王（编者注：即菲利普亲王）到香港，香港各界士绅，联合设宴，宴中菜馔虽非玉乳琼浆，但亦几经研究，方加以决定，并不草率。

“宴会是在英京酒家，事后有人向英京酒家定制宴席，声明菜肴须如欢宴菲腊亲王一模一样，酒家方面，认为三百元一席，实不过取，因而欢宴菲腊亲王的那一席菜馔，便蜚声起来。

“当晚欢宴菲腊亲王的菜馔是二热荤：碧玉珊瑚，咕噜肉；五大菜：滑生鸡丝大翅，烧全体金猪仔，一品官燕白鸽蛋，金华玉树鸡，清蒸大红石斑；面：长寿伊面；饭：扬州炒饭；甜露：生磨杏仁露；另跟杏仁露、跟上点心两式。”

菜单上的碧玉珊瑚，是芥蓝上面铺着膏蟹肉和膏蟹黄。最后的那两款点心，是芝麻饼和五仁酥角。

菜单里有传统粤菜里招待国际友人之大名鼎鼎的咕噜肉：

“咕噜肉：欢迎菲腊亲王宴席二热荤之二。咕噜肉作为热荤，是很少见的。不过，正如笔者上期所说，热荤没有规定要用什么菜馔，同时外国人很喜欢粤菜的咕噜肉，所以飨宴菲腊亲王席上，使用咕噜肉作为热荤。”

都说此菜始于清代，当时在广州的许多外国人都非常喜欢食用中国菜，尤喜糖醋排骨滋味，也有说是生炒骨的，但不喜要吐骨头的肉。是以粤地厨师以去骨的精肉捶切调味，加笋粒制成丸状，入油锅炸至酥脆，糖醋卤汁勾芡，端上桌来晶亮一盘，现在也有用五花肉来做这道菜的。有个版本说，因为外国人爱吃，所以又称“鬼佬肉”；也有说其实是叫“古老肉”，但总之是因为外国人发音不清，就叫成了“咕噜肉”。

这菜在西关的很多餐馆都仍然有，因为酸甜口，凉着上，通常天热的时候吃，而且这还是哄小朋友们的一道菜。

小孩子的记忆长，小时候吃过的，长大之后就会惦记。

暗黑猎奇菜谱的渊源和目的

如果你作为一位客人来到广州，能否吃到传说中的暗黑猎奇菜谱，或多或少地给自己的私人饮食经验体系扩容，视行程的长短而定。

现在通常请客的第一餐，没人会请你吃奇奇怪怪的食材，头回见面大家不熟，以宾主尽欢不出错为主。餐桌上的菜式以红烧乳猪和鸡为中流砥柱，往上走是鲍

咕噜肉是在广州的外国人最喜爱的一道菜，酸甜可口。（供图／白天鹅宾馆）

参翅肚，往下看则是这家餐馆擅长的招牌菜式。最后一道菜通常是清蒸一条鱼，海鱼或河鱼。而清蒸这事，是粤地对食材的致敬做法之一，够新鲜够生猛的鱼，才可以清蒸。

然后，宾主的友谊熟络进度发展到大概是第三第四顿，正经八百的用餐地点和餐桌上的食物也许就开始有了转移的趋势，或者是客人要求，或者是主人建议：咱们去吃点特别的，特色的。

如果是秋冬，可能会去吃蛇。“秋风起，三蛇肥”，请你吃蛇的人，是打算让你进个补。土著们认为秋冬才是吃补品的最佳时令，而蛇类又以秋冬季节、冬眠之前生长最肥，所以从前酒楼只在秋冬才卖蛇羹蛇馔，春夏两季不卖，这叫作“不时不食”。

粤人吃蛇特别资深，有文字之前早就开吃了，被记下来的是《淮南子》：“越人（秦汉时广东以及广西部分称南越）得髯（蚺）蛇以为上肴，中国（指中原数省）得而弃之无用。”

《南裔异物志》（汉·杨孚著）：“髯惟大蛇，既洪且长，采色驳荦，其文锦彰。食豕吞鹿，腴成养创；宾享嘉宴，是豆是觞。”

南宋《萍洲可谈》载：“广南食蛇，市中鬻蛇羹。”八百年前这蛇羹当街售卖，现在要专门去找，不便宜。

而且蛇羹也分很多种，有毒蛇的贵很多。从前餐馆里不论三蛇或五蛇羹，绝大多数酒楼都在蛇肉之外，再加上山珍野味之类，菜名都好听。蛇叫作龙，鸡叫作凤，如豹狸会三蛇、三蛇龙凤会。出名的“龙虎凤会”是蛇、豹狸和鸡做的蛇羹，也有蛇和鸡再加猫给一锅炖了的。呃，怎么能吃猫呢？

正儿八经的三蛇羹并不是随便弄个三条，有讲究：眼镜蛇、金环蛇、过树榕。理由比较玄幻，眼镜蛇的头比较猛，金环蛇的蛇腰猛，过树榕的蛇尾猛。如此这般吃下去，上中下三焦祛风祛湿。

五蛇名单里多了三索线和银环蛇。三索线叫作贯中蛇，传说吃了能打通三焦，听起来有点像是天材地宝级别。没有贯中蛇，简直是没脸开全蛇宴。

清末民初时有蛇行，立秋之后集齐各路捉蛇高手奔广西十万大山捉蛇。贯中蛇极贵，捉蛇团队进山前要卜梦，说是能捉几条就是几条，多了会出人命。一年捉蛇分的花红是否可观，也端看捉到贯中蛇的数目。

如此这般，五蛇羹、全蛇宴曾经是相当高大上的暗黑料理接待。清末民初的岭南美食界标杆江孔殷，史上留名的太史蛇羹就是五蛇羹。

捉蛇有风险，做蛇羹也很花工夫。它配料多，有鸡肉丝、浸发鳘鱼肚丝、浸发香菇丝、浸发木耳丝、经多次浸泡直至去尽辣味的姜丝、少量陈皮丝；还有煲蛇壳用的竹蔗、圆肉、陈皮、姜片什么的，煲完了再去掉。上席时也必须跟佐料：白色去蒂的菊花瓣，薄脆、去叶脉切成细丝的柠檬叶。

美食家唐鲁孙说过请吃蛇羹，主人家要请客人洗澡。

何止洗澡，似乎还要备衣服，最好是白衣。吃蛇羹后会出汗，蛇羹祛风祛湿的力道够时，会出油汗，汗渍是黄的，甚至还黏稠，白衣最显这个。吃完了再换衣服。这当年蛇宴，功效和流程类似于纠众蒸着桑拿吃补药，而且是马上检验成效。

这顿吃下来，宾主之情足可以由塑料的演化成铁打的，客人回家和人聊起异地见闻，话题也奇特。

多年后这蛇羹里的蛇大都成了濒危和保护动物，非惦记地道还原这口的也没了，有也是人工养殖的。

不过黑暗料理还是可以继续。可以带你去吃水蛇粥，可以去弄个“蛇窝”。此地的火锅吃法叫作“打甂炉”或“打窝”，用来吃鸡叫作打个“鸡窝”，用来吃蛇叫作打个“蛇窝”；还可以去吃椒盐蛇碌、卤水蛇碌、红焖海豹蛇什么的，琳琅满目摆一桌，不算贵。

以前被拎去过专门的蛇庄吃蛇，开宴之时的蛇胆酒和蛇血酒仪式也比较暗黑，据说已经改良了。从前的蛇胆端给最尊贵的客人生吞，蛇血的生吞范围大些，可以纠众直接去用酒精擦过的蛇尾处割个口子吸，确是彪悍。私下觉得，蛇胆泡在白酒里绿幽幽的那种就别喝了，有点铜金色的那种比较稀罕，可以考虑把别人的份额也喝了。

动物保护法颁布之前的旧时，野味也是待客自用之选。比方说著名的穿山甲、猫头鹰和五爪金龙（五爪金龙其实是巨蜥）；再有的，黄猄、果子狸、夜游鹤、山猪，逮到什么是什么。

二十世纪八十年代蜚声一时的大排档胜记，发家故事里的一个细节，是最早舍得兼敢下本钱入货做野味和生猛海鲜生意，好此道的香港富豪呼朋唤友专程来吃。

有别于常规菜谱的请客餐桌上，山鸡、鹧鸪和鹌鹑，炖个汤焗个饭，算是轻量级。当零食端上来的，可以是桂花蝉和水蟑螂，水蟑螂还叫作龙虱，这两样说是滋阴健肾；蝎子是和土茯苓煲瘦肉汤，功能似乎是祛风湿。

时节赶巧了，农历三四月或者八月，桌上会有禾虫，学名疣吻沙蚕。进厨房之前是金黄红绿夹杂蠕动的一钵，处理时会爆浆，用来蒸蛋或者焗。

蟛蜞粥和礼云子都是好吃食。礼云子是蟛蜞卵，蟛蜞有雅号叫作“礼云”，得名是因为两螯状若作揖。《四书》里有“礼云礼云，玉帛云乎哉”一句。蟛蜞既小又没肉，夏天的也不好吃，要到天冷时滚粥，黄澄澄一锅，再搅两只鸡蛋黄进去，糯甘鲜俱有。

而礼云子，吃时也有诀窍：一是忌未熟之前下盐，否则泥味重；二是过秋之后的蟛蜞卵已经有爪有牙，不堪入口，只能明年请早。

有店家专门做蟾蜍火锅的生意，那最好是春夏时节去，挑战成功的福利，说是祛湿和解疮毒瘰疬。

田鼠和竹鼠红焖的多些，配上黑豆，说是乌发补肾。去郊区旅游时，山民卖的自制腊味里有腊田鼠。药酒里泡的动植物五花八门，蝎子蜈蚣蚂蚁蜂窝，还有蛇和还没开眼的小老鼠。

相较而言鹿正常些，以前鹿鸣酒家有鹿宴，番禺也有一家山庄做鹿宴，可以

香辣大明虾。（供图 / 白天鹅宾馆）

散点，鹿血菜肴做成后和鸭血汤、鸡红汤类似，算是让人松口气。

孔雀宴也有，是养殖的。以前中大生物系有师姐毕业后就去养孔雀，建了孔雀养殖基地，不全为好看，更多为的是提供食材。

鳄鱼也是养的。一只分量太大，酒家处置完了之后摆在点菜区散卖，白灼红焖炖汤，客人自己去选部位。

略数一番，还没怎么数到海里的，这食材单子看着就颇为驳杂。

杂食性杂到一马当先，非要追根溯源也是有的。

《水经注》的《泿水》条记载："鹭到南海，见土地形势，观尉佗旧治处，负山带海，博敞渺目，高则桑土，下则沃衍，林麓鸟兽，于何不有？海怪鱼鳖，鼋鼍鲜鳄，珍怪异物，千种万类，不可胜记。"

千种万类里，有鳄鱼、犀牛、亚洲象、绿孔雀，华南虎。

广东古时有鳄鱼，最广为流传是因为韩愈的《祭鳄鱼文》，然则《广州异物志》也说："鳄鱼长者二丈余（约7米），有四足，喙长七尺，齿甚利，虎及鹿渡水，鳄击之。"

曾昭璇《几种典型热带动物在岭南灭绝的时期》一文说：

"热带大型动物如鳄鱼，在广东沿岸各三角洲均有分布……与鳄鱼有关的地名，在增城东江边上有鳄埔，惠州西湖边上有鳄湖，新会平原有鳄洲，东莞近海也有鳄湖，可见珠江三角洲古代是鳄鱼遍布的地区……

"这些记载均有实物为证，据王将克等研究（1981年），在平洲河道、石湾河宕石器时代遗址中，新会棠下石头市都有鳄鱼头骨或碎片发现。顺德、桂洲、勒流和新会大林所见头骨和整条鱼骨架，相当周朝及春秋时代。"

而且考证说，这种鳄鱼不同于今天长江一带分布的扬子鳄，因为扬子鳄是栖居淡水性沼泽地带的鳄类，一般不侵害人类。而潮州的鳄鱼却是为害人畜，在习性、体形看来，和现代湾鳄或马来鳄相似，彻底被灭应该是在清末民初时期。

有犀牛。唐代刘恂撰《岭表录异》说：“岭表所产犀牛，大约似牛而猪头，脚似象蹄。”更古的记载，是《尔雅·释地》：“南方之美者有梁山之犀象焉。”

有象，亚洲象。

唐代段公路《北户录》称：“广之属郡潮、雷州皆产黑象，牙小而红。”

宋代《本草图经》说：“世传荆蛮山中亦有野象，然楚、粤之象皆青黑，惟西方拂林，大食诸国乃多白象。”

清代李调元《南越笔记》引《岭表录异》：“广之属郡潮、循州多野象，牙小而红。”

这种象形体比非洲象小，耳朵也小些，象牙带红色，商品名称“红牙”。牙亦较小，多在 30 斤以下；小象的牙，只有 10 多斤。非洲象体形大，耳大，牙洁白而大，在 50 斤以上，至达百斤，商品名称为“白牙”。

唐代象群分布西至金利（西江边上），东至东莞，《镇象塔记》称：“每秋有群象踏食禾田。”

广州西湖路建西湖商场时，在禺山附近掘出象大腿骨，在海珠广场广州宾馆东侧华安大厦解放前也掘出象大腿骨。

吃象鼻这事，唐《岭表录异》有记载：“广之属郡潮、循州多野象，最堪作笏，潮、循人或捕得象，争食其鼻，云肥脆，尤堪作炙。”数量多，都吃出经验来了。

晚唐至五代词人李珣，祖先是波斯人。有首名作《南乡子·相见处》：“相见处，晚晴天，刺桐花下越台前。暗里回眸深属意，遗双翠，骑象背人先过水。”

此作堪称粤地“奇幻玛丽苏异域版”，刺桐开花通常在二三月，广州美人骑象涉水，留下来的双翠没准还是孔雀毛做的。就是偌大动静，要避人耳目不太容易。这相见造型，值得给满分。

骑象比吃象有诗意，况且现在，骑象都因为驯象过程涉嫌虐待动物，变得不太正确了。

孔雀这种热带大型鸟类，实际上有点让人不知道说啥才好。长得漂亮，全身是宝，可是既漂亮又憨，特别容易被捉住。

《南越笔记》说："孔雀产高、廉、雷、罗定诸处。"

曾昭璇在《岭南史地与民俗》里考据说：

"珠江三角洲上的新会也有孔雀生存（见1908年出版的《新会乡土志》），增城亦有存在（见《增城县志》）。

"我国南方古代分布的是绿孔雀，因为印度孔雀分布在印度以西为主，雄毛蓝色，不是绿色，雌的灰色，面部有白色羽毛，与古书记载不合。绿孔雀又称爪哇孔雀，又称真孔雀。分布中南半岛，云南南部现生孔雀亦属绿孔雀。因而两广以南孔雀亦属这种。体形较大，达6公斤，印度孔雀体形较小，只5公斤，故亦和诸书记载不合。唐《岭表录异》卷中称：'孔雀翠尾，自累其身。'与今天绿孔雀情况相合。

"又如，南宋《岭外代答》卷九引旧志称：'前志谓南方有大雀，五色成文，为鸾凤之属。孔者大也，岂是物欤？'就说明我国南方孔雀体形大，羽毛五彩，和绿孔雀相符合，又清《岭南杂记》卷七称：'雄者尾大而绿，金翠夺目。'亦与绿孔雀合。所以南方孔雀当与云南南部绿孔雀同属一种。"

物以稀为贵，宋代周去非在《岭外代答》卷九叹息："中州人得一，则储之金屋，南方乃腊而食之，物之贱于所产者如此。"腊而食之，这是吃不完囤起来的节奏。

至于孔雀毛，清初《岭南杂记》说："宋时，禁中每幸诸阁，掷龙脑以辟秽，过则以孔翠尾为帚扫之，脑皆粘聚尾上，无有遗者。"

龙脑，用现在的话说，叫作冰片、橘片、艾片、龙脑香、羯布罗香、梅花脑，名字挺多，由菊科艾纳香茎叶或樟科植物龙脑樟枝叶，经水蒸气蒸馏并重结晶而得。龙脑樟原产于印尼苏门答腊岛，是天然龙脑香树树根，曾经是龙脑的主要来源，最早记载于南北朝，距今两千多年。在中医典籍中龙脑被称为天然冰片，因极具透皮功能，被归于芳香开窍类药材。《本草经疏》评价说：“其香为百药之冠。”

而当时的孔雀尾毛，在岭南用来当成高端些的鸡毛掸子使。其他的毛用来补衣服，肉还是继续吃：“土人取其尾每数十茎长短相杂为一屏，价亦不甚贵，其遍身毳毛及尾毛之破碎者，取以线补服，其肉则充饷馈如鹅雁，味亦如之。”

《红楼梦》里“勇晴雯病补雀金裘”的那一出，如果是在岭南，不至于“能干织补匠人，就连裁缝绣匠并作女工的问了，都不认得这是什么，都不敢揽”。

除了悲催的孔雀之外，还有华南虎：“孔雀在宋、明被大量捕猎后，清初已集中广西地，广东只有罗定及‘下四府’有之。这一带正是南海沿岸热带丛薮，如徐闻向以多虎出名，即因地属热带稀树草原区，有利于虎的栖息。而这种环境也全是孔雀栖息地点。今天虎和孔雀俱已灭迹矣。”

倒也并不都是吃完的，人族地盘扩充，奇珍异兽们的地盘就没了。

考据的结论，是岭南挺大一片属于热带地区，所以古代分布着不少典型的热带大型动物。

粤地食材之广泛的渊源，和区域物产相关，一路吃下来也像是热带丛林海边生存大考验的训练课程。

民谚说靠山吃山、靠海吃海，古早之时，供不应求的特殊食材如何到手以及料理得宜，一直是种长期的投资和资源经验累积，可供显摆、炫耀和分享。

至于请客目的，那是主人在炫耀食物链资源的同时，明晃晃或者暗戳戳地向客人表白：“我是如此这般地重视你和你的身体健康，我的资源乐于和你共享。”

锦鲤作为富贵的象征，深受西关人喜爱。
（供图 /FOTOE 图片库）

第三章

泼天富贵和安乐茶饭

一 泼天富贵和安乐茶饭

一直以来，此地居民在吃喝一事上，由山珍海味而至一蔬一饭，都仔细计较互传经验，从鲍参翅肚怎么分类鉴别炮制，到明火白粥鱼子虾毛如何料理摆弄，河鱼应该如此，海鲜应该这般，其间充满不断枝蔓延伸的经验细节和冷门秘诀。全城居民不论贫富，都能在餐馆酒楼和自家的厨房里迅速达成共识。

这日子过起来，细拔毛慢择菜，炉子上的汤煲缓缓冒出氤氲气息，窗外光影渐变，在快慢之间既全神贯注又平心静气，三餐都可以成为犒赏。

奇的是如此操作，钟鸣鼎食的富贵人家和安乐茶饭的小康人家厨房里都在进行。

这大抵是两千年老牌商贸平台城市的日常。

明代学者郭棐《广东通志·郡县·流寓》卷二十二："于是南武疆土，遂为越贡奉邑，称雄于交趾。"也就是说在吴越时期，番禺前身的南武城已有外贸活动，即番禺在战国以来，已为南方都会，宝货云集。

所以也说秦始皇南征百越，是贪番禺之富而来。《淮南子·人间训》："又利越之犀角、象齿、翡翠、珠玑。"西汉《史记·货殖列传》："番禺亦其一都会也。珠玑、犀、玳瑁、果、布之凑。"

汉代时，此地已是著名国际大都市，起码有 18 个国家的商船往来广州，是全球著名商业港口。

①约 1843 年的广州十三行商馆。

②十九世纪中期的十三行同文街。街上汇集了各种洋货和中国土特产，被称为“新中国街”。（①②供图 /FOTOE 图片库）

唐代，广州港可容大小海船近千艘，官方首设市舶使（中国最早掌管海外贸易的官职）于广州，开辟 14000 千米由广州通向西方的航线，这是当时世界上最长的航线。在今天光塔路一带的“蕃坊”居住着 12 万外国商人及其家属，当年的广州于此地形成了一个国际性的珠宝市场。

宋元时期，广州“城外蕃汉数万家”“富庶天下闻”。

明代，广州首创外贸交易会，每年夏冬两季定期举办外贸集市。当其时，广州是中国朝贡贸易第一大港，也是中国外贸第一港。明嘉靖年间，因西方殖民者和倭寇的侵扰，朝廷实施海禁政策，废除宁波、泉州两市舶使，对外只保留广州一口通商，广州独揽了全国的对外贸易大权。

清代，广州设立“十三行”，专门从事对外贸易。乾隆二十二年（1757 年），清政府关闭漳州、宁波、云台山等三处通商口岸，只留广州一口对外贸易长达 83 年，广州再次成为全国唯一的对外贸易口岸。直到鸦片战争之时，广州的外贸空前繁荣。

清末至民国时期，广州大力引进华侨和外国资本开办企业、洋行和银行，商业和外贸的发展在全国处于领先地位。

中华人民共和国成立后，1957 年起，中国出口商品交易会（广交会）一直在广州举行，在相当长的时间里，其成交额占全国出口贸易额的三分之一，被称为“中国第一展”。

再到改革开放四十年，那也是“东西南北中，发财到广东”。

总而言之，言而总之，一路下来都是商贸港口城市。

之所以细数一轮外贸史，是为了想说，广州这个两千年来每天都在开大大小小交易会的地方，实际上是个码头和市场平台，由看不见的商业之手推进驱动，多年来明水暗流地运转着全自动商业进化功能，时刻不停地朝着“界面友好”、“全面兼容”、生活方便生意更方便的方向完善——再大的生意有人做，再小的生意也有人做，但凡有交换需求，立刻就有商户水银泻地般地去填充缝隙使之平滑顺畅。如此逐渐细化而又枝繁叶茂，往上看可以搏个泼天富贵，往下看可以求个安乐茶饭。

铁打的营盘流水的兵，放在商贸城市衍化两千年呈现出来的生态，或许就是铁打的营盘和全世界的过江龙。

城市居民的生活方式和城市功能相互适应。原住民天天看着各路过江龙纷至沓来，却有着自己或家传固守、或后来逐渐习得的全套稳定生活模式和系统运作方式。

相对稳定的价值观和生活仪式，大抵是城中居民们在天天有人中财富大奖的扰攘传说里继续淡定生活的定海神针。

这个城市不太仇富，粤谚里有合理化解释：“不是猛龙不过江。”外贸鼎盛的十三行时期，四大首富里没有原住民，福建的居多，只有一位祖籍广东新会——最早还只是个特别靠谱的店铺主管，后来才做的行商。

还有一句是“小富由俭，大富由天”，这话听着让年轻人气闷，却是以退为进。

关于人情世故，也没啥非黑即白，相当之不够快意恩仇：“曹操都有知心友，关公亦有对头人”“做人留一线，日后好相见”。

然则在一个资深商埠码头里，这些话更像是个老江湖给徒儿们留下来的生存通关诀窍。

如果按现在的网络游戏设定来看这个城市，或者这个城市的居民和角色扮演可以简单粗暴地分成三个群体：管理阶层、资本玩家和产业链人群。

原住民也好，新移民也罢，大部分都是产业链人群。某门生意火爆，紧接下来和这个生意相关的一系列细化和环节链条，会一夜成型。而一旦势颓，则顷刻散去理所当然。

粤谚里面无表情地形容说："三更贫，五更富""风吹鸡蛋壳，财去人安乐"。

嫌赚得少了，说一句 "打场大风，执片树叶"。意思是，你看来了场台风，才捡了片树叶。古法"鸡汤"有简单粗暴的安慰："命里有时终须有，命里无时莫强求。"把事情往玄幻不可控的命簿里一放了事。

致力于在商贸流水大平台上存活发展成为服务链条中的小环节，也许是个相对稳妥的选择，风险可控尽量保底，小本生意求个安身立命，时来运到亦能振业兴家。

不可控的事情多去拜神，各路神祇有本土的有海外的，众生念念有词做足功课，尽人事听天命。

可控的是自家一日三餐，衣食住行，但求劳作之后一家大小茶饭之时，既无远虑，亦无近忧，平安快乐，谓之安乐茶饭。细说起来也是小康，同样需要努力和幸运。

于是乎，粤地港地大部分人都在致力于过好自己小日子，埋头专注细化到每一天和每一餐。无论家中厨房或街外餐馆小食，画风大概都有这句潜台词：你搏你的泼天富贵，我求我的安乐茶饭。呃，老板，您要不要来吃点啥？吃总是要吃的，喝也总是要喝的。

这座没有冬天的多雨城市，天际时常会出现富贵的彩虹天梯，地上则由万家灯火的安乐茶饭托底。久而久之，资深市民们都知道，你可以试着去登天梯，也可以如常忙碌营役，坐下来扒饭站起来开工，继续攒积分。

世间做人的路既然不止一条，而是有得选，那走起来会心平气和得多。

烧猪吃皮，那皮必须烧得粤谚所谓“脆夹化”。
（供图／白天鹅宾馆）

金猪事大

如果你作为客人来广州，桌上的款待菜式里没有出现烧乳猪或者烧猪肉，那是主人家的怠慢和不对。

粤地习俗，但凡有正经事情就祭出烧猪，整只烤的，也叫“金猪”，口彩好。

祭祖拜神要用，喜事开张要用，请客吃饭要用。

金猪有大也有小，家族人多的用大猪。粤谚歇后语“太公分猪肉——家家有份”，分的就是祭祖金猪。

剧组开工，楼盘开建，求顺遂的祭祀仪式上都用金猪，通常也是大猪。

以前有不宽裕的人家拜神，未必买全只的大小金猪，就去烧腊档口买一件半斤八两的烧猪肉，对，是一件，不切，也算是囫囵一整件。

每年清明，全城居民要订“祭祖金猪”，这是全市大小酒家和烧腊档的一桩重要生意。城里人祭祖，订的通常是乳猪。

不祭神时，平时也能吃。

金猪是此地餐桌上的中流砥柱，正经请客桌上要有。预算宽裕可以再添鲍参翅肚，随意小酌的话，除非真是自家人和“狐朋狗友”，否则好歹要点出这菜打个头阵摆个功架。

请人吃粤菜，上桌的最好是整只烤乳猪。效果正常的是趴着上菜，奇特些的是小猪站着上，被烤得金红香脆、鼻子朝天，眼睛处临时嵌着迷你灯泡或红或绿。

烤乳猪分麻皮和脆皮。脆皮的好看，做起来似乎费工夫些，而且如果不是即烤即吃，那个香脆程度的保持比较考技术。

据说烤乳猪和《周礼·天官》《礼记·内则》里“八珍”的“炮豚”大有渊源，方法是把小猪料理后掏去内脏，用枣填满腹腔，用芦苇缠裹小猪，再涂一层带草的泥，放在猛火中烧，这种方法古时候称作“炮”。炮毕，剥去泥巴，揉搓掉烧制时猪体表面形成的皱皮，用稻米粉调制成糊状涂遍小猪全身，再浸入盛有动物油的小鼎。将小鼎放入盛水的大锅中，大锅的水面要低于小鼎边缘，以免水溢入鼎中。用火烧熬三天三夜后，将小猪取出，用肉酱、醋等调和而食。

原文是："取豚若牂，刲之刳之，实枣于其腹中，编萑以苴之，涂之以谨涂，炮之，涂皆干，擘之。濯手以摩之，去其皽，为稻粉，糔溲之以为酏，以付豚，煎诸膏。膏必灭之。钜镬汤，以小鼎芗铺于其中，使其汤毋灭鼎，三日三夜毋绝火，而后调之以醯醢。"

看起来是烤完之后再长时间低温油炸、油煨的意思。

按一千四百多年前南北朝贾思勰编著《齐民要术》所载的"炙豘豚法"，则是处置好了之后直接烤："用乳下豘，豘牸具得，挈治一如洗去。揩净、刮、削令极净。小开腹，去五脏，又洗净，以茅茹腹令满。柞木穿，缓火遥炙，急转勿住，转使周匝，不匝则偏燋也。清酒数涂，以发色，色足便止。取新猪膏极白净者，涂拭勿住。若无新猪膏，净麻油亦得。"

而广州 1983 年发现的南越国第二代国王赵眜之墓，出土大小烧烤具三件，配有铁焊、铁钩、铁叉和木炭，其中一个烤炉在火炉壁侧足铸有小猪，猪嘴朝天中空，用来插放烧烤用具。炉旁铜鼎内存有小猪遗骸，是目前所知我国最早的烤乳猪的一组实物史料。

专家们说，这三件青铜烤炉，可以完成烤、炮、炙三种烹饪方法，而南越王墓的烧烤食材颇多。在墓室中的陶罐里，发现大量动物骸骨，除了牛、羊、鸡、鸭等家畜家禽外，再有鱼、虾、鳖等 14 种海产品，另外，竹鼠和禾花雀也是南越王喜爱的食物。

反正此地在西汉南越王国时期就烧乳猪了，没准直接烤了就吃。

到了现在，广州酒家、白天鹅宾馆的师傅，开炉烤乳猪炫技时，都是以分秒计算就烤好一只，当然，入味和适当的风干工序都已经预先处置好。

说起来刚烤出来的乳猪之香酥脆嫩，胃口好的整只都能给包办了，偏是经常

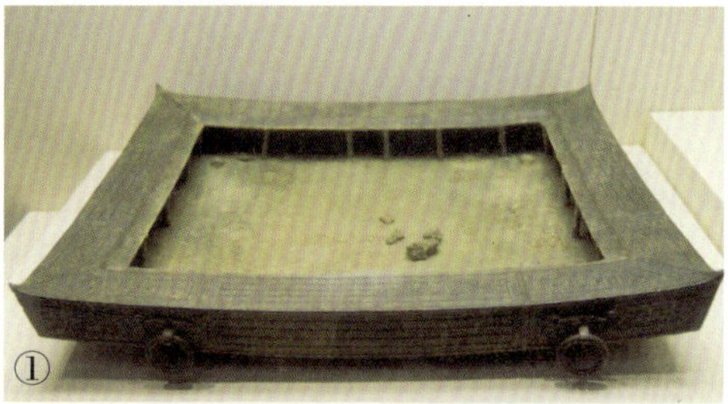

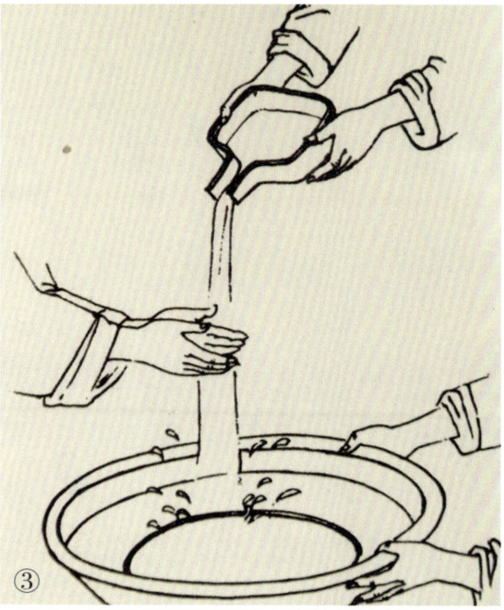

南越王墓博物馆陈列的烧烤炉、盥手器和盥手器示意图。（①②③摄影 / 陈海平）

要等仪式之后才轮得上大伙分着吃。那滋味非要掉书袋的话，还是《齐民要术》里的形容：“色同琥珀，又类真金，入口则消，状若凌雪，含浆膏润，特异凡常也。”

还好是请客自用都经常要点这菜，老人家寿宴和过年家宴都点，意头叫作“红皮赤壮”。

岭南地处处有烧猪，好吃这口的不少。

二十世纪的美食专栏前辈陈梦因在《粤菜溯源录》里给老饕们“为吃烧猪横渡海峡”记了一笔。

海口附近的福山烧猪，也曾经名闻琼州海峡两岸。福山的烧猪小仅二三斤，大至逾半担，无论大的小的，猪皮烧得一样酥化。割一片逾半担重烧猪的猪皮，约二方寸，随意地跌在硬地上，会化为大小不同的碎片。

所以往时海口对面的徐闻海安人，为吃一顿烧猪要横渡并不太阔的琼州海峡到海口，转车去福山吃。

烧猪吃皮，那皮必须烧得粤谚所谓“脆夹化”（酥脆而松化），而四五十斤的大烧猪，猪皮能烧得“脆夹化”的，在近代老饕食家记载里，“惟福山烧猪”。

“有孟尝君美誉之广州湾富豪陈学谈，每宴客必有梳仔翅与烧乳猪，啖过的宾客，鲜有不激赏的。前者是翅身软滑的东西沙群岛的裙翅，后者肉质鲜嫩而皮酥化。”

而在特定场合，金猪兹事体大，远不止于此。

有一回《舌尖上的中国》的导演陈晓卿和美食顾问董克平老师莅穗，不知怎的就临时让我示范个吃乳猪。

估计我是个一看镜头就开始脑子进水的体质，夹着片乳猪脆皮说，这个在以前，新娘子三朝回门如果没有的话，要出人命或者械斗的……把他们听呆了。

倒也不是胡说，清代俞溥臣《荷廊笔记》：“广州婚礼，于成礼后三日返父母家，必以烧猪随行。其猪数之多寡，视夫家之丰瘠。若无之，则妇为不贞矣。余有《岭南杂咏》，内一绝云：‘闾巷谁教臂印红，洞房花影总朦；何人为定青庐礼，三日烧猪代守宫。’”

清梁绍壬《两般秋雨庵随笔》卷三“麻蛋烧猪”条：“粤俗最重烧猪，娶妇得完璧，则婿家以此馈女氏，大族有用至百十头者，盖夸富也。如不致送，则媒氏随押妆，背负其女而归矣。其他赛愿敬神等事，率皆用之。最足奇者，观音诞辰亦荐此品，岂佛门清净之戒，不到南天欤？”

这旧俗被禁的时间，《珠三角广府民俗》记了一笔：“在1929年，当时广州社会局对新婚礼仪作了规定：废除结婚前后所有送饼、果、过礼、送妆奁、送烧猪回门旧俗，结婚喜酌改为茶会，如必须餐会时，必以节俭为主，废除媒妁等；广州市政府又发出《实施节约，革除陋习规则》，其中对婚嫁仪式规定：‘订婚时，如附送礼物，不得超过50元。’革除男女家双方通告结婚时所有礼品、迎亲时的‘仪仗马色’。”

这来龙去脉一通绕圈，大好渊源美好滋味不说，忽然说了个陋习，计划好三五分钟的欢乐吃烧猪镜头是全废了，本人以后还是老老实实猫在家里写字就好。

董克平老师啧啧称奇，还有这样用食物打脸的啊，陋习陋习，该取缔该取缔。陈晓卿老师属于学霸型，孜孜想要探讨粤地金猪和西班牙烤乳猪有没有相互影响的确凿证据。都说历史上商船来往如此频繁，葡萄牙、西班牙又是老牌的和广州

①西班牙烤乳猪。（摄影 / 陈海平）

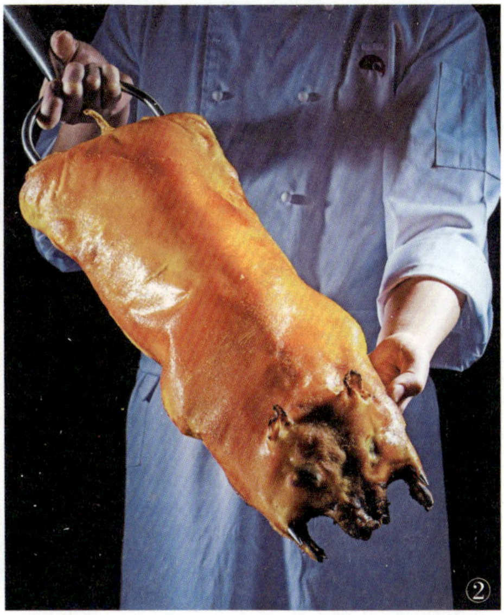
②粤式烤乳猪。（供图 / 白天鹅宾馆）

通商国家，互相交流个烧烤乳猪经验很正常，可是证据呢？证据呢？

证据咱没有，但金猪这事按说不会是西班牙船队过来教咱们的，要不然从前新娘回门，为个有没有进口做法的金猪闹起来，似乎听着有些怪。

澳门的金猪也很好吃，为吃金猪过海的如今版本，是去澳门吃。

可以让人放心的是，现在粤地婚宴上的重头节目之一，就是多少酒席上多少只乳猪，用不着等三朝回门。

那也是个震撼时刻啊。全场灭灯，音响里最大声量奏起《得胜令》，侍者们整齐列队托着金猪鱼贯而出，分送每桌。再有效果的，是黑暗中一群金猪的小眼珠被换成了小灯泡在闪闪发光。

如果你没参加过粤地婚宴，冲这个都值得去一趟。

而所有上金猪的宴席，婚宴寿宴公司尾牙宴，会后其实都有一个暗戳戳的余兴节目。我通常会去问主人家要一个烧猪头，带回家去煲粥，粥绵猪头糯，兼有烧腊咸香，是打算关起门来吃好几碗的喜不自胜。你会在拎着个烧猪头回家的路上，边走边开始哼小曲。

在百味鸡先的江湖里

无处不在的鸡

家禽之中，粤地对鸡之看重偏嗜，既日常得让人毫无觉察，说起来又简直成谜。

祭祀时的家禽只用鸡。

以前听街坊说理由，因为鸭和鹅都是扁嘴的，你看人一旦要开始哭，就先扁嘴呢。

歇后语“拜神唔见鸡——吟吟沉沉”，那意思是不停地小声嘀咕。形容静悄悄鸦雀无声，是“静静鸡”或者“静鸡鸡”，颇娴静。跑或溜得快叫“鸡咁脚”，取鸡撒腿飞跑时的最快速度。

溜号、翘班叫“偷鸡”，你可以理解成还支着薪水却没干活，相当于偷了老板的一只鸡。溜掉跑掉错失错过，都叫“走鸡”。慌张的样子，叫作“腾鸡”，为鸡打哆嗦、颤腾腾状。

说“鸡嗉咁多”的意思是量极少。人萎靡说似“发瘟鸡”，打瞌睡和莽撞冒失都叫“盅瘟鸡”，夜盲则是“发鸡盲”。

连描述人被色诱再捉现行，也说是“捉黄脚鸡”。从前养鸡人家都是母鸡多公鸡少，散养的走地鸡会待在树上。要捉公鸡时，是先喂母鸡引诱公鸡扑下来，而且据说公鸡脚的颜色比母鸡的要黄。

留八字胡的叫“二撇鸡”，念小学的娃儿是“小学鸡”，辩才了得是“铁嘴鸡”。

形容状况凌乱而惨，则说“鸡毛鸭血”；手忙脚乱称“鸡手鸭脚”；人的中气不足嗓门太小，是“鸡仔声”；母鸡护小鸡的凶残泼辣，称“残鸡”和“恶过鸡乸”。

以前大伙爱听粤语讲波，于是乎足球直播解说里，连欧洲杯、世界杯的进攻球员们补位捡便宜捡漏也是“执死鸡”，裁判吹哨叫作“吹鸡”。

只要够出名，酒家名菜也可以继续升级成为街知巷闻的形容词。

粤谚歇后语有“金华玉树鸡——少块膶”，要听懂这话需要一点本地吃食的经验门槛：金华玉树鸡这菜的做法和摆盘，和广州酒家的名菜文昌鸡类似，乍一眼看不出太大区别，就是配料里没有鸡肝。粤人讲意头，喜润不喜干，故说肝都叫“膶”。但此语延伸又并不是没心肝的意思，更多的是形容某人看着挺正常，实则缺心眼。

“当红炸子鸡”原本也是道菜，其实真正做起来的手法不是炸而是用滚油一勺勺浇，皮红而脆，后来则形容小生或年轻男性正当红。

粤地也称鸡为凤，名菜龙虎凤里的凤，所以鸡仔饼可以叫作小凤饼，茶楼里有豉汁蒸凤爪。不过如果说起的是一楼一凤和凤姐，则不是吃食，也不能看成是表扬。

打盘麻将，最小的和，叫作“鸡和”；如果杠上开花兼和牌，那是巨大的和，具体形容，叫作“山鸡变凤凰，滚水变上汤”。

记得以前西关小同学拍拖谈恋爱的台词，一个表白说：“遇到你之前，我的人生是盘鸡和。”另一个说：“遇到我之后，你的人生好可能变成一盘诈和。”

以鸡之生态和产业链重新描摹世界，粤地俚语简直能专开一门课。

扬名立万的鸡

如果做得一手好鸡，你一定能在广州待下来，扬名立万，还会发财。

粤东潮汕一带，卤水鸭和卤水鹅名头响亮，粤西以湛江大骟鸡驰名。

到了省会广州，大伙最买账的是白切鸡。

上至神台拜祭，下至快餐切鸡盒饭，用的是白切鸡。

华宴婚宴家宴而至随意小酌，没有一只鸡上来，总归是觉得要紧的菜没上齐

葵花鸡。（供图／白天鹅宾馆）

全。所以在粤谚里，说的是“无鸡不成宴”。

如果你进的是本地人居多粤语横飞的餐馆，又爱参照着别人餐桌上的菜来完成点菜大业的话，你会发现几乎每张台都摆着一盘鸡。那就是这家店做得最好的鸡。

如此全民吃鸡吃得嘴刁兼花样百出之处，酒家的鸡不出名很难说得过去。

西关地和周边向来出名鸡，从前泮溪酒家的是“园林玉液鸡”，东方宾馆的是“东方市师鸡”，清平饭店的是“清平鸡”，广州酒家的一直是“广州文昌鸡”，现在白天鹅宾馆的是“葵花鸡”。

二十世纪八十年代初爆红的清平鸡，是清平饭店厨师王源改了白切鸡用清水浸熟的做法，用多种药材、香料配出特别的白卤水将鸡浸熟后，再用凉卤水把熟鸡冷却，如此来增加和保持鸡的鲜味和原味。所用卤水经久不弃，成了陈年老鸡汤，味道浓厚，所浸的鸡也特别鲜香，由此“清平鸡”大受欢迎，街知巷闻。

王源的徒弟陈志明说，当年清平鸡最高日销量突破 1 万只，他记得当天他一个人就杀了超过 3000 只鸡。

广州酒家的“广州文昌鸡”一直出名，那大概是粤地餐桌上摆盘上菜时最看不出来是鸡的一道菜肴，长相差不多的，则是粤厨传统名馔“金华玉树鸡”。

最初时这菜用的是海南文昌县出产的鸡。去寻觅食材的厨师们觉得文昌鸡肥美肉厚，名不虚传，美中不足的是鸡骨过硬。二十世纪三十年代广州酒家名厨梁瑞遂将其去骨取肉斩件，用切成大小相等的火腿和鸡肝拼配成型，菜远伴碟上桌。说来也巧，广州酒家老店所在就是文昌路，所以一直就叫作“广州文昌鸡”。

白天鹅宾馆现在能吃到的葵花鸡，则是得名于养鸡的饲料独特，用新鲜的葵花盘、叶、秆等炮制喂养，甚至鸡的饮用水都用葵花秆榨成的汁，所以叫作葵花鸡，皮黄、骨脆、肉甜嫩，骨髓内有浓郁的葵花子香味。

名鸡英雄榜上，除了酒家师傅必须有追求，还有做街坊生意的烧腊档口和走

①清平鸡传人陈志明。

平民食堂路数的小饭馆也各凭本事。

二十世纪八十年代，刚开始让个体户们做生意时，荔湾体育馆门前就开了个烧腊档，打的九记路边鸡招牌。

九记路边鸡的渊源，可追溯到二十世纪三十年代初，广大路的一间大排档因白切鸡而出名，因为炮制鸡的师傅人称九叔，这间店也叫作“九记”，当时许多粤剧名伶也是这里的常客。粤剧名丑文觉非去吃宵夜时，看见几个下了夜班的工人蹲在路边津津有味地吃鸡，由此说是“路边鸡”，而九记白切鸡从此就叫路边鸡。

粤地留名的芸芸名鸡中，并不都是白切鸡，民国时期的太爷鸡也曾驰名粤港。据说创始人是周桂生，祖籍江苏，曾是清末广东新会县的知县，辛亥革命后丢了官，以卖熏烤鸡为业，周生记太爷鸡由此得名。“太爷”就是县太爷的那个“太爷”，还叫“茶香鸡”，色泽枣红，光滑油润。

而至今仍然红火的向群饭店，老店在光复路，他家的葱油淋鸡也一直镇桌，白切鸡的底子，姜葱够新鲜和香；这家的酿炸面和豉油皇鹅肠也卖了十几年不变。还有一道小菜是菜心炒鸡杂，那菜没啥花巧，就是地道的古早做法和味道，港地老饕们来吃，说是吃得几乎眼泪掉下来。大抵是一吃就被勾回孩童味觉，坐标初建启蒙时，年幼的自己，正当年的父母，时隔多年如白驹过隙，却当时只道是寻常。

②③白切鸡皮爽肉滑，味足鲜甜。（①②③摄影 / 陈海平）

挖空心思的鸡

白切鸡要做得好，说有门槛也行，没啥门槛亦可。秘诀之一是手法得宜：做白切鸡的手法不叫煮，叫“浸”，浸得鸡肉刚熟。浸鸡用清水或上汤，各家各出法宝，然而都是低温煮或卤，火候不到不够熟，太过则既不嫩又不滑。

由是而来的是最要紧的一项，鸡的质地必须足够好。这种吃法基本上仰赖鸡本身的质地和原味，既要皮爽肉滑，也要味足鲜甜，还要皮下凝汁、肉质紧致。

于是乎，太肥不行，太瘦不行；太嫩不行，太老也不行；有鸡骚味更加不行。

养来做白切鸡的，清远麻鸡一直最出名，再者是海南文昌鸡。海南原本归广东省管辖，1988 年 4 月 13 日从广东省划出，独立建省。

香港美食专栏前辈陈梦因聊过文昌鸡：“产量不多，据说是（二十世纪）三十年代之文昌人毓培，在农家收购约一斤左右之仔鸡，饲予特殊食料，养至二斤左右始出售。如今游文昌的，固可品尝文昌鸡，却不一定是正宗的。”

再奇葩一些的文昌鸡，《岭南杂事诗钞笺证》里还记了一笔：“文昌县属有一种鸡，牝而若牡，肉味最美。盖割取雄鸡之肾，纳于雌鸡之腹，遂不生卵，亦不司晨，毛羽渐殊，异常肥嫩。以其法于他处试之，则不可。故曰文昌鸡。”

为了好吃，这事干得也是没谁了，所以清代人陈坤赋诗《文昌鸡》：“阴化阳生五德禽，苍苍海气感来深。雄飞雌伏寻常事，饕餮何劳苦用心。”

曾任白天鹅宾馆副总经理的彭树挺说，海南文昌鸡是吃榕树籽吃成的皮滑肉嫩骨软。爱吃鸡的广州人，变着花样研究各种适合做白切鸡的鸡源，比方说，“二头黄”是刚下了一窝鸡蛋，正准备下第二窝蛋的小母鸡，除此之外，还有半阉鸡。

阉鸡粤语叫“骟鸡”或“㓻鸡”（㓻，音 xiàn，粤语方言字。㓻鸡，即阉鸡），给公鸡做个小手术，去掉两枚“鸡子”，自此之后它们就专心长肉，个头比母鸡大，肉更紧致些。而手术不太成功的太监鸡，是阉时剩了一枚或半枚“鸡子”，饮食行话叫“㓻生鸡”，也就是半阉鸡，鸡肉比㓻鸡嫩滑好吃。

“我等贪吃，曾经专门叫养鸡的阉剩半粒、一粒对比过，阉剩半粒的完胜。”呃……彭老师您好，彭老师再见，看不出您是这样的彭老师。

嗯，其实我是在开玩笑，粤地人家为白切鸡做出来好吃，几乎都恨不能这么个研究法，彭老师您干了大伙想干的事，写出了大伙想要的实验报告。

至于“二头黄”，记忆里从前在菜市场经常帮衬的一位档主，是个利落的老板娘，让她帮忙挑鸡，她会捉鸡出来对着鸡屁股吹气和仔细看，也许是在评估那只鸡下过多少蛋，当然更多的应该是在目测这鸡的健康状况如何。

总而言之，粤地菜市场鸡档里的鸡、养鸡场里的鸡、山里果园里的鸡，最美好的那群，似乎都为白切鸡的标准和要求而来而去，其他的，才衍生出另外一百种做法。

这也相当于仔细划出个竞技比赛范围，口感有标准，火候有标准，食材各自寻，全城食客手拿钞票投票。

主流赛场之外当然可以另辟蹊径，豉油鸡、盐焗鸡、啫啫鸡、水晶鸡、清炖鸡、炸鸡、蒸鸡和鸡煲，瓜分其余天下。

全民竞技的鸡

这情势下，此地由大厨到主妇，没有三五个相熟供应商或靠谱鸡档档主，烹饪生涯大概说不上美满。

从前菜市场可以现场宰活鸡时，档口笼子里塞满各式各样的鸡，看着差不多，其实大有区别。不熟行情的新丁可以默默站到档口前，等着档主忙中偷闲、眼观六路地来招呼你："买鸡吗？想怎么吃？"

这时候你可以有所表示："用来煲汤的，用来白切的，用来蒸的，用来啫的，用来焖的，用来打边炉的。"

煲汤用老母鸡或者乌鸡；白切、清蒸和打边炉用的鸡都要求高，味足清甜没骚味，嫩得来也要够时日，以前通常是用刚开始生了三两窝蛋的小母鸡，还可以用湛江骟鸡；若要做的是煎焗鸡，可以挑肥鸡。可以挑七个月的，挑一年的，价钱不一样。

站在鸡档前选好了鸡，你还可以说清楚一堆的要求明细：

鸡红鸡杂都要，档主宰鸡时就要弄一小碗淡盐水，杀鸡时把血放进碗里凝好，鸡肠、鸡胗、鸡肝、鸡心、鸡生肠，统统要整治干净另外装好；清蒸和打边炉的鸡，可以要求斩件切块；煲汤的鸡，处理时可以开膛。

要求严谨的是准备用来白切的鸡，那是在颈和鸡尾处开口就把内脏取出来。见过一次档主和顾客争执起来，原因是宰鸡处理时顺手就把鸡屁股给剁了，顾客回来拿鸡时不肯收货，说是特地交代过是用来拜神的鸡，必须囫囵整个儿的，除了内脏，啥都不能缺。

诸如此类啰唆一轮，能满足上述要求，回到家里鸡做出来口感品质靠谱，内脏里鸡肝、鸡肠、鸡生肠都在，那这档主你就可以继续去跟他买买买，把自己买成他家的一名熟客。而后嘛，好处也就是偶或可以请档主帮买贵价鸡，进到好鸡通知你一声之类。

有一年闹禽流感，菜市场鸡档里水静河飞，老板娘看到我说：“批发市场鸡价好便宜，我没忍住进了几只贵鸡，你要不要试试……”试试就试试。打那以后，每每想起来就去让她帮忙进几只贵鸡。

说来湛江鸡也不错，粤垦路上有家瑞记，一直卖湛江鸡，白切的母鸡和骟鸡，兼卖鸡油饭，鸡红菜汤常常沽清，十多年了。粤西吃白切鸡，蘸料和广州不一样，不用姜葱，配的是一碗沙姜和一碗放几滴花生油的酱油，吃起来另有剽悍之处。

湛江出来的朋友吃鸡也嘴刁，一回召唤狐朋狗友来家里打边炉吃鸡，那位仁兄默默地从头到尾在锅里捞来捞去，末了眼冒精光喝一声：“鸡膶（粤方言，即鸡肝）不见了！”

愕然之后赧然解释：“这鸡吃过之后马上回头去把一整笼给买了，杀好了拿回来的，鸡杂全让我当时就煮了吃，所以没了。”

靓鸡的鸡肝，粤语说是“黄沙鸡膶”，沙黄色，或煮或卤，不论怎么做，吃进嘴里集全鸡之甘鲜精华于一口，既沙又糯。会吃的，都是一吃鸡好，就动手抢肝。那位朋友的神情，如果当时拍下来，可以做成“重大损失”表情包。

粤地的家中下厨选手们会随时留意鸡的各种做法，进而在家里复制演练，时不常就变换花样弄出个电饭锅鸡、可乐鸡什么的，但白切鸡如果做不好，总归是觉得技术上有点欠缺说服力。

好玩的是，专业大厨数十年来一直也在报刊专栏上和大伙传经送宝交流探讨。

关于白切鸡斩件摆盘，二十世纪五六十年代的香港名厨陈荣（原籍广州番禺），留下过秘诀《斩鸡刀法》：

“斩鸡的手法，各有不同，有的先将一只鸡分为两边，后斩件，亦有由背一刀顺落，鸡背开两段，留回鸡腔一个，凡此种种不同，斩开时亦或多或小，尤其家庭间‘屈鸡’时每每将鸡的两只脚屈入肛门里，此法乃最愚者，盖此种手法，斩时故难，件数必小，兹将斩件法略述如下，以供研究。

“（斩法）斩鸡方式（第一刀）把头与颈落刀，鸡头对正自己。（第二刀）

由鸡尾落刀把脊直劏下至肩，分开两边，（第三刀）削去左翼。（第四刀）削去右翼。（第五刀）将鸡放平由右髀脱离。（第六刀）同上。（第七刀）将鸡放平由脊与腔交界处一刀落，分为两段。（第八刀）把鸡头（颈）斩碎约五六件留回头壳（即天堂盖）放至碟前。（第九刀）将鸡脊各斩六件分为二段。（第十刀）把左翼各切三件，分放前后左右。（第十一刀）原个鸡腔分为三条，正中有骨的一件碎开三件，放在碟中央，还有两条，两条之内，则有鸡柳肉各一，即取去切开分作四件，同放在正中。（第十二刀）用左手拈紧鸡髀膝斜下一刀，分作二段，（第十三刀）把鸡髀与膝斩开三刀，放在鸡尾左右，鸡膝略些放出小小。（第十四刀）把尚余的鸡腔两件，每一件开切作三件，放在正中两旁。（第十五刀）将鸡髀一件切四件，放置面上斜的，另一只亦斩四件安置于正中，照此法可斩五十一件。”

真是一入厨房岁月催，在百味鸡先的江湖里，白切鸡是岭南门派的玄奥功夫。

而对一只完美白切鸡的最高赞美，本土向来有个层层递进的标准句式：“鸡有鸡味。骨都有味。十分好味。”要慎用。

给你个奇珍异宝的菜牌

不论酒楼宴席或家宴，如果递给你个怀旧粤地菜牌，奇珍异宝琳琅满目看下来，瞬间会有以为自己成神升仙的幻觉，至少也是个龙王什么的。

您要不要点个“烧凤肝蛇片”和“碧绿龙衣凤爪”，或者是“珊瑚锦绣蛋”“西施浣纱”和“菱花照影”？又或者是“雪染龙须”“满掌黄金”“玉带罗衣”和“鹤寿松龄”。

身为卧底多年的伪地主，我得赶紧尽个翻译职责，锚定一下仙雾弥漫的餐桌。

粤菜中但凡说“百花”，指的都是虾胶；说“西施”，则还可以指蛋白。

蟹黄称作“珊瑚”，青菜说是“碧绿”，菜远谓之“玉树”，鸡蛋可称“凤凰”，蛇、虾都可称为“龙”，蛇皮称“龙衣”，蟹肉、蛋白呼为“银瑚”，鸭称为“鸾”，乳鸽称为“鹊”，由鸡胗、鸭胗切花而来的肾球是“红梅”，豆苗比作“龙须”，鸡翼冠称“华袖”，鱼肚名为“棉花”，称夜香花作“百合”，称响螺为“粉蝶”，称红萝卜作“金笋”。

两种原料或两种颜色合拼称“鸳鸯”；“麒麟”是蒸法，切片状食材间夹一片火腿一片冬菇；“桂花”是炒法，蛋炒得细碎如桂花；金银蛋可以是鸡蛋和咸鸭蛋同蒸，金银膶是猪肝和鸭肝同做的烧腊；“五柳”“八宝”是指特定佐料；“芙蓉”的意思有点飘忽，芙蓉虾里有鸡蛋，真要炒芙蓉蛋时，蛋里面裹着叉烧丝、香菇丝、笋丝。

粤菜里别名多，起初是酒家接宴席时，为着好意头而请文人给菜起的名字。通篇菜牌看不出来那是一桌什么菜，看见的都是甘词丽句好意头，或谐声或象形或意境。

美好意境和愿景也挺值钱，龙肝凤髓不觉得贵，而比较普通的凤城炒牛奶再加一撮榄仁，榄仁的纹路颇似蝉翼，叫成“玉乳秋蝉”也风雅许多；北菇扒菜远，过年时候叫作“金盘玉树”或“绿树挂金钱”，口彩也很好。满汉全筵里的马蹄和菱角，叫作“御香马蹄”“菱花照影”。

钟征祥《食在广州·瑰丽的菜式名称》载：“一部分菜肴的名称，是以制作原料和制作方法比喻的。如百花酿鸭掌叫‘满掌黄金’，蟹肉扒豆苗叫‘雪染龙须’，鱿鱼炒鸡片叫‘游龙戏凤’，竹笋炒猪天梯（指猪喉软骨的一部分，近上颚处，似阶梯，粤语成为猪天梯）叫‘祝君进步’。

“也有一些是以原料名称的谐音隐喻的，如螺片称为‘罗衣’，带子称作‘玉带’，冬菇、菠菜合称‘东坡’等。

“还有一些是以四季时令命名，如合桃（即核桃）鹌鹑松叫作‘春满桃花’，鲜莲鸭羹呼为‘夏赏荷香’，干炸虾胶芋丸叫‘秋光蝠丽’，冬笋炒鹌鹑片叫‘冬行春令’等。

一份 1995 年的新春菜单，上面充满了喜气洋洋和好意头的菜名。
（供图 / 白天鹅宾馆）

合家歡聚宴
SET MENU A

（供六位用） 每席￥738.00 For 6 Persons

鴻運當頭 （乳猪大拼盤）
Roasted Porket Sliced with Meat Platter

恭喜發財 （發菜蠔豉煲猪蹄）
Pork Hock Soup with Star Jelly & Dried Oyster

當紅報喜 （脆皮燒乳鴿）
Crispy Skin Pigeon

仁人好運 （腰果西芹蝦仁）
Fried Shelled Shrimp with Cashewnut & Celery

快樂綿綿 （竹笙上素）
Fried-Simmered Bamboo Fungus with Assorted Vegetable

年年有余 （清蒸嘉州鱸）
Steamed Fresh Bass

生財寶盤 （生鷄絲炒飯）
Fried Rice with Shredded Chicken Meat

幸福團圓 （紅豆沙湯丸）
Rice Glutinous Balls in Red Bean Syrup

黃金滿堆 （合時水果）
Seasonal Fruit

滿堂吉慶宴
SET MENU B

（供十二位用） 每席￥1680.00 For 12 Persons

鴻運當頭 （乳猪大拼盤）
Roasted Porket Sliced with Meat Platter

發財好市 （蠔豉扒發菜）
Fried-Simmered Star Jelly with Dried Oyster

樂業安居 （碧綠玉帶子）
Fried Fresh Scallop with Vegetable

賓滿華堂 （瑤柱海皇羹）
Thick Soup of Dried Scallop with Seafood

當紅報喜 （天鵝脆皮鷄）
Crispy Skin Chicken

滿地金錢 （冬菇扒菜胆）
Fried-Simmered Dried Mushroom with Vegetable

合家歡笑 （香煎明蝦碌）
Pan-Fried Prawns with Tomato Sauce

年年有余 （清蒸活桂魚）
Steamed Fresh Mandarin Fish

喜慶吉祥 （羊城炒飯）
Fried Rice Guang-Zhou Style

幸福團圓 （紅豆沙湯丸）
Rice Glutinous Balls in Red Bean Syrup

黃金滿堆 （合時水果）
Seasonal Fruit

新年好運宴
SET MENU C

（供十二位用） 每席￥2980.00 For 12 Persons

鴻運當頭 （金紅化皮猪）
Roasted Whole Porket

嘻哈大笑 （美極竹節蝦）
Fried Prawns with maggi Sauce

發財好市 （蠔豉扒發菜）
Fried-Simmered Star Jelly with Dried Oyster

好事雙輝 （碧綠鮮鮑魚）
Fried Fresh Abalone with Vegetable

天官賜福 （一品海皇翅）
Thick Soup of Shark's Fin with Seafood

當紅報喜 （脆皮燒乳鴿）
Crispy Skin Pigeon

祝君平安 （竹笙扒菜胆）
Fried-Simmmered Bamboo Fungus with Vegetable

年年有余 （清蒸活石斑）
Steamed Fresh Red Garoupa

前程美滿 （福州炒飯）
Fried Rice Fuzhou Style

幸福團圓 （紅豆沙湯丸）
Rice Glutinous Balls in Red Bean Syrup

黃金滿堆 （合時水果）
Seasonal Fruit

另加15％附加費
Subject to 15% Surcharge

“又有一些是取吉祥意头的，如海狗鱼炒山瑞称‘九如献瑞’，虫草炖白鹤叫‘鹤寿松龄’，蚝油红烧乳鸽叫‘孔雀开屏’，核桃虾丸名为‘珠联璧合’。”

大抵是从前娱乐项目少，二十世纪初粤剧大老倌们最当红的戏剧年代，吃顿饭还奉送猜谜活动。

“蟹黄燕窝叫‘鸿门宴会’，竹荪鸭舌汆虾丸叫‘辕门射戟’，网油糯米卷叫‘范蠡献西施’，蟹黄鸡卷虾卷称作‘虞姬伴霸王’，冶鸡卷拼鸡球名为‘卧龙舒倦’；清汤鸽蛋酿鸭掌谓之‘月下追贤’，菜远汆鲈鱼片叫‘蟠溪独钓’，上汤酿竹荪称为‘西施浣纱’，蟹黄鲜菇扒冬瓜叫作‘赤壁连环’。”

大老倌们当然是酒楼的贵客，粤剧名伶薛觉先主演的《海角寻香》、马师曾编演的《苦凤莺怜》都被搬上菜谱。那两道菜，其实是夜香响螺鸡片和凉瓜鸡肝鸭片。鸡是凤，鸭是莺，在苦瓜的掺和下，它俩比惨。

用菜牌来聊戏也行，姜芽鸭掌田鸡片，是“龙虎渡姜公”；凉瓜明虾鸡片，称“凤仪亭诉苦”，夜香花红菱火鸭羹，就叫作“夜盗红绡”。

世界各国煮法的菜式，则命名起来比较大而化之：

“‘非洲酿龙虾’即炸酿龙虾，‘印度薯仔鸡’即咖喱马铃薯炆鸡，‘意大利乳鸽’即喼汁煎乳鸽，‘葡萄牙多士’即煎酿多士，‘美利坚虾球’即吉列虾球，‘俄罗斯肉扒’即喼汁焗猪扒，‘暹罗鱼块’即煎糯米鱼块。”

粤港澳地区的人和上海人，对喼汁这物事比较熟。

在上海，喼汁被称为“辣酱油”，粤地则称其为“喼汁”。这种酱汁酸甜微辣，有既像醋又像酒的苦涩味，用粤语说，这味道就叫作“喼”。

实际上喼汁就是英国黑醋或伍斯特沙司，味道酸甜微辣，十九世纪时由英国传入上海和香港，再从香港传到广东。本地土著喜欢蘸喼汁的茶楼点心，是山竹牛肉球。

这神奇搭配是粤点泰斗陈勋大师当年的手笔。山竹牛肉球最早流行于二十世纪四十年代末的香港。那时的港人已经有使用喼汁的习惯，日常用在西餐小吃的鸡翅、炸猪排和牛排调味上。二十世纪五十年代初期，山竹牛肉球传入南番顺（指古代南海县、番禺县和顺德县）一带，成为那时广东茶室的畅销点心。陈勋试着把喼汁用作蘸料，结果是两者特别搭。独特的酸甜味尤其是酸，能让牛肉的口感变得嫩滑、香味更浓，而其涩味则可以中和牛肉的膻腥味。

喼汁在粤地厨房有爱好者，广府菜五味猪手就有下喼汁的，有些人家的厨房里常备喼汁。

潮汕地区也有用喼汁煮鹅肉的。

这随心所欲的用法，看以前菜牌就知道，意大利乳鸽和俄罗斯肉扒，加了喼汁就算异国风味，反正厨师们觉得好吃就行。不似其他地方郑重其事生怕错漏，反而漫不经心，兼随随便便就改人家配方再简化流程。

说回此地的菜单别名。

全城居民关注吃喝的地方，酒家菜牌和各家各户的厨房消息，更新同步极快。

时日久远之下，约定俗成地大伙都明白和熟练用起了这套餐桌上的源代码。自己家做菜时，也可以指着杯盘碗碟说上一套，比方蚝豉焖猪手是“发财就手”，加上发菜还可以是“发财好市”。川菜“蚂蚁上树”如果在粤地，没准名字会被叫成“百子千孙”或者“开枝散叶”。

旧时酒楼有写菜师爷，订宴席时在柜台处和他聊清楚费用预算，他马上就会用毛笔写一份菜单，海鲜之类的菜式，旁边还有特别的花码字标注斤两。

二十世纪九十年代末，陪朋友去订宴席，遇到过写菜师爷，问：是红事抑或是白事？白事的话，是否是笑丧？那次的菜单里，记得的一道菜，叫作“送白迎红笑呵呵”。

到了现在，几乎遇不到这样的师爷了。或许澳门香港还有。

给你个写满奇珍异宝的菜牌，里面有从前挺多的典故诗意和愿景，像是想要让人间烟火的餐桌平地飞升。

㈡ “返屋企食饭”的大条理由

“返屋企食饭，返屋企饮汤”，字面的意思是回家吃饭，回家喝汤。

在岭南的生活日常里，可以是向在外忙碌的家人提要求：“你今晚回家吃饭吧。”那意思有可能菜式略丰盛些，也可能就是正常一餐。“今晚回家喝汤吧”，意思是煲了锅汤，其实也就需要回家吃饭。如果实在回不来，则说：“汤给你留着，回来记得喝。”

这话若由当事人说出来，除了这人表示那顿要回家吃，还有些别的意味：一是这顿已经计划好了，是同家人一起的私人时间；其二可能是显摆，如果正在热恋或者新婚的人这么说的话。

把“返屋企食饭”这句粤地家常话一再广而告之的，印象里是则卖米的广告，靓米雪白，煮出来的饭热腾喷香，师奶们吼一句，街上正在瞎玩作乱的熊娃们纷纷回家吃饭；慈母电话里说一句，已经成年的儿子忙里抽空回家，饭热菜香。

让在外忙碌的人回家吃饭，理由可以有很多：

外面应酬，饭菜味道太抢油水太重。

街外的速食薄利多销，当然要省原料钱。

家里买的是靓米，家里的菜择得细洗得净，家里煲汤用足了材料和火候，是谓足料。

家里做了你喜欢的小菜。

家里买了最靓的鸡。

家里煲了糖水。

隔篱（隔壁）二嫂的乡下亲戚给了土鸡蛋。

在市场相熟的档主处买到了新鲜荔枝菌。

和左邻分摊的瘦身水库鱼，跟右舍合伙宰的土猪肉，春鳊秋鲤夏三黎。

每条理由都很大条充分，因为花的心思和时间都是在为家人开小灶，度身定制。

家里的餐桌大多数时候是纯私家空间，回家换了家常便服趿着拖鞋，晃悠着吸溜鼻子说好香，可以垮着表情夹菜扒饭。如果此地有人邀你跟他回家吃饭喝汤，而不是在外面吃，那是没拿你当外人了。

阖家心平气和在自己家里吃着饭，没什么了不得的远虑近忧，东一句西一句的细碎。吃完饭的闲暇，再斟杯热茶。富足人家的饭菜材料费用贵些，节俭人家菜贵吃瓜，瓜贵吃菜，也没什么过不去。这都叫作安乐茶饭。

在外营营役役持之以恒，做不完的工作赚不够的钱，无论脑力体力再怎么劳作，日落月升明暗交接之际，返屋企食饭，家里有人在等。刚来此地时，也许是一人食，再后来是成双，日子慢慢过去，家里一同吃饭的人，有老有嫩，有大有小。

万家灯火景象，亮在掌灯吃饭时分。

安乐茶饭，指的是和自己家里人吃。

人生在世，三万煲汤

炖汤是一鼎，老火汤是一煲，炖品是一盅。

粤地所消耗的，从前柴火现在煤气，估摸着有一半是煲汤去了。

老火靓汤之名头响亮，堪称岭南派厨房大法之中的必修主课，实乃居家旅行必备，常年逡巡护卫，辅佐策应俱全。

家家炉火不熄，蜂窝煤年代是焖着火的余温，燃气年代是最小火头，常年可

①广州街头的汤煲店。汤煲是粤地人民居家之必备。

见一只陶瓦阔肚汤煲蹲踞灶台，慢慢冒着缕缕水汽。

煲汤料有基本款，有豪华版，旨在春祛湿夏清热秋润燥冬进补。从前本地报刊上常年设专栏，请著名中医聊每日汤谱，一开十数年，每天不带重复的。从这角度而言，岭南人民全体都是中医拥趸，主动的是去煲汤，被动的是从小被要求饮汤，新移民是但凡吃饭都被人请饮汤。

煲汤大业，勤勉费时耗火力，和常年炼丹没啥区别。如此大费周章倒不是因为闲得慌。清代汪森编的《粤西文载》中，收有明代苏浚写的一篇《气候论》，聊岭南气候：

“晁错曰：扬粤之地，少阴多阳。李待制曰：南方地卑而土薄。土薄，故阳气常泄；地卑，故阴气常盛。阳气泄，故四时常花，三冬不雪，一岁之暑热过中。人居其间，气多上壅，肤多出汗，腠理不密，盖阳不反本而然。阴气盛，故晨昏多露，春夏雨淫，一岁之间，蒸湿过半。盛夏连雨即复凄寒，衣服皆生白醭，人多中湿，肢体重倦，多脚气等疾，盖阴常盛而然。

②③是药材，也是煲汤料。对症煲汤、随季节变换煲汤，是厨房基本功。（①②③摄影 / 陈海平）

“阴阳之气既偏而相搏，故一日之内，气候屡变。谚曰：四时皆似夏，一雨便成秋。又曰：急脱急着，胜似服药，气故然耳。

“大抵人身之气，通于天地，天气极北寒胜，极南热胜，五岭以南，号曰炎方，乃其高岗迭嶂，左右环合，水气蒸之，故郁而为岚。”

清代关涵的《岭南随笔》里则说：“越地阴阳多不得其和，三冬恒暖，即冷亦不过数日，至立春后，反有奇寒。盛夏亦热，入夜便解，至立秋后反有奇热，俗所谓春冷于冬，秋热于夏者也。谚又有之曰：‘四时皆夏，一雨成秋’……”老先生还解释了通原因，顺带聊了阵一熟二熟三熟的谷物。

这里的气候，养树不养人。变着花样的潮热闷热煎焗热，人人热汗不断。光喝水不够，得喝汤。即便胃口不佳，如此煲法的汤水喝两碗下去也多少可以保点底。况且一锅汤出来，煮个面煲个粥都可以用，也算是居家版本的足料速食。

广州一向新移民多，刚开始都对这煲汤功课大惑不解，到他们开始学煲汤时，多少是觉出了此地气候下喝汤的好处，开始有了土著之风。

在全城煲汤的地方，要干这事并不难。可以自己到海味汤料铺里拣几样辅料，那里的卖货阿婶阿姨随口就能给你好几个方子，去中药铺让坐堂师爷拣几味也可以。有一回在同仁堂，碰到几位阿婶买乌鸡白凤丸，中气十足地介绍经验说，再去菜市场买只乌鸡，煲汤时把药丸放下去，就省去配料麻烦。后来想起这事，匪夷所思地试了试，居然味道不算奇葩暗黑，能喝。

酒楼里常年有炖汤，材料少见，也贵些。从前古早时候，把仙鹤都给炖了。老火汤和每日例汤价廉些，反正一桌菜里必须有个汤。

家里的汤只需煲够火候，奇珍异兽的少。鸡和鸭，猪和鱼，配着不同的汤料。清补凉煲瘦肉，粉葛赤小豆煲鲮鱼，莲藕墨鱼煲猪踭肉，南北杏菜干煲猪肺，西洋菜陈肾蜜枣煲猪骨，五指毛桃煲龙骨，土茯苓煲龟，天麻炖鱼头或猪脑，冬瓜薏米芡实煲老鸭，想起啥是啥，也能顺便当个菜。此地有汤渣爱好者，煲完汤的料都捞出来专门放一盘，蘸着辣椒圈豉油吃，老火汤里的骨边肉、鸡爪子，将溶未溶的白菜干或西洋菜，等等，等等，都很美味。

仔细观察之下的对症煲汤更加彰显爱心和经验值。比方说从前的顺德妈姐（即佣妇，以顺德籍居多），听见少爷干咳两声会去炖个南北杏猪肺汤；现在的好闺蜜去医院探望手术病人，不由分说地就带上陈皮瘦肉水。

前一阵子广州动物园拍片子，我围观他们采访猩猩饲养员，聊着聊着就听她说，那猩猩生了小猩猩，她每天煲了汤去给猩猩喝。听着那汤的方子，似乎是妇人坐月子时用来补身兼催乳的。

小些的例子，是同学来我家看见扁脸猫的泪腺有泪痕，热心地说，这是上火了吧，咱们给它喂点凉茶？

孟子曾经曰过，幼吾幼以及人之幼，老吾老以及人之老，来到此地，是汤吾汤以及人之汤。

算起来百年时光，是三万六千五百天。要一直有人非常爱你，才会有三万煲汤。

霸气侧漏去炖汤

有种花，岭南人民特别熟悉，那名字也特别适合武侠玄幻修仙故事。

它中文学名叫作“霸王花”，另外，剑花、霸王鞭、量天尺也都是它。

这霸王花的家族渊源，就叫金虎尾目，仙人掌科，量天尺属。

量天尺，“虬龙高跃欲量天”的意思。听着就玄幻，像是个修仙故事里的至尊宝贝。

这宝贝原产墨西哥、南美热带雨林，还可以出现在印度、巴基斯坦等地，也有说原产地是巴西的。据靠谱说法，曾经发现的霸王花种类有 17 种，如今部分品种已经绝种。所以这些五花八门的原产地，说的未必就是同一种霸王花。

反正全世界的热带、亚热带地区都可以种。我国霸王花主要分布在广东、广西，云贵川亦有，又以广州、肇庆、佛山为主产区。

粤语里以前说霸王花，还兼指强势泼辣的女性，女警女兵都能称作霸王花，可以看成巾帼不让须眉的极简说法。港片就有部《霸王花》，说的是女特警故事。

身为广州半吊子土著，本人要小声说，这玩意非要种的话，岭南人家都可以种，就是它太占地方，又是仙人掌又是攀缘植物，一旦长起来，说好听是舒展版的盘龙卧虎，说不好听是无序版的筋头巴脑，真没啥好看。

花开起来确实非常大，起码有小孩脑袋般大，像昙花，又名假昙花，也晚上开，开了就不闭合，就开那么几天。其实花半开时就能摘去晒成干了。

昙花也是仙人掌科的，和霸王花是亲戚。

它们家亲戚还有火龙果。按分类专家的说法，火龙果和霸王花本来就是一种植物，但作为常见的水果和蔬菜，二者都已经不是原生物种，而是已经园艺驯化栽培的植物。作为霸王花的量天尺被培育成了可专取其花食用的“菜”，作为火龙果的量天尺花果都可食用，主要食用其浆果。

本人最纳闷儿的事情就是火龙果为什么能卖得到处都是，多奇怪的果实啊，大部分啥味道没有，番薯都比它甜。

在我们儿时，岭南最出名的霸王花产地，是肇庆。

那里有著名的鼎湖和七星岩。

很多年前那里是省会中小学生们远足郊游差不多最远的去处。有说七星山水甲桂林，爬过七星岩长大后再去桂林玩，都是喀斯特地貌，确是非常像。

广东有道出名素菜叫作鼎湖上素，是道正规上席的菜，说的就是肇庆的鼎湖。鼎湖山泉也出名，在卖水成为一门好生意之前，芡实不错。粤人一天到晚要健脾，汤料里用芡实，而肇庆出的专称肇实。以前粤港师奶们心目中，肇实一定知道，芡实却不一定都知道。

肇庆最出名的是端砚。另有巨大的肇庆裹蒸粽，还有巨大的霸王花。

种那么多霸王花，不为赏花，为的是吃。

霸王花晒干的去处是煲汤，弄三两棵浸水漂净，煲猪骨或者煲猪踭肉。猪踭肉，指的是猪腿附近连肥带肌腱的一坨肉，耐煲。煲够火候时，汤里吸足肉味的霸王花口感滑溜，既清又糯，那是能完全吃饱的汤。

如果不是因为煲汤好吃，估计不会种那么多。就是不能贪心，煲汤时如果肉不够，又下了太多霸王花的话，口感会寡。我小时候干过这样的蠢事。

说来说去，这些仙人掌家族里王霸之气十足的量天尺一脉，最早都是从海路来粤地的吧。那么大的花，怎么就被研发成了老火汤料，用来清心润肺、清热祛暑？

这种汤料还有个好听的名字，叫作七星剑花。

“撚手小菜”和家宴

以前粤地小餐馆的菜单里，有“撚手小菜”作号召，颇有平民饭堂的意味。

“撚”字粤语发音近似“能”，仔细摆弄、把玩或装饰的意思。比方说：“撚返几味撚手小菜，撚到成只雀甘靓。”可是“撚样”一词，原本说化妆扮靓，却因为“撚”字后来还被用来指代不文器官，变成不好听的话。

“撚手小菜”在家里，就是花心思做的菜，家常得来，别致精细味道好，也可以说是这家厨房里出来的拿手菜。

《太平广记》卷四八三引唐代人房千里在《投荒杂录》“岭南女工”条中说：“岭南无问贫富之家，教女不以针缕织纺为功，但躬庖厨，治刀俎而已。善醯醢菹鲊者，得为大好女矣。斯岂遐裔之天性欤！故俚民争婚聘者，相与语曰：‘我女裁袍补袄，即灼然不会，若修治水蛇黄鳝，即一条必胜一条矣。’”

如果推己及人胡说八道地议论，让我选也乐意选擅长厨艺的家里人。这地方天气热的时间长，大部分时候穿啥都一身汗，哪里比得上顿顿吃得有滋有味。

家常小菜不一定珍馐百味，有的人青菜炒得好，有的人豉油鸡做得妙，有擅蒸糕的，有长煎炸的，未必要样样皆能。真出了个全能选手的话，就是家有一宝。

印象里好些人家里，个个能“整返几味”，都有自己能拿得出手的小菜。

黄埔炒蛋

旧时西关，专业和业余选手都颇有兴趣练习的一道菜，叫黄埔炒蛋。

鸡蛋属于随手可得的食材，炒得嘴刁之人吃了说好则不容易。

陈荣所著《入厨三十年》说：“黄埔距穗郊不远，此地艇户甚多，艇家善制滑蛋，在此间过夜度宿者，辄喜吃该地艇户所炒之蛋，某巨公在黄埔军校时，更嗜之如命，因此而驰名一时，通称为黄埔蛋。

“原料：芫茜、葱花、生盐、鸡蛋。制法：先将鸡蛋三只，落够味，加生油，芫茜、葱同切烂，烧猛镬，落一些猪油，把鸡蛋放落，不用炒，要用镬铲轻轻手拨左边的蛋，使未熟的蛋漏入左边，既而又拨右边的蛋，使未熟之蛋漏入右边，

黄埔炒蛋的变身——松露滑炒蛋。
（供图 / 白天鹅宾馆）

照此法制之，故入口时既香且滑。”

而钟征祥所著《食在广州》则说：“著名的‘黄埔炒蛋’也有一番来历。一天黄昏，湾泊在黄埔一带的水上居民突有亲友到访，一时买不到什么好菜。水上人家习惯在艇尾养鸡，于是随手拾蛋炒了款客。急切间连葱花都没有，但那碟蛋炒得香嫩无比，客人连连赞妙。以后这类炒蛋方法就叫‘黄埔炒蛋’。”

你看，下不下葱花，就都有出入。而且炒起来连专业厨师都要拿捏，话说粤菜大师黄振华当年也得是师傅手把手教：

“他到广州酒家跟随大师傅黄瑞学艺。黄瑞是（二十世纪）五十年代广州十大名厨之一，茅台鸡的始创者。炒黄埔蛋是黄瑞的拿手菜，不生不老，恰到好处，而且层数很多，被誉为‘千层黄埔蛋’。在师傅旁边担任打荷的黄振华，看得惯熟了，起初不以为意。可是有次他拿起镬铲去炒，一下子就炒老了。黄瑞现身示范，一边操作，一边讲解。黄振华这才发觉自己平常是‘熟视无睹’。当他再试炒时，师父又从旁指点，终于切实掌握了炒‘千层黄埔蛋’的诀窍。”

和彭树挺老师聊起这菜，他说黄瑞曾经和几个大师闲聊过“黄埔炒蛋”，透露的诀窍是，锅铲的炒动方向必须与锅运动的方向相反，才能真正炒出最佳境界。后来他便让白天鹅宾馆的大厨如法炮制，果然不同凡响。

这道著名小菜还把上海的厨师们给折腾了一道。

《民国吃家》中《蒋介石的食养》章节载：

“……保健医生熊丸等回忆，蒋早餐特别喜欢吃炒蛋，这种炒蛋不是一般的炒鸡蛋，而是精工特别制作的，蒋介石命名为‘黄埔蛋’。

“这种蛋的做法是，把蛋打碎，用力打匀，做成蛋液，拌以白糖、精盐、胡椒粉等配料，等花生油热 5 成左右的时候，煎炒而成，味道特别。

“这种蛋看似简单，其实很考验手艺，要保持鸡蛋的嫩，要先加一点冷水（最好是纯净水）一点料酒，还有更重要的是人工的搅打，其标准是，当蛋量足够的时候，搅打完成，把筷子放在蛋液中，是不会倒的。这曾难倒了士林官邸的很多大厨，诀窍是搅打一定要沿着一个方向进行，给蛋液很多张力，才能达到那个标准。再就是蛋液要逐一加入，待油滚热时浇上一匙羹蛋液，待蛋半熟又浇入花生油，再浇上鸡蛋。……黄埔蛋的做法是既炒又煎，口味是外焦里嫩。

“到了蒋介石的晚年，他身体已经不好，好几天都只能吃流食。等身体好转些的时候，侍卫开始为他做早餐，蒋介石的要求就是：‘来一个黄埔蛋就可以了。’”

说实话，其实多数广州人不算特别清楚这事，大家就是觉得这么个炒鸡蛋名菜好吃，又考厨艺，自己能在家里来这么一手的话，想想就不错。

而且当年艇家的菜，按说就是疍家菜，有朋友祖上是疍家，会做好些疍家吃食，比如说撑粉，现在已经被列成东涌镇的非物质文化遗产。

而当年黄埔港的疍家和沙田水乡的疍家是不是同源，我没去考据，就是存了心思打算以后去她家必须要求吃个炒鸡蛋。

会不会蒸鱼

最新鲜的鱼才用来蒸。河鱼塘鱼海鱼都是。

要新鲜得它刚离去。

老饕们还要求它们离去得猝不及防，不能受惊，否则叫作“失魂鱼”，不好吃。贵价海鲜里的鱼，要养一阵子压压惊。这成本就没法说了，通常吃到嘴里，你觉得那鱼去得不够心情愉悦，那也没啥太好的办法。所以也有海鲜河鲜爱好者，跟着船去吃。

清蒸是粤地人民用来向最新鲜的鱼致敬的，那样才有最本来的鲜甜味。

家里做菜蒸鱼最容易露怯，陈荣大厨专栏里的《蒸鱼日常》说了点诀窍：

“凡蒸各样原条鱼或切开之鱼，事先必加猛火力，待水滚后方可放下，若不依此制法，则鱼身必霉而无鲜味。”“凡蒸左口鱼切不可落姜，将食之时，方可放味，如是蒸时一同放味，此鱼食时，定有泥气又霉。”“凡蒸土鲮鱼切不可落姜，最好用陈皮少许，如落姜一同蒸之，必臭泥气味。”

平民饭堂式的餐馆里，清蒸鱼的水准如何，是个评估标准。酒楼饭店通常蒸海鱼，这要是蒸得火候不对，也有热闹可瞧。

通常印象里料理河鱼塘鱼，是顺德人民比较擅长；遇到花样百出的海鱼，有汕头闺蜜在场咱们就不用出手。

至于清蒸，从前西关地人家是放姜葱的，也有人喜欢放榄角蒸。清远靠着北江，那里的蒸河鱼，则是剽悍地就端上来一条鱼，姜葱统统没有，只用油盐水，火候对兼鱼狰狞，那就是新鲜好吃。

李清照《金石录》后序里有一段居家乐趣：“后屏居乡里十年，仰取俯拾，衣食有余。连守两郡，竭其俸入以事铅椠。每获一书，即同共勘校，整集签题。余性偶强记，每饭罢，坐归来堂烹茶，指堆积书史，言某事在某书某卷第几叶第几行，以中否角胜负，为饮茶先后。中即举杯大笑，至茶倾覆怀中，反不得饮而起。甘心老是乡矣！故虽处忧患困穷，而志不屈。”

就居家而言，广州人在家里讨论起蒸鱼火候时长这事，不论红斑青斑鲩鱼白鲫，都和这乐子有点相近。

蒸的时候要看鱼的大小、自家炉火的大小，才能评估要蒸几分钟。

蒸得恰恰好的鲜鱼，肉刚熟离骨而爽滑，若差个半分钟，要么有地方没断生，要么蒸老了不滑，整个就不好吃。况且每次的鱼都不一样大小，质地也不同，没法锁定时间一概而论。所以估对了阖家大快朵颐，估错了则合伙边吃边各种挑剔惋惜。

过日子的时候，如果家里要蒸鱼，你大可以假商量真主意地征求一圈意见，万一砸了，方便推卸责任。

嗯，你会蒸鱼吗？本人的答案，视来吃的人数而定。

摆个家宴

曾经久住过西关地的人，似乎很容易被认出来。

如果见面时，彼此说的是粤语，三两句就能对上些暗码。甚至有些细微的表情，大致也能看出端倪。说得有点玄，但如果差不多年代在同一个区域长大，那还是有印记的。

大概是有一次，她在一个酒楼美食节大规模吃喝的场景里把我们拉去开始下一场小规模节目，去西关吃点心。回到儿时旧地，聊几句闻说她是卢秋萍的闺女，哈地一声："当年我可是你妈妈的小粉丝。"估计这句话她从小听到大。

西关街坊们喜欢听粤剧粤曲，小孩子眼里，卢秋萍长得最好看，所以《刁蛮公主憨驸马》里刁蛮得好有道理，《拷红》里的红娘又机灵又俏。

很多年后，戏台上大美人的独生闺女站在面前，远而模糊的故事变得有了一点清晰的细节。

大美人的独生闺女，少年时留学墨尔本皇家理工大学，读的是新闻系，再游学英国。婚后随夫姓，丈夫少时在英国伦敦大学的国王学院读工商管理，土生土长的香港人。

朋友圈动态里，独生闺女很忙，去日本学小野手工咖啡，去比利时弄自然风干的有机花茶，去法国领葡萄酒骑士勋章。做全盘旧式工序的手工红豆沙月饼，想什么时候卖就做一批，倒不一定是中秋；弄的粤地小吃核桃酥饼，是二十世纪七十年代西关饼铺的口味。全世界走哪儿吃哪儿，时不时约请名厨到家，办个家宴。

另外，人家正经是广州市西餐协会常务副会长、法国葡萄酒教皇新堡产区教皇侍酒师、法国卡奥葡萄酒产区骑士团骑士。

这是个把自己吃喝美食嗜好统统都做成了职业的人。

如此嗜爱美食美酒，这是在家传的底子上继续发扬光大吧。

非这么说也可以。

她那著名的妈妈卢秋萍，是正宗西关小姐，外公是富二代兼经济宽裕，属于旧时说法里的南北行太子爷，本就注重珍馐美食，还经常请名厨来家到会。

父亲吴建邦，生于澳门，祖籍佛山市南海区，二十世纪六十年代起，先后担任广州市粤剧团、广州市文艺创作研究室专职编剧。爷爷则是从前南海地主，吴建邦从小也惯吃美食。

二十世纪七十年代，是个物资相对匮乏的年代。

“我妈嫁我爸时，都说我妈嫁了个有钱华侨仔，其实当时我爸每月工资 29 块 5 毛，我妈每月工资 50 块。结婚后，我爸每月给阿嫲 19 块养他的弟妹们。”……这是个美人爱才子的现实版故事。

“到我出生时，钱不太够用了。父亲早上四点去工地打石子，怕学生见到，想法子蒙着脸做。到七点返家冲个凉，八点回办公室写剧本带学生，下午四点下班去幼儿园接闺女。吃完晚饭去文化公园讲古兼带闺女，记得当时讲的是《虾球传》。九点讲完返家，每晚两块报酬。一人打三份工。”

按说当时这代小孩并没有机会吃很多美食。可是也巧，澳门何贤先生极喜卢秋萍的演出，故当年返穗听戏，她也跟着吃了不少出自点心名厨罗坤之手的点心。

再后来则是二十世纪八十年代，改革开放，父亲经商，酒楼也开始做高档菜，鲍参翅肚货真价实地又出现了，白天鹅宾馆也开业了。

粤剧名伶住西关的很多，孩子自然是在西关长大。成人之后不论去过多少地方、住在何处，口味中都仍有幼时的印随和底子。

关于有西关传承的家宴，港地媒体曾以“传统粤菜的精华味道”为题，细聊过其中一次他们的家宴：

“蟹肉片儿面，这是当晚最具观赏性的一个菜。师傅手中的两支面杖，犹如‘双节棍’，擀、推、拉、切，原本一小坨的肉白面团，在师傅的手上，像圣旨一般徐徐展开，直到变成一张薄如蝉翼的透明面皮，然后配以新鲜拆好的红蟹肉、笋丝，同煮几分钟即分碗上菜，食之蟹肉鲜美，面皮弹牙滑溜，尽现粤菜师傅的手上功夫。

“甜食三道：传统咕噜肉、网油汤圆和绿豆沙。咕噜肉是最传统家常的粤式小炒，网油汤圆和绿豆沙则是粤人喜欢的甜点和糖水。这三道甜食是家宴中最常见的家常菜，但要做好也实属不易。咕噜肉无肥膏则不滑，汤圆若搭配不当则容易油甜生腻。

“主人家专程选来了带点肥膏的梅头肉，让师傅切得粒粒起角处带有肥膏，然后用鸡蛋来拌粉包浆放入加温至200度的油锅炸至8分后，捞起和菠萝、彩椒、葱段回锅爆炒数分钟，再拌以酸梅酱和山楂制的酸甜汁一拖，新鲜出锅的咕噜肉一咬下去，即有香油溅出，酸甜适度，外脆内嫩，肉质弹性十足。在网油汤圆里，则别出心裁地让师傅在香甜的芝麻馅里加入了一点点法国海盐，然后用甜姜汤做底，绿豆沙中则加入了上好陈皮和臭草，因配搭得宜，甜点香浓依旧，口感则更富有层次。

“先上的是凉菜白卤水鹅掌翼，肉质爽口弹牙，骨亦清香有味，把肉皮吃尽还能把骨头嚼碎，齿颊留香；第二道柚皮炆鱼肠。这道家常菜看似简单，但须先用新鲜猪油煎香鱼肠，再与焯过水的鲜柚皮同煮，炆出来的鱼肠才能不带腥味，柚皮也甘香淋滑，如此这般方能以瘦入肥，使瘦物丰腴有味。

“太史田鸡。据说，此菜颇有来头，是民初广州首席美食家江太史所创名品。这味夏季汤品，用野生田鸡、冬瓜、瑶柱丝、毛尾笋丝加山泉水慢火炖制。色极清，入口亦清甘，肉味与瓜味配合天衣无缝。郭老说此汤清而不浊，味道清但其实丰厚，特别是回味清香甜美，很有民国的审美特色，清雅而不脱俗，可以感受雅士与尘俗相融的一份清逸之气。

“第四道荔蓉窝烧鸽是广州泮溪酒家的传统名菜。这道菜的荔蓉并非用荔枝作料，乃用芋泥拌虾胶捞猪油制成，其香无比，软滑腻带点磨砂口感。调好的荔蓉配嫩滑的鸽肉丝，加上外面一层酥炸脆皮……

“从百万葵园挑选的两只上好葵花鸡，一斤鲜鸡肝，被烹制成了凤髓松露鸡。这道菜是由传统名菜金华玉树鸡和碧绿凤髓鸡做法上改良而来。传统做法中的碧绿与玉树都是指郊菜，因菜不应节故弃之不用；金华指火腿，也没有选用。鸡浸熟切件后，选用了时下流行的珍贵的黑松露做配料，每件均伴上一片薄薄的鸡肝片，吃起来很有层次，鸡肉的香滑、鸡肝的甘美、松露的浓郁咸香，三者奇异地组合在一起。

“鳖又称甲鱼、圆菜，历代文人雅士奉之为味之极品，也是家宴中用来招待贵宾的招牌菜。第六道清炖甲鱼特别讲究选料，选用的鳖是罗浮山中用山泉水养的中华鳖，采用野生放养方式，两年多才长到一斤多，用山泉水配当归火腿炖三小时方才肉嫩骨软，而且依然汤清味甘，裙边极滑，肉质极嫩带甘。”

家宴说来是家常宴会，丰俭由人，费的是主人心思。

然则说起西关家宴的话，这场有旧时风范。

有些故事，是可以一直讲下去的。

夜香花

夜香花五月开始有。

如果说入冬的硬标准是连续若干日气温10摄氏度以下，珠三角地区常常处于入冬未遂状态。

年年的日历像是考试答卷的空白处，未遂之时也总得胡乱填上些什么。

所以在一个偷工减料乱填气温答案的冬天时段过去之后，南国之春时段继续延续学渣风格，别处有四季如春，咱们则春如四季，早上春风拂面，中午艳阳高照，下午秋风落叶，晚上气温陡降，街上的人和家里的衣柜，都是最乱的时候，短袖风衣羽绒全摞一处。

老话一直说，“未食五月粽，寒衣不入笼”。虽则气温时常热得要开冷气才睡得着，可还是要等过完端午，被子什么的才能束之高阁。

到了这时忽然就进入了擅长项目答题阶段，而且是花式答题：夏天是吧，热是吧，燥热、潮热、闷热；潮闷热、清蒸的热、干蒸的热、白灼的热、红焖的热、煎焗的热、早晚一样热。真是卷子太短，答案太长。

在没有空调的古早年代，夜香花是过夏天时的辅佐小技能。夏日漫长，头晕脑胀没有胃口之时，各式汤汤水水上场。粤式旧菜经典之一是冬瓜盅，或大或小的冬瓜掏个半空去籽，陈鸭肾瑶柱草菇莲子火腿林林总总，该汆水的该浸发的都弄妥，通通切粒放进冬瓜里，再把冬瓜原盖扣严实，隔水炖，出锅要吃前撒一把夜香花苞。以前如果没有夜香花苞，大师傅不乐意做冬瓜盅，少了那阵特别醒神清异的香，欠了最后的点睛。

变种的类似夏日菜肴，是清末民初南粤美食标杆江太史家的“白玉藏珍”：“用整块冬瓜盖住鲜菇、鲜莲、冬菇、干草菇、云耳、榆耳、竹笋等一大堆佐料，加素上汤炖够火候，再撒上夜香花而成”，这个是素菜。

夜香花一般就指夜来香，通常都特别注明是“多年生藤状缠绕草本植物”的那种，因为有种木本植物也叫夜香花，有毒不能吃。

实际上日常做菜用的，应该是夜香花的花苞。

清人徐珂的《清稗类钞·毛对山食夜来香》：“花中之夜来香，直北颇贵，至粤西，则人多取以入馔，风味颇清美，谓于餐菊之外，添一故事。一日，毛对山在酒楼小饮，适有此品。众谓此三字，对殊难其偶。对山戏拈盏中‘春不老’三字以对之。”

毛对山，即咸丰同治年间的名医毛祥麟。春不老，“为江西省鄱阳县名菜，仅产于鄱阳县鄱阳镇东湖四岸，上士湖的西门高门一带，也就是在鄱阳镇旧城周边生长，出城数里则变之为芥”。至于“保定府三桩宝，铁球、面酱、春不老”里的春不老，又名雪里蕻，也还是芥菜的一个变种。

说回夜香花。这花香得发臭，到晚上香味盛时尤甚，入馔的是花苞。一般家里用它做菜是做成极简版本，还直接当主菜吃。比如夜香花煎鸡蛋和夜香花猪腘汤，自然也有说法，祛风散寒益肝明目，总之是哄家里人吃下去，吃个啥都强调一下附加值。

夜香花苞做菜，略考手艺，太生有臭青涩味，太熟那股特别的清香就没有了，这菜就做得毫无意义，吃或不吃都让人为难。

这花的来历，有说是原产于中国华南地区，而《广州植物志》里说，此花名出《植物名实图考》：“原产热带亚洲和马来亚。约10种以上，广州栽培一种。”这书特别惜墨如金，就是这一条破例还加了一句：“本植物的花极香，除观赏外，并可和蛋或肉类炒而作馔。”估计作者是个特别爱吃这花的，到了说其他植物的时候，能不能吃一句都不提。

有一次吃怀旧粤菜，炸云吞旁边配了一把天妇罗版本的夜香花蕾，吃得相当之高兴。

粤语里，夜香花和夜香是两码事，说夜香花时不可以省略花字。因为家家倒马桶年代，倒马桶就叫作倒夜香。本来应该是夜臭，但粤人一直有把他们认为不好的词替换成反义词再说的习惯，就说成了夜香。类似的例子，则是猪肝说成猪膶，空屋说成吉屋。

这七拐八弯的，可以用来出粤语十级考试题。

集齐五花

集齐五花，肯定打不成同花顺，扑克牌里只有四种花，方片、梅花、红心和黑桃。

小时候，有一阵子书包里揣着副迷你版扑克上学。那副扑克是正常尺寸的一半大小，大小鬼分别是只彩色和黑白色兔子，上海产，大概是爸妈的战友来广州出差送的小玩意。

一下课就掏出扑克纠集小同学玩两把。想来真是远古蛮荒时代的好日子，老师不告状，家长不紧张，小学生们下课回到家时，基本上已经在街巷和路上疯玩过一两场，脏得像泥猴。

粤地过完端午，已经是暑天，接踵而至的六七八月，属于红焖加烧烤天气。

各家外婆奶奶们此前收集晾晒的成果开始派上用场。三月份时金银花被摘下来晾晒，四月份时是木棉花，五月份时她们集鸡蛋花，黄菊和白菊一般去中药铺买，槐花是哪里来的没搞清楚。

印象里国槐是北方的树，温带树种，喜欢光，喜干冷气候。开花时，用槐米槐花做成包子和饼。可是它们在高温高湿的华南也能长。这不算是个重点，粤地吃食一向拿来主义加混搭，商埠城市货如轮转，煮个杏仁糊都南北杏皆用，只是北杏用少些，只取其香。

总而言之，那些收集来的花刚开始时看着还有个花的样子，晾到后来那叫难看的一堆或者一撮。它们被分别收集储存多日之后，终于齐聚一锅，被煮成了粤版南派的五花茶，可以清热祛湿、清肝明目什么的。

小娃们被哄骗喝五花茶的时候，一般在午睡起来后。也不是人人都能喝，底子弱的不能喝。那时候的小孩经常顶着大太阳在街上疯跑，时不时班里还有一两个长疖子的男娃，那种就必须喝。

五花茶不苦，算是凉茶里面最轻量级的，可那也要有点火力的人才能消受。

时至今日大人小孩都极少暑天在户外待着，五花茶能派用场的机会不多。

它们更多的时候，是幻化成从前那些别家阿婆阿嬷的背影，和酷暑天。

㊂ 不正经吃饭的粥粉面人生

再勤勉的人，也不会在家里每日三餐都做上个几菜一汤，煮的人和吃的人都消受不了。

街边小铺各色小吃齐备，分工细致，各擅所长，粥粉面饭俱全。家里做起来工序费时麻烦的吃食，自然就有人开个小铺当成生意做起来，天长日久，术业有专攻，独沽一味也能成一方翘楚。

嗜食城市里的小吃店星罗棋布，贪吃的小孩兜里有零花钱的话，沿街走去一不小心就能给吃顶了，回家自然不能正经吃饭。

而大人忙不过来的时候，倒是可以打发他们到街上去解决一顿，这也不叫或者不算做正经吃饭。

然则不正经吃饭的沿街粥粉面生涯，是此地儿时少时最愉悦的记忆之一。

吃下去的远不止于粥粉面：这档吃碗牛三星；那档剪两串萝卜牛杂；和小同学分一碗猪红汤，互相交流使劲往里放胡椒粉的经验。趣香饼家卖核桃酥、蝴蝶酥和鸡仔饼；顺记冰室门前现烤蛋糕仔；德昌咸煎饼很结实，钱不够可以买一点点牛耳饼或者盲公饼；学校附近还有卖咸酸和丁丁糖的走鬼档。

到独生子女那一代，估计就被看管得严实多了，也许他们要等到起码上初中，

“明火白粥”还可以做生滚粥的粥底，粥要煲成几近水米交融状，入口要绵要香。
（供图／白天鹅宾馆）

才会在大街上小档旁开启不正经吃饭生涯的副线。也不是完全没好处，零花钱会多一些。

家里负责煮饭的人，偶尔也会提出不正经吃饭的建议，通常是夏日炎炎之时。人人热得没啥情绪，于是如下建议出笼：“要么就煲个粥，炒个粉？”

这句其实也是粤地居家对话的常用切口啊，和电视剧里著名的“我去给你煮碗面”使用频率差不多。你可以说好啊，也可以说不然就出去吃。

煲粥炒粉的技术要求和工作量，因为有街外专门小铺的行业标杆做比较，想要认真达标也费点工夫，情商高一点的做法，大抵是建议一起到街上吃。

成年人不正经吃饭生涯里的正经乐子，也许是互相交流和拓展各自储备的最佳味道粥粉面小店名单。

煲个粥：著名早粥和夜粥

粤地出名的还有“明火白粥”，如果家里煲，用的也是煲老火汤的煲。

说是白粥，实则里面还放腐竹。腐竹和米都要浸，有些人还会事先用油盐拌一下，叫作“捞”，反正是各家有各家的法门。粥要煲成几近水米交融状，入口要绵要香，和潮汕人煮的粥不同，也不是北方的稀饭。

水烧开后才下米和腐竹，武火再烧开后转文火，煲个大概两小时。煲粥时忌中途停火或者中途加水，同时不要搅拌，这样就不会烧糊。

武火要煲滚，文火要煲透，冬春粥宜稠，夏秋粥宜稀，早上吃的宜略稀，午夜吃的宜稍稠。

几近老火靓汤的粥，是菜干猪骨粥和柴鱼花生粥，至于白果腐竹粥，被本人私下归到白粥里去了。最出名的皮蛋瘦肉粥，则各家自己发挥，老火的有之，貌似生滚的也有之，其实吧我觉得还是老火来煲更好吃。

老字号陈添记，隐藏在西关的窄巷里，招牌菜里包括艇仔粥。（摄影 / 陈海平）

生滚粥另做粥底，临要吃时，再加上预先腌入味的肉类材料。

这种粥底叫作味粥。生滚粥是否好吃，一半的重点是粥底，在煲白粥时添入有味的材料：从前讲究的粥底放江瑶柱（也就是干贝），稍次的则放大地鱼，再次的放猪骨。大地鱼事先要放在炉上慢火灸香用布袋装好，再入煲。而街坊们评价粥是否好，通常都是说这家店的粥底靓不靓。

这里卖生滚粥的档口里，是师傅左手一个像奶锅似的小铁锅，右手一柄大汤勺，从白粥大桶里舀一勺进小锅，粥滚之时放入预先腌制入味的各种肉料，视你点的是什么而定。

料入粥中，使汤勺再将粥和料一并舀起落下数次，在炉火上和粥一起灼至刚熟，倒入碗中。生滚的意思，是将生料放入粥里滚熟。

生滚粥花样百出，你爱有多少种就有多少种。艇仔粥、鱼片粥、骨腩粥、猪红粥、鸡球粥、及第粥、腰膶粥、牛肉粥、花蟹粥、泥艋粥、菜粒粥……

好吃的生滚粥，粥底绵滑，粥料恰熟有味，也必须时间刚刚好，料不熟当然不行，太熟则不滑不鲜。

说起来一碗几块钱的粥，如此这般要求，听起来像是讨打的节奏，然则这口味也是全城居民长年被粥档惯出来的。

荔枝湾艇仔粥

似乎出名的粥都是生滚粥。大概是老火粥在自己家里就煲了。

西关地出名的艇仔粥，也是生滚粥，起初是水上人家在艇上卖，粥里的料多：小虾、鱼片、瘦肉、浮皮、海蜇丝、叉烧丝、烧鸭丝、鱿鱼丝、蛋丝、干贝丝、油条丝、生菜丝、炸花生和葱花。倒也不是都放，那还不卖粥卖到破产，这里面的总有几样就是。到客人要吃时，将滚烫的粥底倒入配料中烫熟就好。

同样是粥，艇仔粥量足实惠，吃到嘴里每口的料都不一样，小虾和鱼片负责鲜甜，烧鸭丝或叉烧丝负责咸香味，浮皮丝、鱿鱼丝有不同的弹牙感，炸花生和葱花负责香，再加粥底绵滑滚烫，就理论上而言，一碗艇仔粥相当于生滚粥里的小满汉。

这粥也可以叫作荔枝湾艇仔粥，因为的确是当年去荔枝湾游玩时，几乎人人都要来一碗的粥。

清末民初的近代诗人黄晦闻，曾执教于北京大学、清华大学，一度出任广东省教育厅厅长，和友人到荔枝湾游玩，写了首诗："东去珠江水复西，江波无改水西堤。画船士女亲操楫，晚粥鱼虾细作齑。出树乱禽忘雨后，到篷残日与桥齐。重来三月湾头路，蔽海遮天绿尚低。"

"晚粥鱼虾细作齑"。而实际上，这粥的实惠好吃，还在于户外青天绿水，荔枝湾水域小艇荡漾，你心情愉快地从艇上买了碗粥，还吃了个饱。

状元早餐及第粥

到了广州说"及第"，大伙首先想起的是猪杂粥或汤——古时候"高考"的衍生食品。

具体食材配料各家略有不同，明代广东状元伦文叙代言的那款如下：猪肉丸、猪粉肠和猪肝，用这三样来生滚白粥，也叫成三及第。到现在高考时候，广州人家也让孩子去喝这粥，要个好意头、好口彩。

相传小伦家里穷，要天天卖菜，隔壁卖粥的邻居一看这孩子聪明，就搞了个小型“希望工程”，每天给一大碗这种粥让小伦当爱心早餐。后来小伦果然大有出息，衣锦还乡后立马就给邻居送了块匾，上题“及第”，直接策划配合开发打造名牌粥品，比感谢信实惠多了。

还有个几近玄幻恶搞的故事也一本正经流传至今。说是晚清一个不识字的肉贩，凭着私塾先生教他用来写街市招牌的“猪肉”“猪肝”“猪粉肠”七字，一路诸多巧合之下狗屎大运亨通连中三元。

另一个查有实据言之凿凿的，是清代粤西状元林召棠的配方。

话说林召棠中了状元回乡拜祖，回了家当然铆着自己爱吃的玩意猛吃。粤人爱吃猪杂，这状元也不例外，天天都吃用猪肝、猪腰子和猪肚丝煮的粥。有一天，林状元正喝粥呢，一位退休老御史从几百里外的广州跑来围观他，遂赶紧招呼老御史同吃。其实老先生是替自己家孩子打听“高考”经验来了。老人家问：“好吃，你这什么粥呀？”“全国高考状元”马上指着那粥恭敬地回答：“及第粥。”

退休老御史回家就让厨子天天煮这粥给他孩子吃。他家孩子估计是吃得很烦，就赶紧也中了个状元。

嗯，林状元呢他的确是个状元，至于粥的故事，就随便他乡亲父老们说了。

到了二十世纪四十至六十年代，“三及第”还引申指一种文言文、白话文和广东话夹杂的书面语，这样的文章体裁在当时的粤港澳报纸很流行，好处是文言压阵端庄肃穆，白话文为主简明易懂，方言做阵前先锋亲切鬼马。

时至今日，港地报纸也仍然是社论用一本正经的书面语，翻到社会新闻或娱乐版则多是方言俚语，直看得惯说普通话的粉丝们如读天书。其实不懂也罢，实在是经常很有点恶俗。

著名夜粥和西关“二嫂粥”

粤语里说“夜粥”，有特指。

这么说的缘由，是以前跟着师傅练武的徒弟们，并不算温饱有余，但练完拳脚之后消耗也大，于是师傅领着众人出来吃宵夜。徒弟一群，师傅也不宽裕的话，通常是每人叫一碗粥。

到后来，说某人“食过几晚夜粥”，真正的意思是这人学过点拳脚功夫。

西关地曾经有档出名的夜粥店，叫“二嫂粥”。

关于这家粥店，香港名厨陈荣的记载比较详细：

“假如你是个中年人而对饮食轶趣又肯加以注意的话，相信会记得广州西关的‘二嫂粥’。因为‘二嫂粥’很特别，每晚午夜后开市贩卖，到黎明天刚发白时，便告收市，是午夜后方有发卖的粥，白天与午夜以前的大段时间，不会吃得到‘二嫂粥’的。

“所谓‘二嫂粥’，便是广州西关内西猪栏内一间小粥店的粥。那间在西关猪栏内的小粥店，是位于梯云路的一条小横巷中。这条小横巷，一头也可以通到大同路。小粥店的老板，便是二嫂夫妇和翁四人。

“……二嫂虽荆钗布裙，但落落大方，对顾客温文有礼，生意门槛，相当到家。因此顾客到来吃粥的，都吩咐她去烹弄端上。她的丈夫行二，顾客便叫她‘二嫂’。日子久了，便叫那间小粥店的粥做‘二嫂粥’。

“二嫂的粥根本不是一种特制的粥，只及第粥与鱼片粥等普通粥品，不过用料上选，而烹制又不粗滥，所以顾客便觉得很甘美。同时，到广州去的人，只耳闻‘二嫂粥’的名字，以为是一种特制粥品，亦有特意到来光顾，光顾时始知是及第粥鱼片粥之类，并非特制品，但因为食味根本不错，故此亦认为此行不虚。

“‘二嫂粥’于午夜后始开市，黎明发白便收市的原因，是一种别的生意经。

一九三六年至（一九）三七年间，广州民康物阜，是繁华的黄金期间，接近西关的陈塘地区，不特（不止）酒家林立，而且夜夜笙歌，花筵鼎盛，那些到陈塘酒家酒楼去宴饮的豪客们，往往午夜酒阑席散，仍彼此搓麻将，或四更始散伙，或五更始散伙，或天刚发白时始散伙不等。散伙之后，腹中有些饥饿，而茶市又尚未开始，想吃一碗粥，也苦无去处。二嫂的家翁看清了等人客有这需要，便选定这个时间卖粥，同时，最重要的还是二嫂对顾客的招待，殷勤周到，所以午夜后从酒家搓麻将散伙的人们要吃粥，固非光顾这小粥店便没有别的去处，同时，因二嫂对顾客招呼周到，亦乐于到来光顾，于是便形成各食物店的粥各都以用料作名称（如用鱼片做用料的粥称为鱼片粥等），唯有这间小粥店的粥，虽用鱼片或猪杂（及第）作用料，但人们相谈时，却不称鱼片粥或猪杂粥，而统称做‘二嫂粥’，粥名而冠上‘二嫂’两字的称呼，却很少见。

“‘二嫂粥’的名称日渐传播，这小粥店的生意当然不俗。后来广州沦陷入日军之手。经过悠长七年有余时间，后随战事结束复原，但是势易时移，陈塘花筵由式微到遭受禁止，‘二嫂粥’便不复出现，只给广州留下一段饮食轶趣，给好研究饮食者作为掌故谈佐而已。”

当时的美食达人和行家，都不约而同地提起过这家粥店，比如港地名厨陈荣所著的《入厨三十年》、港地报人陈梦因所著的《粤菜溯源录》。二十世纪五十年代，陈梦因身为香港《星岛日报》的总编辑，因为每天要看大样，所以自嘲是“特级校对”，并以此为笔名同时在报上撰写“食经”专栏。

能让从前厨界好手和美食专栏作者念念不忘的粥档，应该是有意思的粥档。

炒个粉：那些扁扁的粉

产稻米的地方，米粉都好吃，各有各的好吃。

也许有很多人和我一样，不喜欢正经吃米饭，却乐于接受各式米粒变形而来的吃食。

北宋《太平寰宇记》："周时南海有五仙人，衣五色衣，骑五色羊集楚庭，各以谷穗一茎六出，留与州人，且祝曰'愿此阛阓永无荒饥'。言毕腾空而去，羊化为石。城因以名，故又曰仙城、曰穗城，皆以此也。"广州，简称穗，别称羊城和花城。

再引一遍上面那段从小听到大的文字，是因为在网购年代的今天，这情形脑补起来，像是特别负责任的良种稻谷公司专机送快递。

"岭南文库"丛书里专门有本《岭南文化》，那上面说："广东是世界上最早开始将野生稻变为人工栽培的地区，英德牛栏洞出土有距今约12000年前的人工栽培的非籼非粳水稻硅质体。曲江马坝石峡遗址也出土有4000多到5000年前新石器时代晚期的栽培水稻遗迹。……说明在广府民系地区，稻米已开始作为食物的补充。经过漫长岁月的实践，提高了稻米产量，才开始长达数千年以稻米为主食的生活。

"西汉南越国时期，他们除将稻米煮成干饭或粥（稠的叫饘，细的叫酏）外，还懂得将米磨成粉，加工成面条状，（称为汤饼）作食用。"

这汤饼听起来像是以前广州出名的沙河粉，也像是潮汕地区的粿条。以前菜牌上有道吃食叫作炒贵刁，实则是闽南话里的炒粿条。

米粉有干的有湿的，有宽的有窄的，有汤的有拌的，有炒的有煎的。可以从早吃到晚，也可以从此处吃到彼处。脚踏南粤大地，稍微远一点，江西米粉、湖南米粉也出名，广西最出名则是桂林米粉。稍微近一点，粤西有捞粉，粤东有粿条和粿汁。

米粉的范围还是太大，广州人说米粉，一般就指细绳条状的粉。扁扁的由米浆蒸出来的粉皮叠起来切成条状，叫河粉，指的也是沙河粉的形状；卷起来的叫肠粉。

更直接的是对着一桶调配好的米浆，即点即蒸而来的拉肠，全称布拉肠粉，有用布垫底蒸米浆的，有用铁盘蒸的，有用竹编窝篮蒸的。至于内容，也是随你喜欢，已经腌入味的肉料随着米浆一同放进去蒸，牛肉肠、猪肉肠、猪腰肠、虾肠，什么都不放的叫作斋肠。

都是蒸完了用刀或刮板刮出来放在碟子里，浇上店家配好的酱油。好吃的拉肠，粉浆配比很要紧，自家配的酱油也要紧。二十世纪八十年代轰轰烈烈的个体户年代，西关地的拉肠小铺各花心思，有独家配好粉浆豉油的，还有烧腊档和旁边的拉肠店合作的：那里的拉肠浇是烧鹅汁。

拉肠店做的是街坊生意，通常也兼卖生滚粥。

卖汤河粉的则是和卖云吞面的在一处，想吃炒河粉要去酒家、小饭店或者大排档，还有种本地人爱吃的粉叫作陈村粉，也在酒家和、饭店和茶餐厅里卖。

不论茶楼酒家和粉面食档，一路红过来的一道主食，是干炒牛河。说在家里煲粥炒粉的，通常也是指炒河粉。炒米粉的也有，指那种干米粉泡好之后再炒，星洲炒米粉算是怀旧吃食。

本地人长久出差或游玩归来，通常都会嚷着要先吃一份干炒牛河——不加芡汁的牛肉炒沙河粉。

有干炒自然有湿炒，炒了之后打芡，吃的时候要拌匀。到了现在如果酒楼里有卖湿炒河粉的话，一定要试一试，炒的路数和诀窍和干炒不同，炒得好的是真好吃。

以前做乳鸽出名的聚宝酒家有湿炒河粉卖，现在不知道还有没有。

广州人民热爱的干炒河粉，钟征祥所著的《食在广州》里说过来由：

“它的创始人，就是现在五羊地下餐厅的大厨师许彬。四十多年前日寇侵华，广州在一九三八年沦陷之后，衡阳又遭敌机轰炸。离乡别井在衡阳西园酒家谋生的许彬，眼看百业凋零，酒家门庭冷落，日子越来越难过，只好咬咬牙南回广州，与双亲一起在杨巷路经营云吞面食糊口。但是那时生意冷淡，独沽云吞面亦难以维持，便兼营炒粉。从前炒沙河粉都用滑炒，炒后打芡上面，所用的芡头离不开生粉（豆粉）。有一晚，摊档的生粉刚刚用完，要去购买又被日伪设的卡口拦截不许通行，无计可施。恰巧这时来了一名日伪侦缉，抽完大烟要宵夜吃炒河粉。许彬的父亲许伯畴有个脾气，就是料头不足决不制作，于是便回绝说原料不足炒不成。可是这名侦缉老爷却蛮不讲理，执意要吃，最后竟拔出手枪来威胁。争持不下，许彬的母亲出来打圆场，并打发许彬去炒粉。小伙子人急智生，想出个不施芡头干炒的办法来应付：先落油下镬爆葱头，炒芽菜，加粉炒拌，然后才把拉过油的牛肉投入镬中一起炒制。结果那侦缉老爷以后每晚都来指明要吃这种炒粉。那时，要挣多几角钱买生粉也不容易，许家父子乐得把买生粉的钱省下来，专门炮制'干炒牛河'，还佐以桂林辣椒酱，兼卖祛湿粥。一时顾客大增。后来，洞天酒家的老板看中这种美食，拿到酒楼销售，各茶楼酒家也争相仿效。从此，这种廉价的街头小食便登上'大雅之堂'。"

那个，会不会以后大伙要吃干炒牛河的时候，心情稍为复杂一些呢。

吃碗面：云吞面和其他面

云吞面的正确吃法及自我操作

每个广州人心里，最少有两家云吞面铺。

一家是附近的，抬腿就能过去吃；一家是全城口碑好的，或顺路或专程去试，名单持续不断更新中。

通常没什么人在家里做云吞面，都是去街上面档吃。

早年的时候云吞面是小贩挑着担子在街边卖的，按面的大小分量不同叫"大用"和"细用"。

广州最出名的云吞面，都在西关地。
（摄影 / 陈海平）

最出名的“池记”原本就出自西关地，有钱没钱的都爱吃，在街边吃。到现在香港有“池记”，可以网上请代购买这家瓶装的虾子，家里捞面或者揣着出去吃时撒上一些。

粤语“用”和“蓉”发音差不多，也有说云吞煮熟时在汤里似芙蓉，反正口彩好，所以香港面点里叫“细蓉”和“大蓉”。

会吃的都叫“细蓉”，面家的标准操作，应该是端上来时看不见云吞，面在上面；客人则该先吃面再吃云吞，最后喝汤。

理由都是基于这面恰熟时最爽滑弹牙，浸久了口感就变。店里可以先煮云吞，面是即叫即“渌”（烫的意思）。急着要吃饱的才叫“大蓉”。

这算是云吞面铺和食客长期达成的默契。前阵子回西关玩，看到游客多的“丽的面家”在每张桌上放了个小牌子，仔细说明云吞面吃法步骤，挺贴心的，不是每个游客在此地都有好为人师的苏丝黄朋友。

曾经有厨房十项全能的非土著女友说，要在家里自己做云吞面。听了乐呵呵地和她说，首先，你最好先上山去砍一杆最粗壮的大茅竹，养个一年半载的，预备好了才可以用来压面，全盘复刻竹升面。

不如先考虑一下复刻汤底和云吞，这个我有陈荣师傅的古法商业秘籍如下：

“用料：云吞皮若干，宽条面或幼条面若干，韭王（或韭菜）若干，白菜心（或芥蓝）若干。煎汤用料：大地鱼若干，虾壳若干，猪骨若干，大豆芽菜若干。办馅用料：猪肉鲜虾，鸡蛋，生盐，麻油，古月粉（即胡椒粉），豆粉。

“制法：（一）初步工作，先行开始煎上汤。这类上汤只宜于云吞面用上汤并不是酒楼制鱼翅的上汤。这类上汤，虽经过一番麻烦工作方可成功。并不能苟且。同时用料有些又要经过储藏，非一蹴可至。

“各项汤料制作过程如下：（甲）先行把大地鱼一只放在炉火中烧片刻，烧至鱼鳞迫迫（音 pò，在粤方言中用作象声词）作响，然后放在冻水里洗去焦黑色，再用一个小布袋盛着，留后用。

①店家用来压面的，是一杆粗壮的大茅竹。茅竹砍好后，养个一年半载的，预备好了才可以用来压面。（摄影 / 陈海平）

②丽的面家的细蓉面。（摄影 / 郭飞华）

“（乙）虾壳原本是弃而不要的东西，但它鲜甜美味，又够‘抢喉’，故此便需要用它。它的造法，也要相当工作与时间才可应用。开始是造虾头的经过，虾头与壳是先放在日光之下，晒至极干结，然后放入一个面袋里，袋口扎紧，再用硬物把它乱打一顿。打至全部碎了，然后放在一个瓦埕中，封密埕口（这方法乃是‘埋缸’，经过‘埋缸’之后的虾壳，自然放出的鲜香味。），封口之后，经过半个月，才可取用。

“（丙）猪骨放在沸水里滚一滚，这在酒楼的厨师叫作‘出水’，又名‘飞水’，然后用冻水一洗，以免血污留存。

“（丁）把大豆芽菜，放在镬中，‘白镬’（白镬既不用油）炒至全无水分，在炒的时间，加入生姜三五斤。炒成后，兜起来留用。

“（戊）此时，先行把虾壳加入大地鱼的布袋，预先煲成一罉滚水，然后把大布袋放下，大豆芽菜与猪骨，亦全部放下罉内同煎，煎这类汤可能用猛火。（酒楼的煎汤要用文火，与此有别）。煎至三小时，然后清去渣滓，再加入一些味粉，调准味道，调汤味时只可八成调成味，以后吃时略一加味。

③④⑤不论面条还是云吞，面是关键。（③④⑤摄影 / 郭飞华）

“（二）这时又开始办馅的工作，先行把上肉切成石榴子粒的大小（石榴子的比例，等于白豆的大小）。切成后，放下生盐和豆粉拌匀来挞之，越多挞则越爽。约挞二三十下，然后又加入鲜虾、麻油、古月粉和鸡蛋同拌匀，办馅即成。

“（三）包云吞的工作开始，把云吞皮包上一些猪肉，扎成一团，或者包成三角形。包成后，放在沸水中滚熟之，在未上碗之前，先放下一些生抽、麻油、古月粉、猪油、韭王或菜心等在碗中，云吞继续放入。然后把生面焓熟，熟后放在冻水中，过‘冷河’。转放回沸水里一灼。灼成后亦放在碗中，即加入沸腾的上汤即可。

“附注：上汤调八成味，云吞面店也是如此。他们又会把味精放入豉油中，弄至上碗时，把有味精的豉油斟一些落碗中，便是使它更有味。家庭制作豉油，不落味精亦可。”

所以呢，费完这些工夫，似乎是不开店都对不住自己。

在看完操作流程之后，广州人出街去吃云吞面的理由，真是很充分了。

自己吃碗面

说来是有点异相的，长在广州，这里的人无饭不欢，有些人，没有一碗米饭下肚，桌上吃了再多的菜肴，事后都还是觉得像是没吃。可是本人历来对米饭兴趣不大，除非它们变个身，变成米粉、河粉、陈村粉和米糕。

我从小喜欢吃面。碱水面、生切面、江西面、贵州面、伊府面、担担面、玉带面、龙须面、手擀面、刀削面、草帽面、搓面、揪面、鱼面、面线、汤面、捞面、炒面、煎面、凉拌面，恐怕是什么品种和做法的面都吃。

从前粮店里会售卖一种生切面，新鲜做的，雪白湿润一团，三两起卖，其时售价每斤三角五分。蜂窝煤炉上烧一锅开水，水沸煮面，舀一勺猪油，放下青菜肉片鸡蛋，下盐。煮好之后放些胡椒粉，再倒几滴麻油。吃起来青菜清香味和面香交织，热辣香滑，捧着大碗一通稀里呼噜，吃完整个人暖洋洋。

当年公共厨房中邻居们觉得有些奇怪，过来参观学习：哦，这种面原来是这样煮法。

她们偶或也煮面，碱水面。通常是湿面，有阔面，有窄面，盘成面饼状，不

①②③④吴财记面点传人吴锦云演示做面过程。（①②③④摄影 / 陈海平）

能存放太久。滚水中将面搅散捞起，用熟油、豉油或蚝油拌匀；讲究些则多一道“过冷河”工序，然后略爆姜葱再拌面，还可以煎个荷包蛋。

干面饼中选择多多，面均盘绕成婴儿拳头大小，有瑶柱面，鱼茸面，全蛋面，淮山面；菠菜面是绿色的，虾子面上可见看见许多虾子的微小黑点分布在幼细的面条上。小屁孩经过食品店时每每看得馋涎欲滴。

至于南国家喻户晓的云吞面，通常大家都不煮，出街买。当年之云吞面铺分布得就像现如今的银行网点，专卖云吞面和斋面，云吞河粉及斋粉；熬汤底的大锅恐怕也是整日不熄火。来不及做饭时，大人常给小孩五分或一毛去自行解决，斋面一两五分钱，二两九分钱。迄今记得旧时邻居一次宵夜盛举，是让他家小孩拿个钢精锅买回半斤阖家欢乐。家住西关的同学们均记得某处某家最出名是全蛋银丝面，现在早已被拆得不知去向。

蔡澜先生曾说广州已经吃不到像样的云吞面，唉，其实一间半间的也还是有。在面店中看到过北方美女嫌那些弹牙爽口的竹升面没煮熟，非要老板回炉。

若干年来，此城拆建变化得如同科幻，但不少人心里仍然不断寻觅或更新他们觉得熟悉地道的云吞面铺，它们散落在那些不显眼的地方。

①

这亲切妥帖踏实的主食极少出现在正规的大菜餐桌。能一起坐下来只为吃碗面的，要么是家人，要么情同手足。又或者，一个人吃。

宵个夜：大排档

都去过的吧？粤港两地曾经的大排档风景，驰名得简直不消说。

粤地大排档最盛是在个体户年代，一俟暮色四合，店家小二们就开始手脚利落地将大批桌椅沿着马路或巷子口旁边一路排开去，虚位严阵以待，蔚为壮观。

兴旺的大排档令所有人印象最深刻的，是那处炉火，必用鼓风机将火苗扇至笔直，蹿得有半米高。

真正是烈火烹油——铸铁大锅架上去，待锅烧红，厨师用大汤勺舀半勺油下锅，手执锅耳让油“搪”匀内壁，再将油倾出。待锅再被热至冒烟，下料。通常这时候锅内热得会燎出火苗，厨师这时通常用炒勺将料略兜两下，再将全部作料下锅……全过程炉火一直兴旺轰烈，大家管这个叫作“够镬气”，家里的厨灶绝没有这个效果。说来奇怪，越是兴旺的大排档，越够镬气；生意略差规模略小的排档，就是逊色。

粤地大排档传奇当数“胜记”，盛极几近二十年，以至于长堤大马路成为

①②③④老字号吴财记，仍然保留着传统云吞面的做法。（①②③④摄影 / 郭飞华）

当时的宵夜圣地，风头一时无两。据说它是第一批个体户经营的大排档里，最早舍得、胆敢重金入货山珍野味、生猛海鲜，即宰即烹的。很快名头粤港皆知，食客们的坊间传闻言之凿凿地说，香港著名富豪郑裕彤也慕名专程来此宵夜。

我念大学时回家可以经过那里，晚间远远就望见一片灯火辉煌得不似人间，而那些居然是临时拉线的大量赤裸灯泡照出的效果。及至毕业工作，被当成需要见见世面的新丁，也被拎过去那里宵夜。

胜记当年兼卖洋酒，人头马 VSOP 马爹利 XO，听得当时刚毕业的小朋友云里雾里。回想起来，在“啸聚”胜记宵夜的人群中，你很有机会看到不少粤人口中的过江龙、地头蛇，还有“捞家”。当然我也是到今天才想起来。

想起来的，还有当年各路英雄好汉草莽英豪在大排档宵夜原来痛饮的是洋酒啊。对，宵夜桌上还听老江湖们眉飞色舞地说，某某在狠赚一笔后，宵夜的时候开了瓶路易十三……粤地民风之威武剽悍，我居然到了今天才有体会——那不就是劫了生辰纲的好汉们大秤分金大碗吃肉？

那是财富原始积累的年代吧，饶是那样，最豪华的山珍野味和最平民的斋炒河粉，也可以共享那只烈火烹油的大铁锅和那些神乎其技的厨师。

㈣ 带你去食糖水

如果有人提议："不如，带你去食糖水？"

不要被"糖水"两个字骗了，关键字是"食"，准确的意思，是想带你去吃甜品。

糖水铺就是甜品铺，现在的老牌甜品铺里还卖咸品，粥粉面都有。

西关地的老牌糖水铺，品种多兼价钱友好，除了盛出来用个白瓷粗碗太老实朴素之外，没啥毛病。

糖水铺也是街坊最爱，放学时间，则学生哥、学生妹是主力。

以前卖的品种，窝蛋奶还挺极简的，花生糊、芝麻糊、红豆沙和绿豆沙。双皮奶、姜撞奶和凤凰奶糊稍贵一丁点，还有莲子百合炖双雪（雪耳和雪梨），椰汁西米露。龟苓膏则一直有；木瓜糖水也有，准确说是番木瓜糖水，那个最便宜。从前不卖番薯糖水，各人家里自己做；凉粉也不卖，那个也卖不起价，是街头小贩在卖。

除了纯粹导游，约你一起去食糖水这事啊，稍有些可圈可点。

没准对方还有一层意思：我的童年少年记忆和口味氛围，带你了解一下？

同你去饮冰

王菲唱得街知巷闻的《红豆》，有粤语版叫《偿还》，也是林夕填词。里面的惆怅诉说更小儿女态："从未跟你饮过冰，零度天气看风景。"

西关冰室，至今仍是西关少年难忘的一抹童年记忆。（摄影 / 郭飞华）

同你去饮冰，大抵都是念中学时候。一起约了去冰室，可以是小闺蜜同学仔，也可以是青涩的小男生和小女生。零花钱不多，在冰室里叫个冻汽水或者雪糕，说是冰室里碰到的也可以。

西关宝华路到第十甫那一路，老牌的冰室和甜品店，是顺记冰室、南信甜品店和美都冰室。美都冰室原本在皇上皇腊味铺对面，现在没有了。

顺记冰室曾经挂着的是椰林冰室的招牌，后来又改回叫顺记。这家的蛋筒雪糕从我们小时候一直卖到了现在。

现在要开单子的话，芒果雪糕里有结实芒果肉，椰汁雪糕里有椰肉椰汁，榴莲雪糕里有榴莲肉，均是料足甘香，完全可以秒掉好些名牌雪糕。而这么排序的意思，是说如果你都要吃的话，建议按这顺序来。

从前回西关逛，会专程去打包雪糕，每样来十个，分成三盒装。听着有点荒谬，可是那么亲切的价钱，忍不住手。

在我们还小的时候，全家在金声电影院看完电影回家，会经过顺记。经过的时候，对甜筒雪糕的期盼堪称小孩的人生终极梦想。雪糕掉下来过一次，只剩了蛋筒，这保准是令很多孩童大哭的缘由。

而当年全家坐在冰室桌旁的情形，在记忆里恍如昨日，那当然是幸福的模样。

有一种甜品，叫凤凰奶糊

“有一种甜品，叫凤凰奶糊。”我对每一个来广州的外地朋友、每一个还不知道这种甜品的本地朋友这样说，“你一定要试一试凤凰奶糊。”“还有，你一定要趁热吃。”“还有还有，你一定要去西关吃。”

去西关，民风保守，敬请莫要穿得太过香艳以致人人侧目，最好如丐帮弟子下山。

又：可在街上当街乱吃大嚼，不顾仪态。

“记住，云吞面可吃欧成记，虽然算不得太老的店。伍湛记是粥；买零食去第十甫，经过趣香可买一袋鸡仔饼；顺记的新鲜椰子及香芒雪糕一定要试，吃正餐及夜茶可往陶陶居及广州酒家……”

“咦，看来口腹之欲还是重要的。”

“沿途可瞻仰骑楼奇观，若要此行更为刺激，随街碰到卖龙虱的可以买两只硬往嘴里塞。”

而实情是，每当我领着外地来的朋友们在广州的西关游荡的时候，从来就只把他们往一家店里领——南信甜品店。南信甜品店不单卖甜品，牛三星粉（面）、云吞粉（面）、牛腩粉（面），各种馅料布拉肠粉……通通都有商量。

在朋友们津津有味地吃着这些广州人不想正经进餐而又需要给肠胃作点铺垫而发明出来的小吃的时候，我总是有些心不在焉兼迫不及待：我在等着他们开始吃甜品。一俟他们吃得差不多，我就开始奔向甜品窗口让店家开始炮制那道我心目中最伟大的甜品。

我经常逼着人家连进三碗甜品：姜撞奶、双皮奶、凤凰奶糊。顺序不能错，因为一道比一道甜。

姜撞奶，用鲜榨的姜汁放在碗底，把牛奶冲进去，很快就可以看见牛奶凝成豆腐花一样的一碗，吃起来是大部分人都能接受的味道和口感：香、滑、轻。

双皮奶，刮起炖好的水牛奶面上的那层奶皮放在碗底，用剩下的奶和蛋清混好，再炖。端出来的是凝固的一碗雪白。可以吃热的，可以吃冰的，香、凝、腻。

好了，终于说到凤凰奶糊：

牛奶和蛋黄混均匀，然后放在火上慢慢搅。一直要搅到牛奶将滚未滚的临界状态，此时牛奶和蛋黄会变成一种糊状。如果不到临界点，它们还是混了蛋黄的牛奶；如果过了临界点，立刻变成牛奶鸡蛋花。这就是说，每一碗凤凰奶糊，都必须是那种美妙的临界点刹那的产物。

①一碗碗雪白的双皮奶。（摄影/郭飞华）

当然我是在说一种甜品，可以完全忽略掉制作的层面，但问题是这种甜品吃到你的嘴里时，那种香甜滑腻得让你目瞪口呆的程度。嗯，那就是西关，我心目中的西关的味道。

这种甜品的香甜让一个南京来的朋友、若干广州的本地朋友腻得在白天鹅宾馆喝着浓茶对着珠江发了一下午的呆；让一对从杭州来的朋友腻得当场满头大汗且要喝醋压惊；嗯，让一位原来在广州现在去了北京的嗜甜的美女“唔”的一声，呻吟着说：“啊，耳边响起《欢乐颂》。”

有一种甜品，是如此这般的香甜滑腻，以至于完全可以向你具体地诠释什么叫幸福圆满。

——你一定要试一试。

②绿豆沙不能没有陈皮和臭草。
③沿街叫卖的芝麻糊如今都能在甜品店吃到。（②③摄影 / 郭飞华）

红绿豆沙

都是消暑甜品。咱们对暗号吧：莲子百合红豆沙，臭草陈皮绿豆沙。在有些人的旧口味里，煮红绿豆沙均下陈皮。

广东三件宝，陈皮老姜禾秆草。煲红绿豆沙的材料里就占了陈皮、老姜两件。禾秆草不能吃，以前菜贩绑菜用的，真环保。

有个古怪的说法，猫丢了，找地方拴几根禾秆草，猫就会回来。也许是邻居信口开河骗小孩的，我和我弟就曾在公用水龙头旁边干过这事。一周后家里那只半野生状态的猫咪背上带着刀伤回来了，也许它去偷吃了别家很大的一条鱼？那时候人和猫都很馋。

有人抱怨现在外面吃到的绿豆沙，不是没下臭草就是没下陈皮。

非常理解那种着急抓狂，小时候搭建的口味坐标参数很难再修改。那么简单的甜品，自己煲吧？也有些茫然，陈皮还好办，新鲜臭草去哪里找？那玩意就是芸香，也叫臭艾、小香草和荆芥七，以前都是在邻居花盆里揪下来一点。煮绿豆沙要下红糖。

绿豆沙清热，红豆沙说是能祛湿。这边的冰室红豆伴雪糕一年四季都卖，重点是吃那坨煲至稀烂沙糯的红豆糊，茶餐厅里也卖红豆冰。

说实话，在家里煮红豆沙咱一直水准飘忽，老没想起来泡豆子。这南国所生的相思之物，咱一直“搞唔掂”。

比起极简王道的红绿豆沙，略费工夫的是花生糊、芝麻糊。

泡好一小碗大米，炒香花生米，吹去花生衣，碾碎放在砂盆里用擂浆棍边磨边缓缓加点水，直磨至花生米浆都细滑，才倒至锅里端去炉上边搅边煮。

芝麻糊的做法一样，但漂洗芝麻然后炒干烘香很花时间，一不留神心急过火就全盘作废。现在，倒是可以用电动食物料理机省略磨浆工夫。

从小目睹左邻右舍家的婆媳们买餸洗衫择菜煮饭。做完三餐，有余暇的时候才会思量做甜品。做几碗手磨花生糊、手磨芝麻糊以及其他手磨一切。一辈子聚精会神地煲很多锅滋味复杂的老火汤，悉心做很多碟家常菜，煲很多碗红豆沙和绿豆沙。那时主妇们的辰光悠长，她们一直忙碌得秩序井然、琐碎安详。

那也是我所见的长久的爱，勤勉踏实，持续有力绵长，不动声色。

有一种甜品，叫凤凰奶糊。（摄影 / 陈海平）

浩荡珠江，穿城而过。伟大的商业，引领人们远航，无远弗届。（供图/FOTOE 图片库）

第四章

粤菜江湖及日常

㊀ 粤菜江湖

家有余粮之为什么都挺有钱

在一个全城各处都吃得花样百出的地方，居民们要有钱，或多或少，也得是家有余粮。揭不开锅的话，何来这等闲心思？

至于贫富差别，有个三年两载余粮和百年粮仓的，差别也挺大。

鱼满仓粮满仓的物流和现金流的简略横截面，明朝万历三十六年（1608年）葡萄牙传教士奥伐罗·塞默多，汉名曾德昭，在他的《大中国志》里记过一笔：

“葡萄牙人每年两次带着货物来到那座也叫广东（Cantone）的城市（尽管它原名是广州府）。……它方圆足有15英里，客商云集，因此它的人口比许多其他城市多。中国大部分最好的商品都由此处运往各地，因为它是中国最开放和自由的交易地点。且不说6个邻国的土著和异邦人运走的各种货物，仅葡萄牙人运往印度、日本和马尼拉的货物，每年约有5300箱各类丝绸，每箱装100匹真丝，如天鹅绒花缎（Velvet damask）和缎子、轻料如半花缎（halfe-damasks）、彩色单层线缎，还有250块金子，及每块重12盎司的2200块金锭；有7皮切（Pichi）麝香，重量超过35亚洛瓦（Arrova），每亚洛瓦重25磅，每6盎司合1磅。此

此地多年独家外贸港口，皇商赚大钱，小民赚小钱。（供图 /FOTOE 图片库）

外有小珍珠、糖、瓷盘、中国木、大黄，以及各种奇特的镀金器皿，还有其他不太重要的东西，即使长篇开列也不能尽举其名。”

明末清初，屈大均《广东新语》“黩货”条：“东粤之货，其出于九郡者，曰广货。出于琼州者，曰琼货，亦曰十三行货。出于西南诸番者，曰洋货。在昔州全盛时，番舶衔尾而至，其大笼江，望之如蜃楼屃赑，殊蛮穷岛之珍异，浪运风督，以凑郁江之步者。岁不下十余舶。豪商大贾，各以其土所直相贸，得利不赀。故曰金山珠海，天子南库。贪者艳之。”

聊到物流的还有“诸番贡物”条：“诸番之直广东者。曰婆利。曰古麻剌。曰狼牙修。曰占城。曰真腊。曰爪哇。曰暹罗。曰满剌加。曰大泥。曰蒲甘。曰投和。曰加罗希。曰层檀。曰赤土。其直安南者。曰林邑。曰槃槃。曰三佛齐。曰急兰丹。曰顿逊。曰州湄。曰浡泥。曰阇婆。曰扶南。曰彭亨。曰毗骞。曰天方。曰锡兰山。曰西洋古里。曰榜葛剌。曰苏门荅剌。曰古里班卒。是皆南海中大小岛夷。……以上凡十二国。皆尝来往广东者。旧例贡舶三艘至粤。使者捧金叶表。入京朝贡。其舶市物还国。次年三舶复至迎敕。又市物还国。三年三贡。或五年一贡。一贡则其舶来往三度。皆以澳门为津市。”

这则的最后一小段，终于聊到了小民们的小本生意怎么赚钱：“黄文裕云：

往者番舶通时，公私饶给，其贸易旧例，有司择其良者，如价给之，次则资民买卖。故小民持一二钱之货，即得握椒，展转交易，可以自肥。广东旧称富庶，良以此。助国供军既有赖，而在官在民又无不给，是因民之所利而利之者也。”

列了一堆资料的意思，是据此略谈个感想而不是瞎想：此地多年为独家外贸港口，皇商赚大钱，小民赚小钱。

粤地历来做生意的人也多，广东经济出版社《明清广东商人》载：

“据嘉庆年间（1796–1820）统计，广州、佛山、石湾三镇市经商者的籍贯，顺德商人占3/10，新会、番禺及各府县、外省商人占2/10，南海县商人占1/10。也就是说，在广州、佛山等地经商的商人有60%是广州帮商人。史称省会、佛山、石湾三镇客商，顺德之人居其三；新会之人居其二；番禺及各县各府，外省之人居其二，南海之人居其一。……从道光年间（1821–1850）各县商人向清政府所捐纳的税饷比例看，南海县的‘商贾十之六’‘地亩（农业）十之二’‘工作（手工业）十之二’；番禺、东莞、新安（宝安，今深圳南头镇）商贾十之三；增城十之二；香山（今中山市、珠海市）十之一。可见广州帮商人数目是不少的。”

小本生意未必压得起货，有种精乖伶俐的做法是略沾一星半点油水就肯出手，薄利多销求个货如轮转，常做常有。

清代嘉靖时期，叶权的《博贤篇·游岭南记》说：“广城人家大小俱有生意，人柔和，物价平，不但土产如铜锡俱去自外江，制为器，若吴中非倍利不鬻者，广城人得一二分息成市矣。以故商贾骤集，兼有夷市，货物堆积，行人肩相击，虽小巷亦喧填，固不减吴阊门、杭清河坊一带也。”

看起来这里的商家挺随和，特别乐于采用薄利多销策略。

“十年不发市，发市吃十年”的策略，理论上也可行，但前提是你的本钱足够守到那时候。

这里的商铺，到现在都是每天要“发市”的。开店第一笔生意，你如果还了价，略低一些也可以成交，档主都是说，“行吧，先发个市”，意思就是答应成交。以前陪朋友逛街，会略为提醒，上午的时候，不是真想买的东西别轻易还价。这天的第一单生意，如果档主答应了客人的还价交易还是不成，可能一天都觉得不开心，那天生意如果不够好，对你会有点怨念。

生意有赔有赚，灯油火蜡吃喝用度，打个平手略有盈余，日子就能过下去。生意往来少不了沟通应酬，自家的生意不论大小，招呼别人和自己家人都是预算，而对于酒店食肆而言，又都是生意。

《广州餐饮史话》里，有相关各行业聚餐和居民餐饮消费习惯的早年记载：

“广州民俗信仰，主要是佛教，也有信奉道教的，神佛诞辰之多，几乎无时无之。再加上门官土地等数以十计的家神，都有他们的令诞。

“还有各行各业的‘祖师’，如很多行业供奉的‘关帝’‘金花’‘洪圣’……真是庙宇遍布广州。每逢仙、佛及民间信奉的先贤诞辰，当事者都有吃喝饮食的惯例。特别是行业祖师诞已成为各行业聚餐惯例。‘关帝诞’则更隆重，几乎所有工人组织多有庆聚。

“‘郑仙’‘吕祖’等诞辰则是道教徒的聚餐吉日。较高级的宴会是‘祀孔’，这是官僚、名士雅集的节日当然光顾较高级的酒楼。至于迎神、建醮、水陆超幽等活动，更是一连数日，附近酒楼、包办馆便要忙得不亦乐乎。此外广州人的婚姻嫁娶，俗例是连吃三天的（俗称开厨吃到三朝），这是酒楼一项很大的业务来源。”

看来清末民初时，各行各业打工的日子相当不错，而且各家各户都需要酒楼。

曾经有对各地酒楼餐馆的消费统计，结果发现粤地自费的比例相当高。

其实在广州人的概念中，本地酒楼食肆的价钱大都合理，视场合需求的选择也多，自费不算是个特别要紧的重点，出门吃饭这事，似乎是抬腿就走进了自家厨房之外的另一个饭堂。

记得前几年，和公司同事AA制聚餐，在微信里晒了几张吃食照片，有其他省份的朋友表示愕然：“你们居然还能公款大吃大喝？”我也愕然：“我们自己的钱啊，怎么就不能了……”

创意菜：白卤水贵妃蚌（摄影 / 郭飞华）

如此有全城居民自费投票渊源的餐饮市场，当然一直以来都是高手论剑、各出奇招的江湖。

高手们的新意

近一个世纪之前，粤式点心江湖曾有一场轰轰烈烈的大赛，当时高手都加入其中，赛事一直延续多年，持续到今天还有余响。

大赛的起因和参赛主题，叫作“星期美点”。广东科技出版社 1987 年版的《食经》里，署名黄辉、胡卓的作者对“星期美点的由来”有详细记载。

其时江湖背景：

“清代末期，海禁大开，广州的商业比较繁荣，茶楼酒家亦随之而有所发展，有‘五步一楼，十步一阁’之称。各茶楼酒家的点心师傅既继承了传统技术，又吸收了海外传来的新技术，为点心的变化发展提供了有利条件。不过，这时的点心花色品种还不多，每个季节只变换一部分。”

风云初起：

“老板们为了多做生意，便尽力鼓励点心师多出花样，于是星期美点便应运而生。首创星期美点的是陆羽居名点心师郭兴。郭师傅这一创举果然了得，他使陆羽居顿时生意兴隆，对面的金华酒家立即仿效。不久之后又轰动全市，大小茶楼都大吹大擂地推出自己的‘星期美点’。”

大赛规则：

“所谓星期美点，就是一周之内出售的各种点心的总称。

“每一期的星期美点，都要包括咸甜点心约五至八款，除在门口用牌子标明之外，还在室内桌上标明，任由顾客挑选。也有巡回叫卖的。花式品种也不能乱来，必须按当令季节制作。每期点心，有些不但做到咸甜俱备，而且务必中西并陈，还很讲究色和形。

“色是指各款点心色泽要互相调和，每期点心要有黄、橙红、乳白诸色组合，行话称为拼色。形是既有方形、圆形、角形、花边以及卷筒形等。这样色香形俱佳的点心，确实能使人感到有美的享受。”

人在江湖:

“点心师们为了保住自己的饭碗，彼此之间不但有竞争，各出奇招，也有相互配合，避免各店之间同期点心品种雷同和造型相似。他们当时很自然地每周聚会一次，交换情报，这样做，实际上也促进了技术交流。如荔浦芋上市，大家都得供应以荔浦芋作原料的点心，于是他们便从品名和造型方面想办法，这就生出蜂巢芋角、荔浦芋角、鲜虾荔茸饼、荔香鸡粒批、凤凰荔香、擘酥芋盏以及网油酥芋卷诸种名目。”

四大天王:

“由于星期美点的盛行，使点心制作技术不断提高，也造就了不少名噪一时的点心师。在（二十世纪）三十年代后，就有名师禤东凌、李应、余大苏和区标，他们高超的技艺，被誉为点心‘四大天王’。当时，有些茶楼酒家，还在门前用广告牌大书特书：‘本店本期星期美点由名师某某先生主政’字样。”

八十年前粤地街坊们会说，“大同的蛋挞，惠如的萨其马”。这话也是个当时的民间流传的榜单吧。

时至今日，高手大赛仍然每年举行。

擂台叫作“岭南粤菜大会”，广东烹饪协会每年举办一次。

规则：参加的酒店必须首创首发一道自己研发的最新菜式，并进行现场解读。

首创首发的意思，是以前从来没有过这道菜，这道菜在大会上首次出现。

粤菜有三个分支，除了广府菜还有潮汕菜和客家菜，所以也邀请潮州和客家当地坐标式的餐饮企业参会。

会长彭树挺说：“花大量的时间和精力来做这件事，是想让我们的厨师、厨艺在粤菜方面有整体提升。市场是大平台，我们也提供一个平台，在传统基础上有创新和发展，要自己挑战自己，要创新。因为现在消费者的层次和年龄都变化了，如果粤菜再不挑战自己，再不去适应新的消费人群的口味，那就只有死路一条。在传统基础上去创新我们的粤菜。自己挑战自己，宗旨仍然是将粤菜发扬光大。”

粤地餐饮界各门派的掌门人带着自家参赛厨师都早早来到会场，每家酒店拿什么菜式参赛的话题马上揭晓。现场各人再穿个古装的话，还真像武林大会或华山论剑。

每家参赛菜式出场，由创出这菜的厨师端着，前面有礼仪小姐举菜名牌，奏的出场音乐也是《得胜令》。

白天鹅宾馆发布的菜式是“老药桔（橘）焗鸭”：“我们所使用的老药桔（橘），在潮汕地区是非常常见的，当地的市民在平时喝茶的时候也会当成一种凉果来食用，和我们广东新会的陈皮有许多相同的地方……利用老药桔（橘）的炮制，使鸭肉吸收了其甜、酸、咸、甘的口味，其口味非常丰富。”

坐在观众席下的汕头厨艺大师开始聊：“哎呀，怎么想到用这个，真是很惊奇，平时也经常用，但没有想到这样用，回去也可以试一试。”

客语餐厅的菜式是“酱香黄皮鹅”：“我们取的是客家山区圈养的土鹅，加黄皮的果汁、黄皮的果肉，带出我们秘制的一个酱料所烹饪而成的。这道菜鹅香，果也香，也是非常适合秋天品尝的一道客家的美味。”

海门鱼仔店的菜式是“鱼米香”：“潮汕菜是无鱼不成宴，广州菜是无鸡不成宴，所以我们把鱼所有的东西都用上，包括鱼骨头、鱼肉。鱼肉是两种风味，第一是做鱼蛋，就是起鱼胶；第二是腌咸鱼。然后把整条鱼所有的东西就集中在这个饭里面，所以饭就很香，很有嚼劲，口感的层次变化也很多。”

混到后厨工作间去，能看到的更多，各处来的厨师全都在这济济一堂地备菜，有严肃的师傅，要出场的徒弟，帮忙准备的师兄弟。明显不是同一家酒楼的厨师

①②厨师们必须不断推陈出新，才能满足食客们不断变化的口味。（①②摄影 / 郭飞华）

在互相说话，看表情就可以知道哪些是旧相识，哪些是新认识。

实则看不见的日常菜式更新，才是高手们的主赛场。

白天鹅行政总厨梁建宇说，对厨师们的要求，是每两个月都推出创新菜，内部评估之后选出再放到菜牌上，主菜牌每年更新，菜牌上一直保留的，是销售最好的菜式。厨师们不断研发出来的菜式，淘汰率在 40%左右。

以前大伙想象中的“一招鲜，吃遍天”，现在看来并不保险，食客们不断变化的口味，每日每月每年从菜牌上反馈回来，钞票即投票。

那些酒楼餐馆里的菜牌，却原来，也可以看成是职业高手们经年累月的榜单。

㈡ 粤地日常

凛悍原味，此致敬礼

身为厨房界众多业余选手之中的一名，在下一直没啥太高的追求。

请客吃饭是体力活儿，要自己做一桌出来的尤其是。

在难得的周末如果打算弄一桌家宴请客，咱做不动四冷四热拼盘，做完这八碟玩意就已经累翻了。

各色鸡尾酒以及甜品也欠奉，哪里忙得过来。

也不摆盘。摆什么摆？想看摆盘去饭店吧，来家里吃就是管够。叫几个朋友来家里吃喝，菜碟上忽然摆一坨企图被雕成玫瑰花的生萝卜，这手艺咱还是别练了。

说起来有一回自己炖冬瓜盅，看着那只迷你冬瓜也想过要在瓜皮上刮点花样出来，划拉了两下放弃，吃饭时冬瓜盅上桌，果然有损友质疑：“你是不是不会做这菜啊？这怎么还削了几块皮，冬瓜盅不用削皮。”呃……你才不会做这菜，咱那是太会做以至于都想升华成艺术创作了。

在水准飘忽的住家菜请客生涯里，以本人的体能，可以做的就是煲或炖一鼎足火足料的汤，鸡鸭鹅猪牛羊以及海鲜河鲜端上桌，再来两盆时鲜菜蔬。

既然如此，最低的追求目标就是大伙觉得好吃。

擅长偷懒的人努力方向和别人略有区别，但似乎有效。一位女友问了我三回：

“你这鸡怎么做的？好吃。”

“嗯，就这么做，主要是鸡好。”

“这红烧肉，还另外要放什么吗？”

“没放什么料，主要是肉好。”

“这炒冬瓜好吃，这回你不能说是冬瓜好了吧？！”

“这，这还真主要是冬瓜好……”

是的，咱没去修炼厨艺，咱又不开店，只要食材好，乱煮都好吃。

把劲儿使在找食材上这事，好像现在全都这么干。乍看起来无甚差别的鸡鸭鹅猪牛羊以及海鲜河鲜，好吃起来那种原味堪称凛悍。

一回，某友给了两条斗鲳，咱瞅了瞅，开膛去掉肠鳃留下肝和性腺，给鱼抹点盐，冰箱里掏摸出鸡油猪油再加上花生油，一并煎了。

吃完热烈给人短信致谢：“你那两条鱼，神品啊。”人回复说：“上岸后直接入冰袋航空过来的。”关于海鲜，粤地老饕一直流传有几句口诀：“第一鲳，第二罔，第三马鲛郎”，“鲳鱼鼻，马鲛尾”，还有一句“卖田卖地吃鲳鱼鼻”。

那天，这两条学名鹰鲳的鱼吃到嘴里，其甘鲜程度直接让我脑海里开始设想自己正在来个前滚翻接后空翻加侧手翻，正所谓，被鲜了好几个跟斗。

没有遇到神品的日子，可以去菜市场和超市晃。

有一年菜市场某鸡档忽然来了两笼鸡，摊主贴了个条，卖得贵一倍。买一只回家吃完之后第二天就又蹿过去了，和摊主说剩下全卖给我吧，旁边的朋友惊得瞠目结舌。

咱很快就神勇地拎着一堆处置好的光鸡跑到所有交换过食材的吃货朋友们家里挨着派发了一圈，剩下的几只拎回家进了冰箱。

好像很不符合粤人吃新鲜货色的习惯，但是，但是，果然后面的大半年没再见到卖这种鸡，每个来我家吃到这鸡的朋友都问：“你从哪里找来的这鸡……吃味精长大的吗？”当时鸡摊的档主告诉我：“你回家烧小半锅水，把这鸡切块放进去煮个 15 分钟，也就是打边炉，放一丁点儿盐。”

呃，敢教客人这么干，这鸡肯定好。

超市里的比对功课有时候还是要做。

此地有间超市专卖大包装的食材，牛腩牛腱最小分量都是十斤以上，有两回我还看见了本城著名西餐小馆的大厨在那里逡巡进货。

三种产地的牛腩都买过，最后是认准了一种，扛回家切开三四份扔到冰箱里，想起来时拿出一大块慢慢解冻，再切成麻将牌大小，清炖致敬。

那种牛腩丝毫没有任何杂味，只需炖够火候，软糯馥郁，香浓满口，即刻觉得这世界花团锦簇、鸟声啁啾，耳际开始幻听咏叹调。

也并非逢吃就是大鱼大肉，一次被电话追魂夺命连环呼，待得回电过去，对方只说：“快来，吃寒露米。”

那是啥？我没仔细研究过水稻，闹不清楚，跑过去就看见同学郑重煮了一锅白粥，几个人就着咸菜吃了个盆干碗净。

恍然想起粤语里有句老话：“千鱼万肉，不如饭初熟。”那股子米饭香气飘出，就是笃定地铺了一屋满地锦，纵百味珍馐均只是点缀的花。饭桌上，最不动声色却霸道的香，是米饭香。

某年夏至的时候，一阵闷热雷雨下过，两个学植物专业的同学拿着包泥糊糊的物事到我家来。一看，刚刨回来的荔枝菌，专长在荔枝树下的白蚁窝旁，遇到闷雨下完之后就冒出来几丛。

菌柄下半截上都是黏泥，洗起来费劲，一人拿把牙刷对着水龙头，既要刷掉泥，又不能伤菌柄，还不能磨蹭太久，菌伞未开的才最好吃。

关于这种菌，清末百粤美食标杆江太史的后人江献珠女士考据过，说就是鸡纵。也还有人说不是，这边的做法是可以蒸了吃，清甜爽口甘香。后来一想，也许还可以油煎一下吃，稍大火，鲜味封在里面，外香内嫩。

众人一轮孜孜不倦地寻觅下来，似乎也并不像通常抱怨的那样什么都变得不好吃了。

好的食材，原味仍然美味强横得不由分说。而通常对最好食材，最高的致敬方式不外是生吃、白煮白灼、清蒸清炖。

所有力气都花在找食材上面的后果，就是朋友们偶或来我家吃饭时，看见个体力不算太够烹饪水准又很飘忽的人把一堆吃的简单粗暴地弄熟，大碗大盘装满，“嘭”地放到桌上，开吃。

好像是随便弄了也好吃的样子——可问题的关键是，不随便的话，我就不会弄了啊。

烤一块面包或鸡蛋糕

在满足口腹之欲的广袤操作领域，本人一直打算放弃一部分资讯和操作技能。我觉得此间学海无涯、博大精深，而试图全盘掌握的结果，只能是把自己变成个人形移动硬盘，最后在选择哪怕是随便要做点什么塞进嘴里的时候，由于选项太多而导致系统崩溃。

或者更严谨的说法是，面对人族关于吃喝秘诀的汪洋大海，咱们只能是盘踞一方，偏安一隅，吃饱了才去觊觎一下别家门派饭桌上的滋味。

作为长居岭南不求上进的厨房业余选手，其实操起擀面杖会擀个饺子皮，偶尔山寨个砂锅羊排小揪面，文能煎炒炖灼卤，武能手刃鸡鸭鱼，已经跨过及格线有富余了吧。本打算吃明白粤东粤西南（海）番（禺）顺（德）菜系，能在年夜饭时凑一桌八菜一汤，会弄几款芝麻糊红绿豆沙双皮奶，煲几锅四季适时例汤，揣着个把云吞面古早汤底做法就能蒙混一辈子，谁承想碰到的是地球村时代。

家家户户紧闭着的大门里，饭桌上都摆着不同的吃食。（摄影/郭飞华）

全球一统，似乎在自己家里吃个下午茶时端出几碗手剥莲子鸡蛋银耳羹都太过熟悉含蓄不够形式感，偶或还需来个足料一斤芝士半瓶百利甜酒烤出来的蛋糕，稍微郑重其事地腻翻客人，顺带佐以力道足够的靓红茶。

私人小规模学习西点烘焙书籍的时候一到，寻来大至十六开近七百页铜版纸的专业烘焙皇皇巨著，小至花里胡哨极尽其详几近手把手教的贴心图册，前者是大规模生产面无表情的操作规程，后者是极少量定制爱心满溢的私家课堂。

紧接着是烤箱磅秤模具的进驻，最看着亲切的工具是别家门派做面包也用擀面杖。更新搭建新的知识系统，一机双核模式开始运作，果然有点脱线，需要磨合期：一边白水卤肉一边打算烤个芝士蛋糕这种事，刚开始操作起来就觉得好鬼反人类，顺便剁个香菇肉饼则又顺畅多了。脑子不够使的本人习惯了一根筋，要么一竿子中餐菜谱操作到底，要么面包蛋糕，花插着来就有点想“死机”。

关于凤凰奶糊这款粤地甜品的出处，私下存疑多年，觉得不太可能是坊间含糊其词地说因为双皮奶只用蛋白，所以店家对着剩下的一堆蛋黄一拍脑袋就发明出来的。此地的商埠港口历史如此之悠长，凤凰奶糊更可能是取了西式甜品做法里的半截弄出来的简版小吃，风靡诸位街坊邻里一直到如今。终于，翻出英式酱汁做法配方来比对，果然，丝丝入扣，只少了香草荚；也就是不放面粉的卡仕达酱之极简版。

以前皇上皇腊味铺斜对面有家美都冰室，现在已经歇业。30 年前，这家店除了因沙糯成一塌糊涂的红豆伴雪糕而出名，还有一味堪称中西合璧混搭搞法的蛋糕，用猪油替代色拉油或牛油，烤出来极香。当然，猪和鸡搭一处特别天设地造，从猪肚煲鸡至猪油炒蛋无不相得益彰，共同进步。

你看还是又不知道说到哪里去了。家家户户紧闭着的大门里，饭桌上都摆过什么样的吃食，不出声的浸乳鸽也许会说粤语，醉鸡后面埋伏着吴侬软语，揪面大概是西北方言。至于提拉米苏和舒芙蕾，算了，反正是别处的言语，知晓不知晓也不太重要，偶或学说一两句来玩。甜腻香气交错中，时间过得既慢又快，已近中秋，风开始凉。

冬季在岭南打边炉

不如我们来谈谈天气。岭南的秋冬，一场风雨一场秋，最后，一雨入冬。这才真冷了，湿漉漉的冷，穿多少都没有用，正洗着热水澡忽然变成冷水那种状况，短则一两周长则一个月，通常是冬至或者春节前后，冷到彻骨，没处躲没处藏。

没有暖气这回事，湿度高又气温低，街外处处水花四溅，屋内冷雨敲窗滴答淅沥不停，所有的菜出锅就迅速冰凉。这该是打边炉的时候了。按说正确写法是“打甂炉”，但还是俗写吧，你让一百个老广写给你看，九十九个半会给你写成“打边炉”。弄个炭炉架个锅，人在炉边，站着开吃——为啥不坐下来？冷啊！冷得坐不下来，要边吃边跺脚。当然后来都是坐下来吃了，可最早，那真是站着吃的。打边炉，类似于北方的火锅，却是广式火锅，广东省的广。

我饕餮大国之岭南分舵，火锅汤底大致上兵分两路：清水、酱汁。而新晋的粥水底边炉，可以看成是清水底的升级版。

最基础的清水锅底开始时就是锅清水，视各家随意发挥，偶尔漂荡着一两粒枸杞子姜片沙参玉竹什么的，最后才渐入佳境。标准旧式的粤式边炉准备起来一直是我想不通的大麻烦，这种边炉，所有肉类备料基于一个原则，就是一灼即熟。

于是鱼要起肉切双飞，鲜鱿片要切花，腰片也切花，猪肉牛肉一概切薄片，有些还需腌渍入味，上桌时是一碟碟肉类薄片大集合。鲮鱼滑、鲮鱼丸、猪肉丸、牛肉丸，鸡肠、鹅肠，还有也切了花的鸡胗片。标准配置的还有冬瓜片、萝卜片，浸好了的支竹、腐皮、猪浮皮，芫茜、生菜、西洋菜、茼蒿菜、油麦菜。在湿冷得所有人像泡在冰水里的天气，偌大洗切工夫，想想都觉得手疼。

当然也有简版，鸡煲和蛇煲，就是清水底，水一开，鸡块或蛇碌下锅。

粥水底的边炉，即是用事先熬好的粥水来涮火锅。粥水本来就有米的甜味，用来涮海鲜，鲜蚝、象拔蚌、龙虾肉一概下锅，灼熟了各人捞到自己碗里蘸料吃。私下琢磨了下，粥水锅底的好处除了鲜甜，粥水的沸点比水低，好料下去也不容易灼过火。

几近酱汁汤底的边炉，事先需要火候焖入味的羊腩煲和香肉煲之类。就着一煲先吃肉，后下菜。香肉即狗肉，现在说起来会被爱狗人士追杀出九条街——本着让边炉资料详尽些的原则，还是小声说两句。从前呢，广州是有个古怪地方，就是每逢冬天，有家冰室就会卖香肉煲，到了夏天，又开始卖雪糕。这家冰室，叫作阳光冰室。

以前冬季打边炉，粤人还会说，要有玻璃生菜。那是啥？其实就是嫩的本地生菜。玻璃，是形容其脆，一碰就碎。

粤式蘸料则基本是姜葱蓉、辣椒圈豉油、蒜蓉、南乳掺腐乳，又视该家祖籍来自粤东还是粤西，桌上还会出现豆酱、沙茶酱或者沙姜粒，种种组合随人自便，宜“单挑”亦可“群殴”。

如此这般数了半天，那，咱们要一起去打边炉吗？才不会。

这么说吧，初见面的人，不会和他们去打边炉，素昧平生的谁知道能不能吃到一个锅里去？如果是自己请客，也不，保守地上一桌子煎焖炖炒、杯盘碗碟，不失礼就算，否则多少觉得有交浅言深的唐突冒失，似乎是犯不上。

那个是与少时玩伴、狐朋狗友现在进行时，以及和自家人一起吃的。

来了只大好龙虾、象拔蚌，咱们如此这般清汤或粥水打边炉了它，口味相近说办就办了个干净。

换个略正经的工作场合估计就未必了，也许这些玩意伴着干冰仙雾缭绕地上桌比较有形式感，否则粤地婚宴头道菜何须唤作“红皮赤壮”——数十上百侍应排着队一人托一盘双眼嵌灯泡的原只烤乳猪，待得喇叭里的奏乐一响，踩着节奏鱼贯而出，上菜。奏的那是《得胜令》。面面相觑的男家女家亲友团各自下箸，宴罢各奔前程，才不要和你一起打边炉。

打边炉有种称兄道弟的架势。拧巴点的人，可以挑个凄风苦雨的晚上，问一句他们的岭南旧识，要不要出来打个边炉？肯答应你的，应该是把你当朋友。最难风雨故人来。

朋友们的私家腊味

物流发达，住在深山有远亲。顺丰小哥时不常就电话里叫："你在家吗？这些好像是吃的，你快回来收货。"

广州土著朋友们闲聊，说木棉花开之后，就不怎么会太冷了。他们指的是那种倒春寒天气，再冷也不至于降到十度以下。

迅速去搜寻冰箱，看还有没有剩余腊味，要赶在天暖之前吃掉，腊味煲仔饭天冷吃才好。冰箱开着门，像笑开好几张嘴："没腊味了好吗，你想多了。"

据说这腊味的腊，即是腊月的腊。相传在上古夏朝时，人们于农历十二月合祭众神叫作腊，因而十二月叫腊月。腊肉，因冬天将肉类以盐渍经风干或熏干制成而得名。

而在岭南，"秋风起，吃腊味"，气候上的缘由更重，那是此地相对最干冷的一段时日。

我猜从前粤地春夏不吃腊味，是没有冰箱的缘故。再怎么说，起先都是肉类的保存手段，秋风起时，北风来时，腌制风干。岭南的春天气温飘忽湿度高，啥玩意都容易发霉长毛，兼且腊味里还有脂肪，失控的氧化是个大问题；也就是说，没有冰箱的话，容易酸败，也就是北方话里说的"哈喇"，粤语里说的"溢"。

见有写成"膉"的，私下觉得不太对："膉"字在《广韵》里是说"肥"；《集韵》里，是肉的意思：膉，脰肉也。脰，指颈部。和油变得哈喇了没啥关系，倒是“溢”字有过分的意思。

区域人群的味蕾坐标系统最初的搭建，估计其间还设有气候参数，在岭南地区，一旦天气开始潮暖，土著里没啥人特别想吃腊味。一俟春风化雨季节来临，腊味都要迅速吃完。

有了冰箱做储存利器，或冷藏或冷冻，倒春寒时，忽然想吃之时，随时来一小锅腊味煲仔饭，又或者腊味炒饭、腊鸭香芋煲、腊味荷兰豆、腊味西兰花、腊味椰菜花、腊味包心菜。

腌制肉类的配方口味各地不同：麻辣的、咸辣的、咸甜交加的。肉腌入味后，秋冬气候干冷的地方直接晾晒风干，气候湿冷的地方晾晒加烟熏。

做腊味好不好这事以前是看天吃饭，韶关地区的腊猪蹄出名，那地方是粤北，北风吹起来猛些；离广州稍近还有个叫作连南的地方也出腊猪手和其他风干腊味，也在广州的北面。

以岭南的气候，顶天了也就是腊个猪手猪脚腊肉腊鸭，做火腿这种事情根本就别指望了。

自然风干的腊味还是好吃，试过冷雨天收快递，是连南的腊猪手。热水洗净泡透下锅煮至汤浓白，再下耙齿萝卜，吃得快活之一种。

耙齿萝卜，白萝卜里的一种，长得不太大也不标准，像耙齿，煮出来更加清甜可口，没渣也没苦味，价钱可以是普通萝卜的三倍，与普通萝卜比起来，叶子和根都细，产量也低，唯一优点也就是好吃了。广州番禺的石碁镇有种植这玩意。

腊味这事，肉的来源比较要紧，说实话敞开吃也吃不了多少，所以要么是朋友们送，要么自己和同学动手做。似乎已经从腊肉孃变成腊好肉，重点是好肉而不仅仅是肉。

此地的习惯标准，是腊味煲仔饭里的腊味，除了好味还要口感爽，于是各家有秘诀。

吃过最好口感的土猪腊肉，是番禺一位餐饮世家的土著朋友她亲妈做的，咸甜得宜之外爽口，问出来是她腌完肉之后还有一道工序，叫作“挞”，意思是使劲摔打。然后才开启晾晒工序。做香肠也如是。

在我看来香肠是腊肉的方便升级版。

对香肠来过炫技尝试的，是“好酒好蔡”的蔡昊。此君精于鉴威士忌，极重食材质地和原味。私下认为，蔡生是桃花岛黄药师黄老邪那个类型，文能钢琴十级，武能化学实验。吃他家的席有点门槛，没有点对食材原味鲜甜味觉坐标打底的慎入，重口味慎入。

最重的成本是选料，厨房内再费工夫，上菜都是轻描淡写，有节制，好味都在菜里，摆盘素得让人想起枯山水。能放出来让人吃的全是他认为对得住你的好东西。但如果你觉得不好吃，估计他也不太会迁就你。

几年前他做了道腊肠菜，我问来的配方是：西班牙猪颈肉、渤海鲜墨鱼、山东猪肝、渤海墨鱼汁、五香粉、海南胡椒粉、糖、生晒海盐。肠衣用当地肉联厂处理好的。另外每公斤肉料加入二十毫升威士忌。腊肠做好后，用橄榄油轻煎，再撒些葱油末，加上调制的海盐奶油软芝士。

记得这道菜的原因，除了好吃还有个细节：当时我恰好坐在老蔡旁边，他相当之强迫症地瞪着我说，一口吃下去！

对的，我很明白一口吃下去，那些滋味在嘴里的咀嚼中层层叠叠爆出，才够精彩。可是那一口的分量对我来说是两口啊，非标准口型的人被塞满了一嘴，又懵又惆怅，我其实，是很渴望有一张时髦的好莱坞大嘴的。

老蔡在香港还有一家店，林青霞、钟楚红、刘嘉玲、梁朝伟全是他粉丝，贝克汉姆也是。

每年快递私家腊肠做新年手信的有一位叫鲍汁飞。

寄的不多，每次纸盒子里放着真空装的两根。这是对的，现在谁家都不缺肉吃，分量轰炸很容易造成困扰，万一不是特别合口味的尤其是。

但对我来说，他家腊肠的咸甜度，是一吃就能认老乡那种。他平时又不卖这个，就每年发两根过来，这种轻度着急也挺可乐的。咸甜度的味觉还真是地域性很强的一种口感。

问来他家腊肠配方如下：用新鲜的猪小肠拆出肠衣。土猪肉手切成丁，再按肥四瘦六的比例混合，加入高度酒腌制调味，然后灌制。灌肠扎好后先晒两天，快速收干水分，然后开始风干。

肥四瘦六的比例，个人口味最喜欢，好的猪肉，肥肉有甘香味。见了瘦肉腊肠总是纳罕，那玩意吃起来口感是柴的吧？还得牙口好才嚼得动，为什么不直接去吃肉脯？

成都的朋友熊英，快递的是正宗麻辣口味的四川香肠。这位成都出名文艺的樱园餐厅女主人，整天穿着袍子种花种菜自己酿酒，用雅安跑山猪肉做腊肠和熏肉。天冷时吃川味腊肠，觉得再就着点高度白酒，出街吼几声不是什么大问题。

杭州老友朱建，发过来虞府手工香肠，来自一个诨名“响马”的厨师。

肉是用三门峡雏鹰黑猪。再具体一点，猪肉要取前夹心肉，加一部分五花肉的肥膘。二八比例，肥二瘦八。调料配方用当地土烧酒、糖、盐、五香粉。

吃到杭州版的麻辣口味香肠时，我是笑嘻嘻的，这也太温柔了些，倒是熏肉腊肠很合咸甜交加的口味，杭州菜和粤菜在这里握了握手。

腊肠爱好者们其实还有一款至爱——鸭肝肠，粤语叫作鸭膶（即鸭肝）肠。

此地讨口彩的物事遍地都是，喜润不喜干，所以一切动物肝脏均称为膶，猪膶鸡膶鸭膶，诸如此类。

以前鸭膶肠最出名的是香港镛记，后来请教过古龙的大弟子薛兴国先生，这位会和饭店主厨商量随园食单菜式的老大回复说，大部分原料还是猪肝啦。隔着聊天软件都能脑补出他含义复杂的笑容。

但鸭膶肠的滋味，不爱的人可能觉得是匪夷所思的玩意。

爱的人还是很爱。细想起来，鸭膶肠的甜度差不多就是甜品，可又是荤腥，有酒味镇着。

这玩意可千万别没了，从前有香港同事特地买了带过来，每逢吃腊味的季节，我都会想起她。

按做法，火腿也可算腊味一路，只是技术已经繁复到奢华，足以自立门派，大家也没怎么把它们归成腊味，非要说，那也是高级腌腊制品。

有位朋友快递来一包火腿：他在火腿产地的新闻图片里，发现乱糟糟的背景中有个不起眼的手写简陋小广告，于是抄下来直接打电话，和对方买了一整只。对方估计也有点被这莫名其妙飞来的生意吓了一跳，一直嗫嚅地和他强调，的确是三年的腿之类。

这基本上属于赌一记的行为。貌似是结果不错，那包火腿里我挑了一小块瘦的炖鸡汤，抽油烟机开到最大，还是满屋袅娜着一股子神出鬼没的火腿香。

春寒料峭时，这么数算下来，觉得已然鱼满舱，粮满仓。

花城过年：打算实现的理想和背景音乐

吃食：家肥屋润的各种体现

广州人想要过一个怀旧的年，根本上和从前没有太大差别。

就像那时候的大人们那样，按旧俗，郑重其事地忙忙碌碌一番，在这有时很冷有时很暖的南国冬季里。这里有过 27 摄氏度的年廿九，也有过 2 摄氏度的年三十。

“年，又过年，共庆欢乐绵绵，诚祝各家福星高照寿延年。”粤语的贺岁歌，几十年不变，每逢年前就大街小巷各处飘荡，还有广播里和公车上。好意头的歌词，每首贺岁曲子里都听得到锣鼓喧天。

听说过粮本吗？从前一切凭票供应年代的神物。小时候的过年序曲由此拉开：

大人们郑重地把这本子和一堆票证交到七八岁的我手里，叮嘱千万不可弄丢，让跟着邻居阿婆去粮店排队买配额供应的大米、面粉、粘米粉、糯米粉和花生油。

要做油角要蒸糕——家里年前要开油锅，开了油锅就要年年开，日子才滋润。炸油角其实不难，还有咸甜蛋散和糯米糖环；炸煎堆就有点小麻烦，还要去找爆谷；萝卜糕、马蹄糕和年糕各蒸一底。

蒸糕用的是小脸盆大小的平底浅口铜盘，蒸好放凉倒扣出来的那一整块糕，粤语称之为“一底”。

买花生、芝麻、椰丝、白糖、红糖，买肥肉榨猪油，买点腊肉、腊肠。

粘米粉，又叫大米粉或籼米粉，掺适量的水，就是大米磨成米浆时的效果。做萝卜糕用粘米粉，做年糕用糯米粉，做马蹄糕用马蹄粉。

萝卜糕、芋头糕都是咸糕，做法类似，萝卜擦丝，芋头切小块，腊味、虾米、瑶柱剁成小粒，下锅爆香调味，然后放在蒸糕盘里倒入调好的米浆，隔水猛火蒸。

知易行难，好吃才谓之“和味”；米浆太稀会蒸出来不成糕状，太稠又似块怪石。左邻右舍谁家蒸的糕料足味正好吃，大伙自有公论，个中总有诀窍。

年糕用糯米粉，溶好红糖水，备些陈皮丝。糯米粉开浆的浓度对非专业选手来说也考功夫。记得有一年，我姑弄来个开浆配比，搅匀粉浆之后才猛然记起，咦，忘了预留红糖水的分量。那盘年糕能否蒸得恰好成型又糯口，即刻变得充满悬念。

马蹄糕相对最容易，一半温热水开粉，一半冷水开，溶好白糖水，高级些就再用些新鲜削皮马蹄切粒撒进去，蒸出来是晶莹剔透的一底。

糕蒸好，都不吃，放着等开年。年初二的早餐是煎糕，切成两指宽半分厚的块，煎香上台。来了拜年客人，通常寒暄略坐一阵就转往别家，不留饭就煎糕伺候。也有特地带了自己的蒸糕上门拜年的，那要对自家手艺很自信。

说来油角、蛋散、糖环要做也不难，就是手工活儿。

北方的朋友们可以想象一下半个手工饺子那么大的玩意，边上密布掐出来的花纹。

油角皮家家配方不同，要酥皮的下点猪油和鸡蛋，要脆的只下溶好放凉的糖水和面。馅料费点工夫，炒香花生米，吹去花生衣，碾碎。漂干净芝麻耐着性子焙干炒香，一着急过火就报废。重口味些还可以放椰丝。掺上白砂糖，就是油角馅料。谁家包油角，一叫大伙都来帮，包好了下油锅。以前，家家户户炸油角的气味，就是正宗的粤地年味。媳妇们寒暄时还互相问，今年你家炸几斤？

馅料可以多些，留着做甜薄撑，也就是米粉面粉开浆摊的薄煎饼做好，撒上卷起来再切段。到元宵时，这些馅料倒在化成液态的猪油里，又会是最好的汤圆馅。

咸甜蛋散最简单，用剩的油角皮擀薄划片卷个花下油锅即可。咸蛋散，则是面粉里放南乳及鸡蛋揉好，擀薄划片卷花下油锅，吃起来薄脆咸香。

糯米糖环小孩最爱吃。糯米粉掺糖水揉出来，搓成圆环下油锅，摊凉之后，硬，脆，嚼在后槽牙间却有糯米的韧，还有焦糖香。

要准备年夜饭——煲一锅足料山珍海味老火汤，做一盘卤水拼；发菜蚝豉焖大脷，孔老沙圆蹄；浸白切鸡，蒸鲜鲍，灼河虾……抑或做龙虾，弄盆菜还是佛跳墙？蚝油冬菇炒生菜，要记得再煎两条鲮鱼压年。

浸鱼胶，发海参，浸香菇、虾米、瑶柱、粉丝。买葱、蒜、芹菜，谐音聪明会算勤力。买连根的生菜，寓意生财有头有尾。好意头的菜都要买。年初七还要炒杂菜。

要穿新衣裳，要按时辰放炮仗。要守岁，要去排队烧头炷香。要按日子拜年，要封利是，要说吉利话，要家肥屋润，要喜气洋洋。

春节的广州，周边所有的工厂都放假，空气会清澈。这时候的广州也从来不堵车，很多人回了他们父母所在的那个家。整个城市人们都正在红红火火地过节，但还是会觉得忽然安静了很多，不会太喧嚣。

要不要约上狐朋狗友摸几圈麻将？要不要去看看花鸟市场？或者去看看陈家祠，又或者去珠江边徜徉游荡？不如去佛山祖庙看醒狮？舞的是正宗南狮，会走梅花桩，可以去看采青。还是去文化公园睇花灯，白鹅潭畔看烟花？

①

要不要再回去西关逛一逛，然后去芳村的黄大仙求个签？签上说：“就这样，一起过个几十年，花灯要看一百回。”

花市：使劲花和随便花

将过年，会买花应节，免得亲友假期来玩时，家里太素。

壮哉大广州之芳村花卉批发市场，每大捧花十元八块一盆，是的一盆，连根。

还有一块九的花苗。三五百块能装满一车。

这算得上是“使劲花、随便花”之一种。

离过年还有一个月，高速公路上就竖起巨幅广告：“广州过年，花城看花。”提前揣着大堆现钞去芳村买花的人已经开始惊呼，万家花档云集的芳村，花居然不够卖。

家家要逛花市买花——花市是年廿七开始的吧，花农们早就在路边摆了数不

①②③花城四季有花。（①摄影 / 郭飞华，②摄影 / 陈海平，③摄影 / 多吱）

清的金橘、四季橘，那一大片醒目的橙色看着都不像真的。搞完了卫生真是高兴，结伴在花市里东游西逛，东摸西看，讨价还价，菊花、芍药、银柳都要买，还有桃花、兰花、鸡冠花。

《广州竹枝词》里有说从前双门底花市的热闹情景，算是最冷的时候，比起别处夏日里的最后一朵玫瑰，大概就是西餐厅和中式茶楼的区别：“羊城世界本花花，更买鲜花度岁华；冬尽人人争买花，水仙头共牡丹芽。”作者是明末清初岭南著名学者屈大均。

没有人在除夕之后送花给别人。如果想对谁表表心意，那么你应该是在年前就把盆橘或者花扛到他家去。节前的广州总是更加塞车，因为很多单位的车和四乡来的车都出动了，车上满载着盆橘和花，满广州地转着往他们要拜会的人家里送；除夕之后，再去拜年。

每到年廿七或年廿八，你就可以开始“行花街”，看见办年货的人们开始往家里搬各式各样的盆栽橘子和花，没有摆上花和橘，一点喜气都没有，怎么叫过年呢?

广州四季都有花，平时常有花农担着花到菜市场，花和菜是放在一处卖的，而旧时主妇们买菜时，时常也就顺手买一把花，回家插在花瓶里。按说在广州，花是不稀罕的，可是到了岁末，就是年年都要封路搭牌楼和棚架，人人都去逛花市买花。

小时候家住龙津西，旁边的多宝路就是花街，有一年寒假闲着没事，一天之内逛了六趟。过年时，你往家里搬的盆栽橘可以挑四季橘、金橘又或者是朱砂橘，看你喜欢哪一样“口彩”。四季橘，自然是“四季吉”，金橘可以是“金玉满堂”，而朱砂橘，又红又大，“大红大紫”，别人会说：“哇，好大的一盆‘吉’。”橘子都要大株，而且挂果要密，否则“空（凶）多橘（吉）少”可是大为不妙。

黄和紫的菊花以及玫红、大红的芍药也是应节的花，配上一两条银柳就举着回家了。近年的花市则开始卖进口种子种出来的花，林林总总的兰花、郁金香或者康乃馨什么的，但总觉得不如从前那几种花来得村气简单和热闹。热闹要带些乡下气，似乎聪明人即使是喜气洋洋起来也不那么由衷。

广州卖花分两种，连根和不连根。

不连根的是切花，养得肥壮的大丽花、绣球菊、鸡冠花、粉百合，回家插瓶。

连根的通常连盆，但你家里有更好的花盆，不要盆拔一兜拿走也行。

连盆卖的是金橘、四季橘，蝴蝶兰、跳舞兰之类。

桃花也可以连根卖，如果你打算在花园里来一株应景。

粤人过年很重视桃花，据说桃花运除了有助男女找对象和结婚，还可以提升人缘。此地原本就是商埠，所以过起年来家家必备，和气生财。

有人家是每年订巨大一株桃花王的。和花农说好，预先买下他田里最大最旺的一株。

粤地花农卖桃花，年年都是两句咒：这棵好靓！花苞一路上枝头，包保开到正月十五！

也因了桃花要在家里摆到正月十五，正月十六时，全城环卫工人都在收拾弃出来的桃枝，那也是个奇景。

逛花市的时候，还有一样消遣节目是讨价还价——你一定要去讨价还价。笑嘻嘻的以至于嬉皮笑脸的人在这个时候是受欢迎的，要过年了，你总该松一下绷着的脸，有几分闲情。

卖花的人也在等着赚高兴的钱，他有意把价钱说高一些——等着你和他还价呢，顺便说笑两句。如果你一声不吭掏钱拿了花就走，他多少会有些错愕，怎么啦，真的那么忙和没心情？他还编排好了说辞等着你还价呢，结果，像小小地踏了一脚空。不过，下一个买花的人来了，和他说笑吧。

卖花瓶的老板正在开天撒价：“我这花瓶有来历，要卖三千八！”“三百你卖不卖？”“四百你拿走！”

全城各区都设花市，路上的车纷纷掀着后盖行李厢塞满年橘、桃花。

除夕那天夜里，是花市里人声鼎沸的时候，卖不出去的盆橘和花，也在那个时候半卖半送。一俟十二点，一年一次的花市也就散了；大年初一的清早，花市的棚架就已经拆得干干净净，下一场这样的热闹，又得等一年。

然而广州人并不惆怅，况且那些花又不是从此不见了，一年四季天天在菜市场里一样地开着，而大家要开始下一个节目——拜年，眉开眼笑地对每个认识的人说：“恭喜发财！”“万事胜意！”“龙马精神！”“身体健康！”……没结婚的小辈，还可以冲着结了婚的人嘻嘻哈哈伸手要红包。加起来，是一笔不小的零花钱，谁还顾得上惆怅。

网上说广东人的红包数目小，其实吧，咱以卧底的身份说一句，丰俭由人是真的。但通常，粤人年前备红包最起码分两种，小的那种是见人就发的，小区的保安小哥、餐厅里过年还加班的服务员。过年的时候，小区里加班的物管员工可高兴了，嘻嘻哈哈地在每个不同区域入口站着和业主们说新年好，从年三十一直说到正月十五，都可以拿到红包。

另一种是给亲友熟人和后辈的，那种红包，数目一点也不小。

童子金口和背景音乐

节庆时候特别适合听一阵广东音乐和古早流行曲，也只合适这时候听。

安适富足喜气洋洋地，人人家里囤足了柴米油盐绫罗绸缎，偏安岭南财不露帛低调惯了，像约好了某天一起舒口气，锣鼓丝竹齐鸣，小范围地细碎欢欣起来。

这种时候广东民乐合奏出来的《彩云追月》，华美流丽得宝光潋滟。据说，《彩云追月》早见于清代，系著名的粤音曲谱，其风格轻快独特，描写了小市民平凡生活的轻松写意，彰显了典型的广东民间音乐风格。李鸿章任两广总督时曾将此曲抄送大内演奏。

《步步高》既暖又欢欣，踮脚尖迈着小碎步，一蹿一蹿上楼梯。

《雨打芭蕉》湿漉漉地滋润，《旱天雷》下的是痛快雨。都是夏天时候吧，冬天湿冷才没那么欢快。

《娱乐升平》听起来真个是小富则安，全村过年，娃乱跑，爷捋须的劲头。

粤曲里的西皮慢板，就这么奏，没人唱也是一通讲理叙事节奏，还自带群众应和，你以为讲完了，结果人转个弯又开讲。

《八仙贺寿》很齐整，就是有点村民们村口大榕树下集体论定皇帝肯定餐餐白切鸡的感觉。

广东音乐里有《将军令》，硬朗得不能相信那是丝竹所奏，酝酿起势而来，勇悍而倔。

名曲里也不全是细碎的小户人家幸福咏叹，有些曲子阔大堂皇起来也很是舒展爽朗。

《槟城艳》堪称粤港著名流行旧曲鼻祖之一，1954 年的曲子，伦巴的节奏，有同名电影，首唱是粤曲名伶芳艳芬。词曲作者王粤生是港地音乐奇才。

后来再翻录的有邓丽君和梅艳芳。邓的版本软糯，梅的版本狂野。

少年时听过，这曲子在西洋乐器“合谋”下，会长风浩荡地阔大郑重，从前乡绅大户祭祖般，却常常是从前歌厅乐队演出开始时的暖场曲目。饱含着水汽。此地水仙能开到森然，大丽花浓稠硕大，丰饶腴丽下总归是蛮强生机的底子，或者欲望。

听得让人讶异。真是相当地理直气壮，还带着怂恿。

而通常意义上的岁末年终并不是在元旦来临之前。

新年钟声算是咱们春节临近的起床号，及至公司尾牙宴时，才是《威廉·退尔序曲》里最后冲锋似的那段节奏——以前香港直播赛马节目片头配的音乐就是这个，以至于南粤原住民们一听就自动脑补赛马奔腾之振奋画面，还带此起彼伏奋勇争先的动态效果。

到了网络新纪元，想想春运前的抢票神器软件后面也是千军万马，开闸抢票之时，大概也可以配上这音效。

过年这事最没负担的还是幼儿园的小娃娃，连刚上小学的都知道要考完试才放寒假。

每年下来似乎是人人都必须来个盘点和备货，之后再起承转合地继续前进。

上班的地方先是财务同事发邮件统计大家需要换多少新钞票，行政同事统计各部门需要多少印着公司标识的利是封。很传统。记得很小的时候，街边摊档上买来的红包再漂亮，有些大人们都觉得比较民间，印有公司标识的红包封套更招人待见，会留起来再用。回想起来，是那个古怪年代里淳朴节俭的小势利。

岭南这边过春节，公司不论大小，门前两株大年橘配上年花都要摆，老板主管们办公室还会放盆水仙花，前台空地放一株尽可能大的桃花。尾牙宴、开年饭、开工利是统统都要准备好；年尾福利，没有双薪也会给员工发块年糕。这种时候，平日再冰冷严肃的上班去处，忽地就变出了张烟火人家的脸，也过年。

忽然就人人都开始忙得密不透风，要放一周假或者更长？快，把这段时日要干的活儿通通赶出来。这也是备年货。

岭南过年，除夕晚上的那餐全是意头菜：发财好市、横财就手、大厦良财、富贵有余、红皮赤壮、如意吉祥、满屋金钱。于是全城主妇和酒楼采办们都要去备冬菇、蚝豉、瑶柱、干鲍和鱼胶。单是这餐，就足以在年前让著名的一德路水泄不通。

年前大商场的春节手信礼盒，堆山积海地摆满这些干货套装，红底飞金，拜年串门时可以拿上，鲜果篮再搭上两盒干货，郑重有礼。某年，有位本地大好男青年要赴京拜见未来岳父岳母，出发前大范围咨询了粤地各路亲友，然后就特别憨厚地肩挑手提了大批干货过去。南北有别，多年以后大家听到反馈，好像那边老人家还没吃完。说起意头菜，其实从前的旧式婚宴更齐备：一团和气、二度梅开、三元火肉、四喜临门、五世其昌、陆续发财、七子连登、八宝全鸭、九代同堂、鱼跃龙门。

好的冬菇越来越难找。香港名厨陈荣说香菇以冬天出的最好，故有冬菇一说；又“北江菇”是菇中之冠，以韶关南雄为著。特别不想把这段摘出来，多年前一同事号召大家扶贫买香菇，本人如获至宝地奋勇买了一大麻包袋，自己狂吃之余分送至爱亲朋，就是那边产的菇，其香滑丰腴震惊了所有吃到的人，二十年之后他们还在问我要。换成从前的旧社会，这种冬菇也是山珍，一只两只放在炖盅里炖的，索价不菲。粤语老话里有句“炖冬菇”，说的就是年末老板打算炒掉伙计的话，会请他吃顿好的，叫的菜就是炖冬菇和炒鱿鱼。久而久之，被人“炖冬菇”或“炒鱿鱼”就是解雇的意思。不过我的意思是，好的冬菇那真是好东西。另外现在上班族都有点避讳这两道菜了，所以已经是旧话。

日子就像谁在年头发一声喊，话音未落就到了年尾。一年又一年，好似过不完的年，仔细想想，却又是大都不满百数，所以要忙不迭，所以要好好过，所以要仔细过。

钟点工阿姨们都要回家，全屋窗帘被褥都忙着要洗，玻璃窗和灶台都已经擦得发亮；送的桶装水要备上好几桶；网购的猫粮猫砂要提前订；又找到大条理由添一堆衣帽鞋袜，还有送亲戚朋友的小玩意。在公在私都在忙着备年货，似乎是要囤得鱼满舱粮满仓。

及至大伙埋头埋脑把赶着张罗得大概七八，抬起头来稍微透口气，除夕夜已经开始倒数，菜市场摊主们觉得大家该吃的物事也已经摆好：全须全尾的生菜、压年的鲮鱼、斗鲳鲜鲍、石斑和虾，肉档当眼处都摆一堆蹄髈肉，猪蹄需要事先订；鸡档档主们忙得快要飞起来，鸡笼里往往有几只不知是否没阉干净的公鸡时间错乱地在打鸣（过年不吃鸭，拜神也不用鸭，说是扁着嘴意头不好）。另外，香烛档生意也好得不行，太阳晃眼，满街盆花水果无序忙乱地卖，庸俗温暖美好。

所有的私家年夜饭前准备工夫，最后都似密锣紧鼓铙钹响成一片。直到全部的菜都已经洗净备好，高汤在炉上坐好，蚝豉猪手焖上，都转小火。

满屋的花已经插好，厨房里开始浮出来交错复杂的香味，坐下来喝口茶，唱片里某爵士女声正拧巴来拧巴去地唱着挡不住的春风吹遍胸怀，蔷薇蔷薇处处开。满屋的灯全打开，屋内暖洋洋。有一搭没一搭地想想萝卜糕、马蹄糕、芋头糕的数量够不够，门外贴着邻居写的春联很好看，计较一小会儿家里猫咪对你的态度。

然后寻常人家需要叫家里小娃娃准备的年货就是拜年吉利话了，要好好地背熟去领红包：阖家安康身壮力健，家肥屋润发财就手，快高长大学业进步，财帛满屋富贵昭远，万事胜意顺顺利利。

我觉得这些贺词算是理想，就是这些理想特别具体实在，闹得你以为那不是理想。咱们的岭南人民勤恳实在，这些理想可真是用来打算实现的。

童言无忌，童子金口，一代代说的都是关于人间，关于幸福，最具体落实的追求和想象。

水乡

老是企图把我从小长大的地方向别人描述成水乡。

那是老城区，走到荔湾湖和泮塘只需要十分钟。去干吗呢，捞水塘里的浮萍喂鸭子。

也许我该把那叫作鱼塘，塘里漂着大堆的水浮莲，据说可以喂猪，池塘里也有荷叶。

出名的泮塘五秀——莲藕、马蹄、菱角、茭笋、慈姑，都该长在塘边塘里，水里有鱼，水边有蟛蜞。

称青蛙为田鸡。一口口小池塘旁边是水田，种空心菜和西洋菜。肥硕的西洋菜有着种阴森森的绿色，洗菜时最容易碰到蚂蟥。

马蹄就是荸荠。春节各家果盘上出现的糖冬瓜、糖马蹄，糖渍之前要削皮。糖冬瓜太腻，一味得个死甜；糖马蹄好吃。

年年有段时日，龙津西路逢源北街口靠泮塘的那片区域会忽然冒出一群阿婶，好似都喜欢穿黑衣，坐在街边每人对着两个大澡盆削马蹄。没削的马蹄泥糊糊地浸在一个盆里，削好的马蹄白白胖胖泡在清水里，估计之后的去处是糖渍或做成马蹄粉。

陈残云小说《香飘四季》的故事背景原型是东莞麻涌公社。河道交织的村落，摇橹的运蕉船，蕉林小艇，河涌旁的水寮凉棚。每次看到东南亚风光照上那些满载鲜花和水果的小艇，心里都在说，这里本来也这样，整个珠江三角洲都水网密布，水道纵横。

那些水乡美景原本唾手可得，就在眼皮底下。每个村落都在河道旁，榕树果树，田边成群结队的蕉林木瓜，田里的甘蔗。

大家现在也喜欢偶或去小洲村逛逛，我觉得既不稀罕也有些亲近，确是有点像从前常常经过的泮塘，像珠江三角洲的任何一个小村落。

阿婶们在路边卖水果：黄皮、龙眼、杨桃、木瓜。

树上熟的本地龙眼就是好吃，清香甘甜得你心花怒放那种，颗颗长得匀称灵活，不像某种南洋进口龙眼，傻大个儿得来无味，或天可怜见的一星半点要甜不甜，呆头呆脑地形迹可疑。

在我看来绕着村落的那条小河涌弯曲得如此亲切熟悉、柔情蜜意，在树下的大排档里坐着吃饭，地上落着一两个杨桃，抬头看看伫立身旁的杨桃树，那上面挂着好些果子。

本地土著多的大排档里最好玩的风景，是时不时就可以看见打扮得漂漂亮亮的美女自在地坐在那里吃和谈笑风生。没什么搭不搭合不合，此地也产旁若无人爱干吗就干吗的靓女。

吃饱了走回朋友的朋友在村里租下的房子，看他们写毛笔字玩儿。央正在挥毫的人写了一句：“醒来明月，醉后清风。”

岭南瓜果

三伏天时，这里会变成一处密闭的异域，让人疑心是错住在了塑料大棚里，那么闷热完全是为了让所有的植物高兴。植物叶茎茂密到异常巨大，奇花异果司空见惯。

捉摸不定的一场场电闪雷鸣的瓢泼大雨令人抱怨，这是哪个不负责任的程序员设置的不牢靠喷淋系统？

雨未下透时并不清凉，经过繁密植物丛几乎听得到扑簌簌迅速破土拔高壮大的声音，那勃然旺盛的生机带着热度的潮气一阵阵扑人而来，简直觉得它们成精化妖在即。

是的，我时常觉得这个都市更适合树木精怪穿梭纵横。

荔枝原是本土红焰滔天的果王，多年以前挂果势盛之时满城红霞。

权臣是蕉族，香蕉、大蕉、米蕉。蕉叶巨大得具有足够说服力，铁扇公主对付火焰山用的就是芭蕉宝扇，换成鹅毛扇、纸扇、团扇、葵扇都不对。

木瓜或可称后，窃窃私语中奇怪的食疗功效且不必说，这一族的性别都扑朔迷离得很，木瓜开花有雌性，有雄性，有雌雄一体，有两性偏雌，有两性偏雄，这也罢了，温度不同还雌雄转换。

菠萝家族十六世纪由葡萄牙至澳门而传至本地，不细究早就俨然本地望族。倒是和本地果王搭得上交情——进食荔枝、菠萝均是略浸淡盐水，才更美味及吃得多。

彻头彻尾的本地望族其实是龙眼，北人叫它桂圆，南桂圆北人参。将一种水果命名为龙眼，听起来粤人像是目睹过龙族的长相。吃完后剩下的龙眼核，乌溜溜地像煞南粤美人大眼睛内的瞳仁。

拉拉杂杂为数众多的果国居民包括杨桃、番石榴、黄皮、三华李，番荔枝和芒果也许自南洋来此过期居留；本地人称菠萝蜜为大树菠萝，隋唐年间来自印度。

在海南岛还未成为海南省的时候，岛上所产的椰子、西瓜也属粤地果国户籍。从前夏季西瓜，就分海南瓜和广西瓜，还有北方瓜。身为省会城市著名冷饮店的顺记冰室，一直驰名的即是椰子雪糕和香芒雪糕，香腻雪糕中都货真价实地混着果肉。

水果入馔是顺理成章的事情。白天鹅宾馆丝绸之路西餐厅曾有一道叫香芒焗龙虾的主菜，用的是吕宋芒；荔枝菜谱林林总总，椰子炖鸡由来已久，新近古怪有趣的当属榴莲煲鸡汤。

在最为燠热潮湿的季节，开着空调抱着毯子入睡之际，有时候会想，外面的那些花草树木，会不会在一夜之间趁机偷偷地壮大了百倍。

粤地印象：江上的船

在唐五代词人的旅游报告里，南粤像个巨大的森林公园。越王台前有刺桐花，有不怕人的孔雀，有住在芭蕉林里的人家。

请看五代宋初记者欧阳炯当时发出的走基层现场报道："路入南中，桄榔叶暗蓼花红。两岸人家微雨后，收红豆，树底纤纤抬素手。"

另一位记者孙光宪也发回报道："木棉花映丛祠小，越禽声里春光晓。铜鼓与蛮歌，南人祈赛多。客帆风正急，茜袖偎樯立。极浦几回头，烟波无限愁。"也许是去看十里八乡赛龙舟了，还看到别的船上站了个漂亮姑娘。

后来，清初又有《广州竹枝词》："木棉花上鹧鸪啼，木棉花下牵郎衣。欲行未行不忍别，落红没尽郎马蹄。"写出这首好词的是彭孙遹，号羡门，当时人称"吹气如兰彭十郎"。

记者团里没有外国人怎么能叫国际大都市呢？明清时期，葡萄牙人克鲁士、荷兰人尼霍夫、美国人裨治文、英国人安德逊和奥却他朗尼，一堆人都向他们的祖国人民发回过详细报道。美国人亨特写得大概最多，《广州番鬼录》和《旧中国杂记》现在都还在卖。

亨特形容当时珠江河上的货船、客船、官府巡船及花艇："其数目是惊人的。此外，还有舢板以及来往河南的渡船，还有一些剃头艇和出售各种食物、衣服、玩具及岸上店铺所出售的日用品的艇等，另外还有算命和耍把戏的艇——总而言之，简直是一座水上浮城。这条江给人一种极好的感觉——毫不停息的活动，低微的噪音，生机勃发和愉快欢畅。"亨特真是广州人民的好朋友。

曾在饭桌上和人大言不惭地吹嘘，若广州当年贯穿全城的那些水道保留得好，还有威尼斯什么事情？

不过粤人一直不算太喜欢外国人。十九世纪初，外国商船在黄埔港等货，如

①珠江之上，千百年来一直航行着这样的船和那样的船。（供图 /FOTOE 图片库）

瓷器、丝绸、茶叶之类，这一停靠就要五六个月，其间船长和水手们唯一能去逛的就是一个木器市场。

黄埔港一直到今天都不算能逛出花样的，何况那时候。所以当时有个被憋坏了的船长，被别人问起对广州的印象，他说："上帝在星期六夜里创造完世界之后，肯定用剩下的碎木片造了广州。"

这位船长肯定不知道，抗英之地三元里一百年后都还闹过老虎，据记载说不知从哪里跑来的猛虎，还吃了个小孩。我估计那肯定是当时还很生猛的华南虎。

在《开放的中华：一个番鬼在大清国》里，那位花式显摆七小时晚宴的法国人莫菲·岱摩，仔细描绘了晚清道光时期珠江上的热闹：

"在这座水上城市的小道上，卖食物的货郎驾着双桨舢板吆喝着穿行而过，如同威尼斯的贡多拉穿梭在比亚得里亚海清澈得多的河上。主航道的中央停着一艘来自巴达维亚的大帆船，竹制桅杆上悬挂着草编的船帆，呈现出一派奇特的杂乱景象：甲板上，男男女女拥挤不堪，混着猴子、鹦鹉、锦鸡、狸猫和极乐鸟，

②清代珠江上的船娘。（供图 /FOTOE 图片库）

更别提那些穿梭其间的商贩。

“在这座充满着船只的城市里，沸腾着千万种声音。时而一响鞭炮声，这里的小孩都是绝妙的烟火玩家；时而一阵敲锣声、吹号声、打钹声，当地人都是疯狂的音乐家。小贩们大声叫卖，每个行当都有自己的吆喝。耳朵已经被这种喧闹震聋，眼睛又被身边五颜六色的缤纷色彩迷住了。

“要说出这条大河上穿梭往来的所有船只的名字，真的需要荷马那样的天才：从海关官员的官船、在黄埔卸货的运输欧洲货物的平底驳船、荷兰的双桅平底船（船上有一名翻译和几个行商派来检查货物的职员）、国内贸易专用的没有装饰的沙船、维持治安稽查走私的官船……”

珠江之上，千百年来一直航行着这样的船和那样的船。

有首异域的歌，歌词也特别合适这个城市：“你的历史，就是一条船，商人们乘船远航，在美丽的河面上。”

或许还可以说，伟大的商业，引领人们远航，无远弗届。

代跋

假如我是本城导游

从一开始就玩忽职守。成长于此，看来亦将终老于此，却始终无法清晰述说本城的来龙去脉详尽始末。

各位旧雨新知，其实我什么都不知道，哪里都没去过，都留着准备和你一起去，也只愿意和你一起去。期限是三天，昨天、今天和明天——算了，我还是别胡说了，超过三天我会现原形，怕吓着你们。

咱们只好一起浮光掠影地开始启程。

这个城市四季如夏。

行李不用多，此地历来乱穿衣，再拎件最薄的外套，应付室内冷气强劲的地方。

吃喝是恒久确认坚定不移的主题，其他的行程都是消食。

第一天，到了之后稍息片刻，我们去喝茶吃点心。不用吃太饱，然后去逛西关。上下九，第十甫，仁威庙，荔湾湖。沿街去吃姜撞奶、芝麻糊、鲜椰肉搅出来的顺记雪糕。新的古玩街就在荔湾湖边上，傍晚的时候，水道旁边会张灯结彩。

去坐珠江夜游的船，在江面游荡。也可以不坐，趴在江边的栏杆上，看着那些船，花枝招展地漂走。或者再摸上某家酒楼，去看看他们的夜间茶市还有没有唱粤曲的。

第二天，去吃地道粤地家常菜，清淡些也亲切些。吃完了逛清平市场和沙面。清平市场非常大，听说那里旧货、玉器、草药堆积如山。去的时候，会经过光塔路、六榕寺、三元宫，咱们可以绕绕路。

逛累了到白天鹅宾馆坐下，那可以舒服盘在沙发上，对着白鹅潭水面发会儿呆。

晚上吃什么无须太担心，继续吃粤菜。吃完，踢里趿拉沿着沙面一路走出去，沿江路边全是酒吧。

也可以窜到歌厅里，粤人唱歌很豪放，基本都属于放声吆喝，当然，柔媚的小调是另一个路数，咬字层层叠叠兜兜转转，曲调浓艳却简单。

第三天，去吃粤地西餐，会是满口香馥浓腻。亚热带的地方，浓腻的食物。

也很糜艳，芝士虾包里混有蓝芝士，舌尖欢乐满足的同时还能觉出某种狎昵，像隐隐藏了个肮脏的小秘密。

然后该去机场了，飞机最终都会把你们送回去。

白云山都还没去，很多的东西都还没吃。漆黑深夜里人丁兴旺镬气十足的宵夜，光天化日下万户茶店的茶叶城，湿漉漉的海鲜集市，秘密藏在城际角落草木繁茂的垂钓池塘，忽然之间歌声嘹亮的私伙局……都留待许多的下次吧，我以为这样再见的理由会比较充分和美好。

你看那华灯璀璨，江水闪亮，无论导游过客是否靠谱，本城都长久矗立在此。

黄爱东西

作家。中山大学生物系毕业。祖籍广东，生于上海，幼居广州西关。

著有《老广州·屐声帆影》《夏夜花事·双城记之广州》《西关花月夜》《四季如夏》，科普作品《我有一个同事》等。

微信公众号：黄爱东西（huangaidongxi）

彭树挺

广东省政协原委员、广东烹饪协会荣誉会长、广州西餐行业协会永久荣誉会长、广州地区烹饪协会荣誉会长、中山大学岭南学院课外导师。

曾任白天鹅宾馆常务副总经理，从事餐饮管理工作40多年。

中国改革开放期间酒店餐饮业的参与者和见证人，一直致力于有高度、有深度、有广度地向全世界积极推介粤菜的岭南饮食文化，得到业内外广泛好评和尊重。

陈　勋

粤式点心界泰斗，出生于1924年，于1939年正式入行，行内人尊称其为“勋叔”。他将水晶虾饺、干蒸烧卖、叉烧包、蛋挞归结为粤式点心的“四大天王”，并应时代变化创作出新的点心品种，将旧时味道发扬光大，成为广州美食的见证者。

1948年任六国饭店点心部主管，成为当时著名的餐饮大佬，当时广东饮食圈内就有“西有罗坤，北有陈勋”的佳话。1959年以技术骨干的身份为大三元饭店筹备复业，随后一直在大三元担任点心部主管一职。1973年离开大三元饭店，进入北园酒家担任点心部主管，直至1984年从北园酒家退休。

何世晃

1933年出生于广东佛山。二十世纪四十年代末进入点心行业，先后在广州南亚居、大华酒家、大同酒家、南方大厦酒楼从事烹饪工作，师从罗坤大师。中国功勋烹饪艺术家、中国烹饪大师，行内称之为“粤点泰斗”，现为广东烹饪协会、广州技术烹饪协会常任技术顾问。在其漫长的从业历程中，为广州饮食业培养出的人才数以千计，仅总厨级的就有近百人。2007年荣获“全国餐饮业特殊贡献奖”，2009年荣获“中国餐饮业功勋人物”称号（全国共60名）。编著有《粤点诗集八十首》《广州点心教材》，并主笔（与黄辉、麦锡合写）编写了《罗坤点心选》四本，即《蔬果点心》《星期美点》《四季点心》《筵席点心》。

参考书目

《广州简史》（杨万秀等主编，广东人民出版社 2015 年 12 月版）

《岭南文化》（李权时等主编，广东人民出版社 2010 年 1 月版）

《岭南史地与民俗》（曾昭璇著，广东人民出版社 1994 年 12 月版）

《历代岭南笔记八种》（鲁迅等点校，广东人民出版社 2011 年 3 月版）

《岭南随笔（外五种）》（清·关涵等，广东人民出版社 2015 年 4 月版）

《岭南杂事诗钞笺证》（清·陈坤著，广东人民出版社 2014 年 1 月版）

《元明史料笔记·博贤篇》（明·叶权等，中华书局 2008 年 4 月版）

《广东新语》（清·屈大均撰，中华书局 2010 年 8 月版）

《粤中见闻》（清·范瑞昂撰，广东高等教育出版社 1988 年 7 月版）

《羊城古钞》（清·仇巨川著，广东人民出版社 1993 年 12 月，版）

《岭外代答校注》（宋·周去非著，中华书局 2012 年 11 月版）

《岭南历代诗选》（陈永正选注，广东人民出版社 1993 年 12 月版）

《岭南历代文选》（仇江选注，广东人民出版社 2011 年 6 月版）

《广东十三行考》（梁嘉彬著，广东人民出版社 2009 年 1 月版）

《利玛窦的记忆宫殿》（史景迁著，广西师范大学出版社 2016 年 7 月版）

《文化交流的轨迹：中华蔗糖史》（季羡林著，昆仑出版社 2010 年 6 月版）

《明清广东商人》（黄启臣，庞新平著，广东经济出版社 2001 年 12 月版）

《绿色黄金：茶叶帝国》（英·艾伦·麦克法兰著，社会科学文献出版社 2017 年 4 月版）

《十三行习俗与商业禁忌研究》（谭元亨等著，华南理工大学出版社）

《广州番鬼录·旧中国杂记》（美·亨特著，广东人民出版社 2009 年 12 月版）

《开放的中华：一个番鬼在大清国》（法·老尼克著，山东画报出版社 2004 年 5 月版）

《利玛窦中国札记》（意·利玛窦著，广西师范大学出版社 2001 年 9 月版）

《宋代广州的海外贸易》（关履权著，广东人民出版社 2013 年 9 月版）

《广州植物志》（中国科学院华南植物研究所编，科学出版社 1956 年 6 月版）

《中国外来入侵植物彩色图鉴》（严婧主编，上海科学技术出版社 2016 年 10 月版）

《近代粤商与社会经济》（张晓辉著，广东人民出版社 2015 年 8 月版）

《广州工人家庭之研究》（1934 年 9 月国立中山大学经济调查处出版）

《广州西关风华》（1~4 册）（广州市荔湾区地方志编纂委员会办公室编，广东省地图出版社 1997 年 5 月版）

《花埭百花诗笺注》（清·梁修撰，广东高等教育出版社 1989 年 4 月版）

《粤菜溯源录》（陈梦因著，百花文艺出版社 2008 年版）

《食在广州》（钟征祥著，广东人民出版社 1980 年 11 月版）

《食在广州史话（广州文史资料第四十一辑）》（陈基、叶钦、王文全主编，广东人民出版社 1990 年版）

《食经（一~三辑合订本）》（广东科技出版社 1987 年版）

《岭南风物与风俗传说》（陈荆鸿著，广东人民出版社 2009 年 12 月版）

《入厨三十年（一至十四集）》（陈荣著，香港陈湘记书局 1985 年 1 月版）

《番禺河南小志》（黄任恒编纂，广东人民出版社 2012 年 4 月版）

《岭南衣食礼仪古俗》（叶春生等著，广东人民出版社 2009 年 11 月版）

《珠江三角洲广府民俗》（余婉韶著，广东人民出版社 2010 年 9 月版）

《广州酒家 80 年》（赖继丹著，岭南美术出版社 2015 年 10 月版）